Reine du fleuve

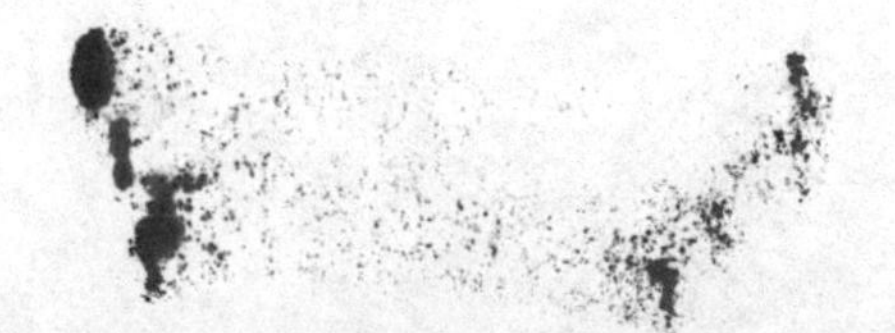

Eva Ibbotson

Reine du fleuve

Traduit de l'anglais
par Élie Robert-Nicoud

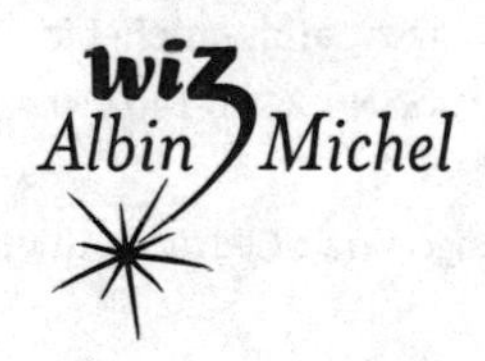

© Titre original :
JOURNEY TO THE RIVER SEA
(Première publication : Macmillan Children's Books, Londres, 2001)

22, rue Huyghens - 75014 Paris
www.albin-michel.fr
ISBN : 2-226-14022-0

Logo Wiz : Cédric Gatillon

Chapitre 1

C'était une excellente école, une des meilleures de Londres.

Mlle Banks et sa sœur Emily étaient intimement convaincues que les filles méritaient une éducation d'une qualité égale à celle que recevaient les garçons. Elles avaient fait l'acquisition de trois maisons dans un quartier calme, sur une ravissante petite place entourée de platanes et peuplée de pigeons bien élevés, elles y avaient accroché une plaque de cuivre sur laquelle on pouvait lire : *Institution de Mayfair pour jeunes filles*. Et elles avaient prospéré.

Car si les deux sœurs accordaient une grande importance à l'acquisition des connaissances, elles ne négligeaient pas pour autant les bonnes manières, le tact, et la générosité. Aussi leurs élèves apprenaient-elles le point de croix en plus de l'algèbre. Elles accueillaient d'autre part des enfants dont les parents étaient partis à l'étranger et qui avaient besoin d'un endroit où passer les vacances. Trente ans après la création de cette école, en cet automne 1910, il fallait désormais s'inscrire sur une liste d'attente avant de pouvoir y trouver une place, et les filles qui étaient acceptées savaient qu'elles avaient beaucoup de chance.

Toutefois, il leur arrivait de s'ennuyer ferme.

Mlle Carlyle était en train de faire la leçon de géographie dans la grande classe qui donnait sur la rue. C'était un très bon professeur, mais même les meilleurs ont parfois du mal à captiver leur auditoire en parlant des cours d'eau du sud de l'Angleterre.

« Bien ! Qui peut me dire où la Tamise prend sa source exactement ? » demanda-t-elle.

Elle balaya du regard les rangées de pupitres, décida d'ignorer la grosse Hermione, et Daisy qui lui paraissait trop anxieuse, pour arrêter son choix sur une fille du premier rang.

« Cesse de mâcher tes cheveux », s'apprêtait-elle à dire, mais elle se retint au dernier moment. Car ce jour-là, il eût été particulièrement difficile d'interdire à cette fille de mâchouiller l'extrémité de sa lourde tresse. Maia avait remarqué l'automobile qui s'arrêtait à l'extérieur, juste devant la porte, et elle avait vu le vieux M. Murray dans son manteau à col de velours entrer dans la maison. M. Murray était le tuteur de Maia et, comme tout le monde le savait à l'école, il apportait ce jour-là des nouvelles qui pèseraient lourdement sur l'avenir de sa protégée.

Maia leva les yeux vers Mlle Carlyle et fit un effort de concentration. Dans cette pièce pleine de têtes blondes ou châtaines, elle se démarquait par son visage triangulaire et ses grands yeux écartés. Sa tresse de cheveux noirs laissait voir ses oreilles et lui donnait un air vulnérable.

« La Tamise prend sa source dans un petit hameau des collines des Cotswold », fit-elle d'une voix basse et distincte. Quant au nom du petit hameau, elle n'en avait aucune idée.

La porte s'ouvrit, vingt têtes se tournèrent en même temps.

« Maia Fielding est demandée dans le bureau de Mlle Banks », déclara la domestique.

Maia se leva. *La peur est la cause de tous les maux*, se dit-elle, mais elle ne pouvait pas s'empêcher d'avoir peur. Elle craignait l'avenir... et l'inconnu. La peur s'emparait d'elle comme de toute personne qui se retrouve seule au monde.

Mlle Banks était assise derrière son bureau, sa sœur, Mlle Emily, à côté d'elle. M. Murray, installé dans un fauteuil en cuir, près d'un guéridon, étudiait toutes sortes de papiers. M. Murray n'était pas seulement le tuteur de Maia, il était aussi avocat et ne s'autorisait jamais à l'oublier. Tout devait être fait avec soin et précision, et il était indispensable de garder des traces écrites en toute occasion.

Maia inspecta les visages qui l'entouraient. Ils paraissaient tous plutôt gais, mais ça ne voulait rien dire. Elle se pencha pour donner une caresse à l'épagneul de Mlle Banks et trouva du réconfort au contact de cette tête toute ronde.

« Maia, nous avons de bonnes nouvelles ! » déclara Mlle Banks.

Cette femme qui en avait effrayé plus d'une, maintenant âgée d'une soixantaine d'années, dotée d'une impressionnante poitrine qui aurait fait d'elle une superbe figure de proue, adressa un sourire radieux à la jeune fille qui s'était présentée devant elle. C'était une enfant intelligente et courageuse, qui avait vaillamment surmonté le chagrin causé par la mort de ses parents, deux ans auparavant, à la suite d'un accident de chemin de fer en Égypte. Les professeurs savaient que Maia avait pleuré toutes les nuits en silence sous son oreiller, en tâchant de ne pas réveiller ses camarades. Sans doute méritait-elle plus que toute autre de recevoir un coup de pouce du destin.

« Nous avons retrouvé ta famille, continua Mlle Banks.

– Et est-ce qu'ils vont... ? » fit Maia, mais elle ne trouva pas la force d'achever sa phrase.

M. Murray prit alors la parole.

« Ils ont accepté de t'accueillir dans leur foyer. »

Maia reprit sa respiration. Un foyer. Au cours des deux dernières années, elle avait passé ses vacances à l'école. Tout le monde s'était montré très attentionné, très gentil, mais un foyer...

« Et non seulement ça, renchérit Emily, mais il se trouve que les Carter ont deux filles jumelles qui ont à peu près ton âge. »

Elle lui adressa un large sourire et hocha la tête comme si elle s'était elle-même chargée de la naissance de ces deux jumelles pour le plus grand bonheur de Maia.

M. Murray tapota un grand dossier posé sur ses genoux.

« Comme tu sais, nous avons longuement cherché un parent de ton défunt père. Nous savions qu'il existait un cousin au deuxième degré, un certain Clifford Carter, mais tous nos efforts pour le retrouver ont été vains. Cependant, il y a deux mois, nous avons appris qu'il avait émigré. Il a quitté l'Angleterre avec sa famille depuis six mois.

– Et où est-il maintenant ? » demanda Maia.

Un silence s'ensuivit. C'était comme si on en avait fini avec les bonnes nouvelles, et M. Murray prit un air solennel avant de se gratter la gorge.

« Il vit... la famille Carter vit... sur les bords du fleuve Amazone.

– En Amérique du Sud. Au Brésil », précisa Mlle Banks.

Maia releva la tête.

« Sur les bords de l'Amazone ? dit-elle. Vous voulez dire dans la jungle ?

– Pas exactement. M. Carter est planteur de caoutchouc. Il possède une maison sur la rivière, pas très loin de la ville de Manaus. C'est un endroit parfaitement civilisé. J'ai bien évidemment demandé au consul de faire une visite préalable sur place. Il connaît la famille et m'assure que ce sont des gens très respectables. »

Il marqua une pause avant de reprendre.

« J'ai pensé que tu désirerais verser une somme régulière aux Carter pour ton entretien et ton éducation. Comme tu le sais, ton père t'a laissé une fortune importante.

– Oui, bien sûr, je veux absolument participer. »

Mais ce n'était pas vraiment l'argent qui préoccupait Maia. Elle pensait à l'Amazone. Un fleuve grouillant de sangsues, au milieu d'une sombre forêt peuplée d'Indiens hostiles, armés de sarbacanes, une jungle infestée d'insectes inconnus qui vous entrent sous la peau.

Comment pourrait-elle vivre dans un endroit pareil ? Et pour se donner du courage, elle demanda :

« Comment s'appellent-elles ?

– Qui ? »

Le vieil avocat était encore en train de s'interroger sur les accords qu'il avait passés avec M. Carter. Avait-il offert une somme trop importante pour subvenir aux besoins de Maia ?

« Les jumelles ? Comment s'appellent les jumelles ?

– Béatrice et Gwendolyn, dit Emily. Elles t'ont écrit un petit mot. »

Et elle tendit à Maia une feuille de papier.

« *Chère Maia*, disaient-elles, *nous espérons que tu viendras vivre avec nous. Nous pensons que ce serait très bien.* »

Tout en lisant, Maia les imaginait jolies, avec des cheveux blonds bouclés, tout ce qu'elle aurait voulu être et qu'elle n'était pas. Si les jumelles étaient capables de vivre dans la jungle, pourquoi pas elle ?

« Quand dois-je partir ? demanda-t-elle.

– À la fin du mois prochain. Tout s'arrange très bien, car les Carter viennent d'embaucher une nouvelle gouvernante et elle fera le voyage avec toi. »

Une gouvernante... dans la jungle... comme tout cela paraissait étrange. Mais la lettre des jumelles lui avait redonné courage. Elles attendaient avec impatience de l'accueillir. Elles voulaient que Maia vienne vivre en leur compagnie. Oui, tout se passerait sûrement très bien.

« Espérons que ce sera pour le mieux », dit Mlle Banks quand Maia eut quitté la pièce.

Leurs visages arboraient maintenant des expressions plus graves. C'était une destination bien lointaine pour y envoyer une enfant au sein d'une famille dont on ne connaissait rien. Et il ne fallait pas oublier le don de Maia pour la musique. Elle jouait très bien du piano, mais ses professeurs avaient surtout été impressionnés par sa voix. Sa mère avait été chanteuse, et la voix de Maia était mélodieuse et sincère. Bien qu'elle ne voulût pas devenir une cantatrice professionnelle, son enthousiasme dans l'apprentissage de nouvelles compositions et le sens musical dont elle faisait preuve étaient exceptionnels.

Mais que valait ce talent en comparaison d'un foyer aimant ? Les Carter paraissaient très heureux d'adopter Maia et c'était une enfant charmante.

« Le consul m'a promis de me tenir au courant des événements », déclara M. Murray. Et sur ce, on se sépara.

Pendant ce temps, l'arrivée de Maia dans la salle de classe marqua la fin de la leçon sur les affluents de la Tamise.

« Demain, nous parlerons de l'Amazone et des rivières d'Amérique du Sud, dit Mlle Carlyle. Je veux que vous trouviez tous au moins une information intéressante pour la classe à ce sujet. »

Puis adressant un sourire à Maia, elle ajouta :

« Et j'espère que tu nous diras comment tu vas t'y rendre et combien de temps durera le voyage, afin que nous puissions tous partager ton aventure. »

Il n'y avait plus aucun doute, Maia était devenue une héroïne, mais pas du genre de celles qu'on enviait. Plutôt de celles qui finissaient brûlées sur un bûcher. Toutes ses amies l'entouraient en poussant des « oh ! » et des « ah ! », mais Maia n'avait qu'une envie, partir en courant pour aller se cacher.

Toutefois, elle résista à la tentation et se contenta de demander la permission de se rendre à la bibliothèque après le dîner.

La bibliothèque de l'institution était bien fournie. Ce soir-là, Maia s'assit toute seule en haut de l'échelle d'acajou et lut sans s'arrêter pendant des heures et des heures. Elle lut les descriptions des grands arbres aux feuilles immenses qui formaient la forêt amazonienne, traversée parfois par les rayons du soleil. Elle lut des chapitres entiers sur les explorateurs qui avaient remonté ce dédale de rivières et avaient découvert des milliers de plantes et d'animaux que personne n'avait encore jamais vus, elle vit entre les lignes l'envol soudain des oiseaux

colorés quittant leurs lourdes branches, les aras, les oiseaux-mouches et les perroquets, les papillons gros comme des soucoupes, et les rideaux d'orchidées parfumées qui enveloppaient les arbres. Les livres lui parlèrent alors de la sagesse des Indiens, capables de soigner des maladies et des plaies qui laissaient perplexes les médecins européens.

« *Ceux qui s'imaginent l'Amazonie comme un enfer vert*, lut-elle dans un vieux livre à la reliure tout abîmée, *ne font que transposer leurs peurs et leurs préjugés dans ce pays merveilleux. Car c'est à vous de faire de tout endroit un enfer ou un paradis, et ceux qui y viendront avec courage et ouverture d'esprit trouveront le Paradis.* »

Maia releva les yeux. *Voilà ce que je ferai*, se dit-elle. *J'en ferai un endroit divin !*

La surveillante du dortoir la trouva là, toujours perchée en haut de son échelle, bien après l'heure du coucher, mais elle ne la gronda pas car elle remarqua une étrange expression sur son visage, comme si elle était déjà partie pour un pays lointain.

Le lendemain, tout le monde arriva bien préparé pour la classe de géographie.

« C'est toi qui commences, Hermione, fit Mlle Carlyle. Qu'as-tu appris sur l'Amazonie ? »

Hermione lança un regard angoissé en direction de Maia.

« Il y a d'énormes crocodiles dans les rivières qui peuvent vous arracher la tête d'un seul coup de mâchoire. Sauf qu'on ne les appelle pas des crocodiles mais des alligators parce qu'ils ont de plus gros museaux, mais ils sont tout aussi féroces.

– Et si on plonge la main dans l'eau, il y a ces piranhas qui vous mangent toute la chair qu'on a sur les os. Jusqu'au dernier petit bout. Ils ressemblent à n'importe quel autre poisson, mais ils ont des dents effrayantes », dit Mélanie.

Daisy évoqua un moustique dont la piqûre vous donne la fièvre jaune.

« On devient comme un citron et après on meurt, dit-elle. Et il fait tellement chaud qu'on sue des litres à longueur de temps.

– Il ne s'agit pas de sueur mais de transpiration », rectifia Mlle Carlyle.

Anna décrivit les Indiens, couverts de terrifiants tatouages qui vous envoient des fléchettes trempées dans un poison qui paralyse avant de rendre fou. Rose avait trouvé des jaguars, silencieux comme des ombres, qui se jetaient sur quiconque osait s'aventurer dans la forêt.

Mlle Carlyle leva la main et lança un regard anxieux en direction de Maia. Celle-ci était pâle et silencieuse, et Mlle Carlyle regrettait maintenant d'avoir demandé à la classe de trouver des informations sur l'Amazonie.

« Et toi, Maia ? Qu'est-ce que tu as appris ? »

Maia se leva. Elle avait pris des notes, mais elle ne les regarda pas, elle parla tête haute, car le temps qu'elle avait passé à la bibliothèque avait tout changé pour elle.

« L'Amazone est le plus grand fleuve du monde. Le Nil est un peu plus long, mais le débit de l'Amazone est plus important. On l'appelait le Fleuve Mer pour cette raison, et le Brésil est traversé de nombreuses autres rivières qui viennent se jeter dans ses eaux. Certaines sont noires, d'autres brunes, mais celles qui descendent du sud sont bleues à cause de ce qui se trouve sous l'eau.

« Quand je partirai, je prendrai un bateau des lignes Booth, il nous faudra quatre semaines pour traverser l'Atlantique, puis lorsque j'arriverai au Brésil, il faudra remonter la rivière sur plus de mille kilomètres entre des arbres qui forment une voûte au-dessus du lit du fleuve. Je verrai des oiseaux écarlates, des bancs de sable et des créatures qui ressemblent à de gros cochons d'Inde, que l'on appelle des capa... capybaras et que l'on peut apprivoiser.

« Après deux semaines sur cet autre bateau, j'atteindrai la ville de Manaus, qui est un endroit merveilleux, avec un théâtre couvert d'un toit vert et or. On y trouve des magasins et des hôtels, comme ici, car les planteurs qui ont cultivé l'arbre à caoutchouc sont devenus très riches et ont pu construire un tel endroit en plein milieu de la jungle... C'est là que je serai accueillie par M. et Mme Carter, et par Béatrice et Gwendolyn... »

Elle s'interrompit et adressa un large sourire à ses camarades de classe.

« Après ça, je ne sais pas, mais je suis sûre que tout se passera très bien. »

Mais il lui fallut tout son courage, un mois plus tard, quand ce fut le moment de dire au revoir à toutes ses amies, réunies autour d'elle dans le hall d'entrée. Sa malle était tenue par des cordes, son manteau de voyage était dans sa petite valise, seul bagage autorisé dans la cabine. Hermione pleurait et Dora qui était la plus jeune s'accrochait à sa jupe.

« Ne pars pas, Maia, disait-elle en gémissant, je ne veux pas que tu t'en ailles. Qui va me raconter des histoires quand tu seras partie ?

– Tu vas nous manquer, fit Mélanie en poussant un cri aigu.

– Et surtout ne marche pas sur un boa constrictor !

– Écris-nous, s'il te plaît. Oh ! écris-nous plein de lettres. »

Des cadeaux de dernière minute avaient été mis dans sa valise pleine à craquer ; une étrange épingle à coussin façonnée par Anna, un assortiment de rubans pour ses cheveux. Les professeurs étaient venus eux aussi lui faire leurs adieux et les domestiques les avaient rejoints.

« Tout se passera bien vous verrez, mademoiselle, disaient-elles. Vous allez bien vous amuser. » Mais elles lui lançaient toutes des regards de pitié. Il y avait de l'alligator et du piranha dans l'air, et la femme de chambre qui avait passé de longues heures au chevet de Maia après qu'elle eut appris la mort de ses parents s'essuyait les yeux avec un coin de son tablier.

La directrice descendait maintenant l'escalier, suivie par Mlle Emily, et tout le monde s'écartait sur son passage pour la laisser venir jusqu'à Maia. Mais Mlle Banks ne prononça jamais le discours d'adieu qu'elle avait préparé. Elle serra Maia dans ses bras et celle-ci disparut pour la dernière fois dans les plis que formait sa généreuse poitrine.

« Adieu, mon enfant, dit-elle. Et que Dieu te protège ! » Puis le concierge vint annoncer que la voiture était à la porte.

Toutes les filles suivirent Maia dans la rue, mais à la vue de la femme toute vêtue de noire qui était assise à l'arrière, raide comme un piquet, les mains posées sur son parapluie, Maia tressaillit. C'était là Mlle Minton, la gouvernante qui devait s'occuper d'elle pendant le voyage.

« Comme elle a l'air sévère ! murmura Mélanie.

– Ma pauvre Maia ! » marmonna Hermione.

Force était de reconnaître que cette grande femme maigre ressemblait plus à un râteau ou à un casse-noisettes qu'à un être humain.

La porte de la voiture s'ouvrit et une main gantée de noir, osseuse et froide comme celle d'un squelette, se tendit vers Maia pour l'aider à monter. Puis, accompagné par les cris perçants des camarades d'école, on se mit en route.

Pendant la première partie du trajet, Maia regarda fixement le paysage. Maintenant qu'elle quittait pour de bon ses amies, il lui était difficile de retenir ses larmes. Comme elle était occupée à étouffer ses premiers sanglots, elle entendit un claquement sec et tourna la tête. Mlle Minton avait ouvert le fermoir de son grand sac noir et lui tendait un mouchoir propre brodé de l'initiale : « A ».

« À votre place, dit la gouvernante d'une voix grave et revêche, je songerais à la chance que j'ai. À ce grand bonheur.

– D'aller en Amazonie, vous voulez dire ?

– D'avoir autant d'amies aussi tristes de me voir partir.

– Vous n'avez pas d'amis pour regretter votre départ ? »

L'espace d'un bref instant les lèvres pincées de Mlle Minton s'agitèrent nerveusement.

« La perruche de ma sœur, peut-être. Si elle a pu comprendre ce qui se passait. Mais j'en doute fort. »

Maia tourna la tête. Mlle Minton était certainement une des personnes les plus étranges qu'elle avait eu l'occasion de voir. Ses yeux, derrière d'épaisses lunettes à monture noire, étaient de la même couleur que la boue. Elle avait une bouche étroite, un nez fin et pointu, et son chapeau de feutre noir était retenu à son maigre chignon par une terrifiante épingle qui ressemblait à une lance viking.

« C'est une copie de celle d'Éric le Rouge, expliqua Mlle Minton après avoir suivi le regard de Maia. On peut tuer quelqu'un avec cette épingle à chapeau. »

Le silence s'instaura à nouveau, jusqu'à ce que la voiture soit brusquement secouée par une bosse sur le chemin, faisant tomber avec fracas le parapluie de Mlle Minton. C'était bien le plus grand et le plus laid des parapluies que Maia eût jamais vus, avec sa pointe de fer acérée et son pommeau en forme de bec d'oiseau de proie.

Cependant, Mlle Minton inspectait soigneusement une fissure dans la poignée qui avait été réparée avec de la colle.

« Vous l'avez déjà cassé ? demanda Maia poliment.

– Oui, fit-elle en observant son parapluie à travers ses verres épais. Je l'ai cassé en tapant sur le dos d'un garçon du nom de Henry Harrington », dit-elle.

Maia se recroquevilla sur son siège.

« Comment... ? fit-elle sans terminer sa phrase car elle avait soudain la bouche sèche.

– Je l'ai jeté au sol, puis je l'ai immobilisé avec mon genou avant de lui tanner le cuir avec mon parapluie, expliqua Mlle Minton. Vigoureusement. Et pendant un bon moment. »

Elle s'adossa à son fauteuil. Tout d'un coup, elle avait l'air presque heureuse. Maia avala sa salive.

« Qu'est-ce qu'il avait fait ?

– Il avait essayé de faire passer un petit chiot, un épagneul, à travers le grillage de fer du court de tennis de son père.

– Et il s'est fait très mal ? Le chiot, je veux dire.

– Oui.

– Qu'est-ce qu'il lui est arrivé ?

– Il a eu une patte déboîtée et l'œil abîmé. Le jardinier a réussi a lui remettre la patte en place, mais on n'a rien pu faire pour son œil.

– Et comment est-ce que la mère de Harry l'a puni ?

– Elle ne l'a pas puni, justement. Mon Dieu, non ! C'est moi qui ai été renvoyée. Et sans la moindre lettre de recommandation. »

Mlle Minton détourna la tête. Elle n'avait aucune intention de se plonger dans ses souvenirs ou d'évoquer l'année qui avait suivi cet épisode, pendant laquelle elle n'avait pas pu trouver de place et avait été obligée de vivre chez sa sœur et le mari de celle-ci.

La voiture s'arrêta. Elles étaient arrivées à la gare de Euston. Mlle Minton fit signe à un porteur avec son parapluie, et on emporta la valise et la malle de Maia sur un chariot. Puis on vit apparaître une cantine en métal sur laquelle était peint : A. Minton.

« Il faudra deux hommes pour porter ça », dit la gouvernante.

Le portier se vexa.

« Pas avec moi, je suis bien assez fort. »

Mais lorsqu'il essaya de soulever la malle, il flancha.

« Crénom ! Qu'est-ce que vous avez mis là-dedans ? » demanda-t-il.

Mlle Minton le considéra d'un air supérieur et ne répondit pas. Puis elle mena Maia jusqu'au quai où le train attendait de les emmener à Liverpool. Là, elles embarqueraient sur le *Cardinal* et vogueraient vers le Brésil.

Le train sortait de la gare dans un épais nuage de vapeur quand Maia demanda :

« Il y a des livres dans cette malle ?

– Exactement », fit Mlle Minton.

Et Maia répondit : « Formidable ! »

Chapitre 2

Le *Cardinal* était un superbe bateau, un paquebot blanc avec une fine cheminée bleu clair. Les passagers y disposaient de deux grandes salles et de nombreux ponts sur lesquels ils pouvaient s'allonger et boire du bouillon de bœuf, ou s'adonner à toutes sortes de passe-temps.

« Comme c'est beau ! » s'exclama Maia qui s'imaginait accoudée à la rambarde, le vent dans les cheveux, tandis qu'elle observerait les jeux des marsouins et le vol des mouettes au-dessus de sa tête.

Mais le début du voyage ne ressembla en rien à cela, car le *Cardinal* avait à peine quitté Lisbonne qu'il se retrouva en pleine tempête. D'immenses vagues vertes se dressaient comme des montagnes, le bateau tanguait, roulait, piquait du nez. Personne ne s'aventurait jusqu'à la salle à manger, et les portes donnant sur le pont étaient fermées à clef pour que les passagers encore sur pied ne soient pas emportés par-dessus bord.

Maia et Mlle Minton partageaient leur cabine avec deux dames portugaises qui passaient leur temps allongées sur leurs couchettes à geindre, priant la Sainte Vierge et implorant le Ciel de les faire mourir sur-le-champ. Maia trouvait qu'elles exagéraient, même s'il est vrai que le mal de mer est une sensation si horrible que les gens souhaitent parfois que le bateau coule purement et simplement, pour en finir avec leurs tourments.

Ni Maia ni Mlle Minton n'avaient le mal de mer. Elles n'avaient pas vraiment faim non plus, mais elles parvinrent à se rendre à la salle à manger en se raccrochant à tout ce qu'elles trouvaient sur leur chemin pour ne pas perdre l'équilibre. Elles mangèrent un peu de soupe servie dans des assiettes retenues à la table par un système spécialement conçu pour les jours de tempête. Il est difficile de ne pas éprouver un certain sentiment de supériorité quand tous ceux qui vous entourent sont malades et que vous ne l'êtes pas. Maia ne pouvait pas s'empêcher d'être assez fière d'elle-même. Jusqu'à ce que Mlle Minton, se retenant de ses longs bras noirs à la rampe, décrétât que c'était le moment idéal pour apprendre le portugais.

« On ne nous dérangera pas. »

Maia trouvait que c'était une très mauvaise idée.

« Peut-être que les jumelles pourront me l'apprendre. Elles doivent le parler, si elles vivent là-bas depuis longtemps.

– Tu ne voudrais tout de même pas arriver dans un pays sans pouvoir te faire comprendre ? Tout le monde parle le portugais au Brésil. Même les Indiens ont emprunté quelques mots qu'ils mélangent à leurs propres langages. »

Mais les leçons ne se déroulèrent pas bien du tout. Mlle Minton avait trouvé un livre sur la famille d'un certain Senhor Olvidares et son épouse ainsi que leurs enfants Pedro et Sylvina qui s'adonnaient à toutes les activités propres aux personnages des manuels de langue ; ils perdaient leurs bagages, trouvaient une mouche dans leur soupe. Mais à force d'essayer de fixer leurs regards sur la page pendant que le bateau montait et descendait sur les vagues, Maia et Mlle Minton furent prises d'une inévitable nausée. Il n'est pas très judicieux de vouloir lire quand on est ballotté dans tous les sens.

Puis, le second jour de la tempête, Maia se rendit dans le salon principal où les passagers sont censés boire, s'amuser et faire la fête. Mlle Minton s'occupait des dames portugaises et Maia ne voulait pas les gêner.

C'était une immense pièce meublée de confortables sofas rouges vissés au plancher. Les murs étaient tapissés de longs miroirs dans des cadres dorés. Elle crut tout d'abord que l'endroit était désert.

Puis elle vit un garçon de son âge, qui se regardait dans un miroir, sur le mur opposé. Il avait de longs cheveux blonds bouclés et portait des habits à l'ancienne, des culottes bouffantes de velours, une veste avec une ceinture dont les manches étaient trop courtes. Quand il se retourna, Maia vit qu'il avait l'air malheureux et effrayé.

« Tu ne te sens pas bien ? demanda-t-elle.

– Si, mais j'ai un bouton, répondit-il en lui désignant son menton. Il parlait d'une voix tremblante et Maia vit à sa plus grande stupéfaction que ses grands yeux bleus s'emplissaient de larmes.

– Ce n'est pas la varicelle, déclara Maia avec autorité. Il y a eu une épidémie de varicelle à l'école, et ça ne ressemble pas du tout à ça.

– Je sais que ce n'est pas la varicelle. J'ai un bouton parce que je grandis. Il y en a un autre qui va sortir sur mon front. »

Il releva ses boucles blondes pour le montrer à Maia, mais le bateau tangua si brusquement qu'elle dut attendre que le jeune garçon soit à nouveau à la verticale pour voir la petite pustule rouge juste au-dessus de son œil droit.

« Et l'autre jour, ma voix s'est brisée tout d'un coup. Elle a baissé d'au moins une octave. Si ça m'arrive sur scène, c'est la fin.

– Ah, mais bien sûr ! Tu voyages avec ces acteurs, les Frères Pèlerins », dit Maia.

Elle se souvint avoir vu toute une troupe de passagers drôlement attifés qui étaient montés à bord à Lisbonne, en parlant très fort et en faisant de grands gestes.

« Mais on ne verra pas tes boutons sous le maquillage, non ?

– Je ne peux pas maquiller ma voix. Si on entend que je mue pendant que je joue *Le Petit Lord Fauntleroy*, ils vont me renvoyer.

– Mais non, répondit Maia avec autorité. Tu es un enfant. On ne renvoie pas les enfants comme ça.

– Tiens donc ? » fit le garçon. Il détailla Maia un instant, vit ses beaux habits bien coupés, ses cheveux soigneusement peignés.

« Tu ne peux pas savoir, c'est... »

Le bateau fut à nouveau soulevé par une vague, et les enfants furent projetés l'un contre l'autre tandis qu'ils essayaient tant bien que mal d'atteindre un des sofas fixés au sol.

Le garçon s'appelait Clovis King.

« Ce n'est pas mon vrai nom. En fait, je m'appelle Jimmy Bates, mais ils m'ont rebaptisé quand ils m'ont adopté.

– Qui ? Qui t'a adopté ?

– Les Goodley. M. et Mme Goodley. Ce sont les propriétaires de la compagnie théâtrale et ils jouent la plupart des rôles principaux. Et puis il y a la fille de Mme Goodley, Nancy, elle, elle est épouvantable, et puis la sœur de Mme Goodley, et le neveu de M. Goodley. Lui, c'est le régisseur et il s'occupe aussi de vendre les billets à l'entrée. La vieille Mme Goodley fait les costumes, mais elle ne voit plus très bien. Ils m'ont trouvé quand ils allaient à York. J'étais en train de faire une partie de cricket sur la place du village avec des amis, et ils m'ont dit qu'ils m'apprendraient à jouer et à tenir des rôles d'enfants, de pages... Tout ça parce que j'avais une belle voix, que je savais chanter, et que j'avais le physique qu'il fallait.

– Ça ne dérangeait pas tes parents ?

– Je n'ai pas de parents. Je vivais avec ma mère adoptive. Qu'est-ce qu'elle a pleuré quand je suis parti ! Mais les Goodley lui ont dit que c'était une chance formidable pour moi, que je gagnerais beaucoup d'argent et que je reviendrais riche et célèbre. Mais je n'ai pas d'argent du tout, parce qu'on n'est jamais payés. On est toujours couverts de dettes et on traîne d'un endroit à l'autre où on meurt de chaud et où tout est horrible.

– Mais ça doit être amusant... de voyager et d'être sur les planches ?

– Pas du tout, on loge dans des hôtels épouvantables, pleins de cafards, et la nourriture est immangeable. Ma mère adoptive était cuisinière dans une grande maison, elle faisait des tourtes avec des saucisses et du gâteau au caramel avec de la crème anglaise et j'avais un maillot de corps propre tous les jours, fit Clovis, tandis que ses yeux s'emplissaient à nouveau de larmes. Nous ne sommes plus retournés en Angleterre depuis quatre ans, et s'ils me renvoient, je ne pourrais jamais y aller tout seul, parce que je n'ai pas assez d'argent. »

Maia fit de son mieux pour le consoler, mais un peu plus tard, quand elle se retrouva seule en compagnie de Mlle Minton, elle demanda :

« Est-ce qu'ils pourraient vraiment faire ça ? Est-ce qu'ils pourraient le renvoyer ?

– Peu probable, répondit la gouvernante. Ça dépend d'une chose : s'ils l'ont adopté légalement ou non. »

Mais quand la mer fut à nouveau calme et que les passagers recommencèrent à se promener sur le pont, elles n'en furent plus tout à fait sûres. Les Goodley n'étaient pas vraiment méchants, mais ils se conduisaient comme s'ils étaient seuls au monde.

M. Goodley était grand, avait un visage très rouge, des cheveux blancs, et parlait d'une voix forte qui faisait penser à celle d'un âne en train de braire. La chevelure de Mme Goodley était teinte dans un roux éclatant et elle portait des couches d'écharpes, de boas et de châles qui s'empêtraient dans toutes sortes de choses. Nancy Goodley, qui avait dix-neuf ans, minaudait sans cesse en commandant à tout le monde. Les Goodley voyageaient en compagnie d'un couple d'Italiens, les Santorini, qui s'occupaient de la musique et de la danse, et d'un très vieil homme dont les fausses dents étaient si blanches qu'elles en devenaient aveuglantes.

« Il a un autre dentier qu'il met quand il joue les rôles de méchants : jaune avec des trous noirs, il est terrifiant », expliqua Clovis à voix basse. Dès que les acteurs furent tous assemblés sur le pont, M. Goodley s'employa à chasser les passagers qui essayaient de lire ou de jouer au palet.

« Il nous faut le calme absolu pendant au moins deux heures », déclara-t-il.

Puis ils se mirent à faire leurs exercices. M. Goodley qui en était l'inventeur s'en montrait très fier. Il avait même écrit un livre sur la question, mais aucun éditeur n'avait accepté de le publier.

D'abord, tout le monde gonflait la poitrine et faisait circuler l'air du bas de la colonne vertébrale jusqu'à la gorge en poussant un « Aaaah » sonore, puis ils s'avachissaient en remuant les épaules. C'est à ce moment-là qu'une des écharpes de Mme Goodley en profitait pour s'envoler. Puis ils tendaient tout d'un coup les bras vers la mer et s'écriaient « Joyeux à droite ! » tandis que leurs visages arboraient une expression de bonheur frénétique. Ils faisaient alors de même dans l'autre direction, en s'écriant « Joyeux à gauche ! ».

Quand on en eut fini avec « Joyeux à gauche » et « Joyeux à droite », on passa à « Malheureux à gauche » et « Malheureux à droite ». Leurs visages perdirent leur gaieté pour exprimer une immense tristesse.

Clovis était bien obligé de se joindre à eux, mais chaque fois qu'il en avait l'occasion, il se détachait du groupe pour aller parler avec Maia et Mlle Minton et leur poser toutes sortes de questions sur l'Angleterre.

« Est-ce qu'on fait toujours des batailles de châtaignes ? demandait-il, et est-ce qu'on brûle toujours un mannequin sur un bûcher le 5 novembre ? Et les bonshommes de neige ? Est-ce qu'il a beaucoup neigé ?

– Oui, c'était bien l'année dernière, répondit Maia. On sort toujours en courant dès les premiers flocons et on essaie de les attraper sur le bout de la langue. Rien ne vaut le goût des premières neiges. »

Clovis était d'accord, mais cette histoire de saveur lui inspira une autre série de questions sur ce qui lui manquait le plus : la cuisine anglaise.

« Et vous aviez du gâteau à la semoule ? Avec des raisins secs dedans ? Et les roulés à la confiture ? Et le pudding aux raisins avec la sauce à la farine de maïs ?

– Oui, répondit Maia, on mangeait tout ça à l'école. » Mais elle ne pouvait pas s'empêcher de plaindre ce pauvre

Clovis qui avait une telle nostalgie pour ces desserts étouffants qu'elle espérait ne jamais revoir.

Après les exercices, la compagnie se mit à répéter des scènes de pièces qu'ils avaient l'intention de produire. Notamment la scène de somnambulisme dans *Macbeth*. Mme Goodley tenait le rôle de Lady Macbeth, bien sûr, et Maia la trouva très impressionnante, tandis qu'elle titubait dans tous les sens en marmonnant « Va-t'en, tache damnée ! » avec un rictus terrifiant. Maia fut très vexée quand Mlle Minton, qui était en train de lire, referma brusquement son livre et s'apprêta à partir.

« Vous n'aimez pas Shakespeare ? » demanda Maia.

Mlle Minton lui adressa un regard sévère.

« Il n'y a que Dieu que je place au-dessus de Shakespeare, déclara-t-elle. Et c'est précisément pour cette raison que je retourne dans ma cabine. »

Clovis n'avait pas grand-chose à faire dans *Macbeth* – M. Goodley avait supprimé pratiquement tous les rôles d'enfants – mais le lendemain, ils répétèrent *Le Petit Lord Fauntleroy* que Maia avait lu. Un peu trop sentimental, mais c'était quand même une bonne histoire, et elle trouva que Clovis jouait très bien. Il était évidemment le personnage principal, le petit Américain qui découvre qu'il est l'héritier d'un grand château en Angleterre appartenant à son vieux grand-père peu commode, le comte. Ce garçon s'appelait Cédric et s'adressait à sa mère en lui disant « très chère maman ». Ensemble ils partaient en Angleterre où ils faisaient fondre le cœur du comte, étaient très gentils avec les domestiques et finissaient aimés de tous.

« Je t'ai trouvé très bien, dit Maia. Ça ne doit pas être facile d'appeler ta mère "très chère maman".

– Non, et surtout quand c'est Nancy Goodley, qui te pince chaque fois qu'elle en a l'occasion.

– Ta voix ne s'est pas brisée au milieu de tes tirades. »

Clovis parut à nouveau soucieux.

« Il ne vaudrait mieux pas, cette petite teigne de Lord Fauntleroy est censé avoir sept ans. »

Il dit à Maia qu'ils feraient une escale de deux semaines à Belem, le premier port sur l'Amazone, avant de continuer jusqu'à Manaus.

« Il y a un très bon théâtre là-bas. Normalement on ne pourrait jamais obtenir un engagement dans une salle aussi importante, mais la compagnie de ballet qui devait y monter un spectacle a dû annuler. Nous jouons *Le Petit Lord Fauntleroy* en matinée tous les jours. Si ça marche bien, on pourra rembourser toutes nos dettes, sinon...

– Bien sûr que ça marchera. Et je suis très contente que tu joues à Manaus, parce que comme ça je pourrai venir te voir. »

C'était une chose bien triste, lui semblait-il, qu'un garçon doive s'inquiéter de ses boutons, et n'éprouve pas le moindre enthousiasme à l'idée de voyager en Amazonie. Ils naviguaient maintenant dans les mers chaudes, le soleil brillait jour après jour et la mer était d'un bleu éclatant, mais Clovis avait horreur de la chaleur. Quand il ne suivait pas Maia partout pour lui parler de Yorkshire pudding et de tarte aux pommes, il s'allongeait sous un ventilateur et chassait les mouches en soupirant.

« Il faut absolument que je retourne en Angleterre », disait-il, et il les obligeait à lui parler de luge, de patinage sur les mares gelées et de muffins qu'on mangeait ensuite pour le goûter. « Ma mère adoptive faisait les meilleurs muffins du monde », ajoutait-il.

Maia avait eu une tout autre expérience de la vie. Quand elle était petite, ses parents l'avaient emmenée avec eux faire des fouilles dans les ruines de la Grèce antique et de l'Égypte, elle se souvenait du bonheur d'avoir chaud même la nuit et de la totale liberté dont elle jouissait dans le camp. Plus elle se rapprochait de sa destination et plus elle était convaincue que les sentiments qu'elle avait éprouvés, perchée en haut de son échelle dans la bibliothèque, étaient justes, et que ce nouveau pays serait idéal.

« Je vais vivre avec des jumelles, dit-elle à Clovis. Les jumeaux sont des enfants un peu spéciaux, tu ne crois pas ? Comme Romulus et Remus, même si eux ont été élevés par des loups, bien sûr.

– Si elles sont gentilles, ça se passera bien, dit Clovis, mais si elles sont affreuses tu en auras une double dose.

– Elles ne seront pas affreuses », répliqua Maia.

Au bout de quatre semaines en mer, ils sortirent sur le pont un matin et sentirent, en plus du goudron, du cambouis et du sel de la mer, un riche parfum entêtant. Ce n'était pas une simple odeur de terre : cela sentait la jungle. Au bout de quelques heures, ils distinguèrent une sombre ligne d'arbres délimitée par le rivage, puis le bateau s'engagea dans l'estuaire du fleuve et ils jetèrent l'ancre à Belem.

Là, les Frères Pèlerins débarquèrent avec les mêmes cris et les mêmes gestes que lorsqu'ils étaient montés à bord. Maia et Clovis s'embrassèrent. Elle était très triste de le voir partir. Elle lui donna son adresse chez les Carter pour qu'il puisse lui rendre visite dès qu'il arriverait à Manaus.

« La maison s'appelle *Tapherini*, ce qui signifie "Maison du Repos", expliqua Mlle Minton, elle doit donc être très belle. Les jumelles seront très contentes de rencontrer un véritable acteur.

– Et vous viendrez me voir jouer ?

– Bien sûr, répondit Maia. Je te le promets. »

Clovis ne se contenta pas d'embrasser Maia, il serra aussi Mlle Minton dans ses bras. Maia fut étonnée de voir qu'un garçon aussi craintif n'avait absolument pas peur de sa gouvernante pourtant si terrifiante en apparence.

Maia ne devait jamais oublier son voyage le long de l'Amazone. En certains endroits, le fleuve était tellement large qu'elle comprenait pourquoi on l'appelait le Fleuve Mer ; ils naviguaient alors entre de lointaines rangées d'arbres. Mais parfois aussi, ils progressaient en contournant des îles, et on pouvait apercevoir sur les berges certains de ces animaux que Maia avaient rencontrés dans ses lectures. Elle vit un jour une portée de capybaras, et ils étaient assez près pour qu'on distingue leurs drôles de groins et leur fourrure pleine de sable. Un jour, ils passèrent devant un arbre qui avait succombé à la montée des eaux, ses branches nues étaient couvertes de perroquets écarlates qui prirent leur envol en poussant des cris perçants quand le bateau passa devant eux. Un autre jour encore, Maia vit un tronc gris dans un endroit peu profond de la rivière, qui s'anima tout d'un coup.

« Oh, regardez ! s'exclama-t-elle, un croc... je veux dire un alligator. C'est le premier que je vois. »

Un passager qui se trouvait à côté d'elle la félicita de savoir qu'il n'y avait pas de crocodiles dans cette partie du monde :

« Vous n'imaginez pas le nombre de personnes qui n'arrivent jamais à s'en souvenir. »

Ils passèrent devant des plantations de caoutchouc et des villages indiens bâtis sur pilotis pour que les maisons ne soient pas inondées par les crues de la rivière. Les enfants accouraient sur les pontons et leur faisaient signe de la main. Maia répondait à leur salut, jusqu'à ce qu'elle ne puisse plus les voir.

Parfois, le bateau passait assez près du rivage pour que les passagers aperçoivent les grandes maisons des planteurs de canne à sucre et des exportateurs de café. On voyait ces familles sur les vérandas, qui prenaient le thé, avec leurs chiens allongés à l'ombre, des cascades de fleurs violettes s'échappant des paniers suspendus.

« Est-ce que ce sera comme ça ? demandait sans cesse Maia. Ils auront sûrement une véranda ? Peut-être qu'on pourra prendre nos leçons à l'extérieur, en regardant le fleuve ? »

Elle était de plus en plus excitée. Les couleurs, les Indiens accueillants qui leur faisaient signe, les oiseaux colorés qui traversaient le ciel comme des éclairs, tout cela l'enchantait, et elle n'était nullement incommodée par la chaleur. Mais les jumelles occupaient toujours le centre de ses pensées. Elle les imaginait dans leurs robes blanches avec de grandes ceintures d'étoffe colorée, comme dans un livre d'images. Elle les imaginait, se préparant à aller se coucher, se brossant les cheveux, s'allongeant dans un hamac avec un panier plein de chatons sur les genoux, ou cueillant des fleurs pour décorer la maison.

« Vous ne pensez pas qu'elles ont certainement un grand jardin qui descend jusqu'à la rivière ? demanda-t-elle à Mlle Minton. Et sans doute aussi un bateau avec un store rayé. Je n'aime pas beaucoup pêcher à cause des hameçons, mais si elles m'apprenaient... J'imagine que dans un endroit comme celui-ci, on peut vivre des produits de la terre. »

Comme la lettre que lui avaient envoyée les jumelles ne contenait que deux lignes, Maia était parfaitement libre d'imaginer leur vie, et elle s'adonnait inlassablement à cette activité.

« Je me demande si elles ont apprivoisé beaucoup d'animaux ? Ça ne m'étonnerait pas du tout, qu'est-ce que vous en pensez ? Les coatis sont très faciles à apprivoiser. Elles ont peut-être un singe familier ? Un petit capucin qui vient se percher sur leur épaule ? Et un perroquet ? » demandait-elle à Mlle Minton. Celle-ci lui répondait qu'il fallait avoir de la patience et qu'elle verrait bien, et elle lui faisait faire un exercice de plus dans sa grammaire portugaise.

Mais tout ce que pouvait dire Mlle Minton ne faisait aucune différence. Dans sa tête, Maia voyait les jumelles qui jouaient sur leur bateau entre d'immenses nénuphars, traversaient à pied la jungle avec témérité, et le soir s'asseyaient au piano pour jouer à quatre mains et faire résonner des notes exquises dans la nuit veloutée.

« Et puis, elles doivent connaître les noms de toutes ces choses. Ces grands nénuphars orange, par exemple, je ne trouve personne pour me dire comment on les appelle, dit Maia.

– Leur nom doit figurer dans un livre », répondit Mlle Minton pour calmer ses ardeurs. Mais elle aurait mieux fait d'économiser sa salive, car Maia continuait à inventer tous les détails de la vie de Gwendolyn et de Béatrice.

« Elles doivent avoir des diminutifs, vous ne croyez pas ? Gwen et Beattie ? »

Maia remarqua que Mlle Minton savait beaucoup de choses sur les créatures qu'on apercevait le long du fleuve, et lorsque sa gouvernante lui montra des dauphins d'eau douce qui nageaient à la proue du bateau, elle trouva le courage de lui demander ce qui l'avait décidée à partir pour l'Amazonie.

Mlle Minton regarda fixement devant elle. Elle ne répondit pas immédiatement et Maia rougit, elle craignait d'avoir été indiscrète. Puis Mlle Minton dit :

« J'ai connu un jour quelqu'un qui est venu vivre ici. Il m'écrivait de temps en temps. Et j'ai eu envie de voir par moi-même à quoi ressemblait ce pays.

– Ah ? »

Cette explication avait plu à Maia. Mlle Minton avait peut-être un ami dans la région, et elle ne se sentirait pas trop seule.

« Est-ce qu'il vit toujours ici, votre ami ? »

Cette fois, elle attendit plus longtemps encore avant de répondre.

« Non, il est mort. »

Au bout d'une semaine, elles firent escale à Santarem, un port où s'était installé un grand marché. Les passagers furent autorisés à descendre à terre et Maia entendit le « clac » familier que produisait le fermoir du sac à main noir de Mlle Minton.

« M. Murray m'a donné un peu d'argent pour que tu puisses le dépenser pendant le voyage. Désires-tu acheter quelque chose ? »

Les yeux de Maia se mirent à briller.

« Des cadeaux pour les jumelles. Et peut-être aussi pour M. et Mme Carter. J'aurais dû le faire en Angleterre mais nous sommes parties tellement vite. Est-ce que j'ai assez d'argent ?

– Oui », répondit Mlle Minton sèchement en lui tendant une liasse de billets. Il aurait fallu qu'elle travaille plus de trois mois pour gagner ce que M. Murray avait donné à Maia. Toutefois, il fallait bien reconnaître que la jeune fille ne se conduisait absolument pas comme une enfant gâtée.

Le marché offrait un spectacle éblouissant. Les pastèques étaient grosses comme des bébés, il y avait des bananes vertes, jaunes, et d'autres encore qui étaient presque orange. Des noix étaient empilées dans des charrettes, ainsi que des ananas, des poivrons, et du poisson fraîchement pêché que l'on faisait sécher. Des animaux tiraient sur les cordes qui les retenaient, on voyait des ouvrages délicats en dentelle et en argent, des paniers tressés et des sacs de cuir. De magnifiques Noires les vendaient en riant et en échangeant des plaisanteries, elles étaient vêtues d'étoffes aux couleurs éclatantes et côtoyaient des Indiens habillés à l'européenne, ou d'autres qui s'étaient peint la poitrine et portaient des plumes, ainsi que de jeunes Brésiliennes élancées à la peau dorée.

Il n'était pas facile de trouver un cadeau pour les jumelles, car Maia était convaincue qu'elles auraient surtout envie de recevoir un poussin duveteux ou des canetons, ou même une souris blanche.

« Il n'y a pas de plus beau cadeau qu'une chose vivante », déclara-t-elle. Mais Mlle Minton se montra très ferme.

« Tu ne peux pas leur acheter d'animaux sans savoir ce qu'elles ont déjà. Et d'autre part, tu ne voudrais pas que tes cadeaux soient mangés dès le premier jour. »

Maia acheta donc deux cols en dentelle pour les jumelles, un châle brodé pour Mme Carter, et pour M. Carter, un portefeuille en cuir orné d'un jaguar.

Puis elle disparut. Mlle Minton commençait à s'inquiéter quand elle revint en brandissant une ombrelle à franges bleues avec une poignée sculptée.

« Puisque vous avez cassé votre parapluie en tapant sur Henry Harrington, dit-elle. Et puis ce sera mieux pour le soleil.

– Et toi, Maia, que t'es-tu acheté ? »

La seule chose qu'elle désirât vraiment était un petit chiot bâtard couvert de puces dans un panier d'osier, et une fois de plus, Mlle Minton se montra ferme.

« Ils ont sans doute déjà un chien pour garder la maison ou même plusieurs. » Maia dut se contenter de cette réponse.

Elles avaient encore plusieurs jours de voyage devant elles sur ce fleuve boueux, envahi par la végétation. Quelques heures avant d'accoster à Manaus, le haut-parleur invita les passagers à se rendre sur le pont pour assister à un célèbre spectacle : le mariage des eaux. l'endroit où les eaux brunes de l'Amazone se jettent dans les eaux noires du fleuve Negro. On pouvait alors voir les deux fleuves parfaitement distincts couler côte à côte dans un même lit.

Puis, comme ils remontaient le cours du Negro, Maia vit le dôme vert et or du théâtre, elle vit les clochers des églises, et les bâtiments jaunes des douanes.

Elles avaient atteint Manaus, elles étaient arrivées.

Chapitre 3

Maia était certaine que les jumelles les accueilleraient sur le quai, pourtant elle ne les voyait nulle part, pas plus que leurs parents.

Les passagers avaient tous quitté le bateau, leurs bagages avaient été inspectés par les douaniers, l'activité sur le quai commençait à retomber, et personne ne venait à leur rencontre.

« Vous pensez qu'ils nous ont oubliées ? » demanda Maia en feignant l'insouciance. Pourtant elle se sentait tout d'un coup très seule, loin de tous ceux qu'elle aimait.

« Ne sois pas sotte ! » aboya Mlle Minton, mais son nez paraissait plus pointu que jamais tandis qu'elle inspectait le quai en tournant la tête dans tous les sens.

Elles attendaient depuis plus d'une heure, quand un homme dans un costume blanc froissé et coiffé d'un panama se présenta à elles.

« Je m'appelle Rafael Lima, je suis l'agent de M. Carter », dit-il.

Il avait un visage jaunâtre, taciturne, et une moustache tombante. Il leur donna une poignée de main molle et moite.

« M. Carter vous a fait envoyer son bateau. Il ne pouvait pas venir en personne. »

Elles le suivirent ainsi que le porteur jusqu'à la marina où étaient amarrées toutes sortes d'embarcations : des canoës creusés dans des troncs d'arbres, des yachts portant des noms comme *Firefly* et *Swallow*, et d'élégantes chaloupes aux couleurs éclatantes avec des stores rayés. Mais le bateau des Carter était peint dans un vert sombre sévère qui rappelait la couleur des épinards. Le store était du même vert et le bateau ne portait pas de nom, hormis ces six lettres : CARTER, qui indiquaient son propriétaire.

Comme ils approchaient du bateau, un Indien qui attendait assis sur une balle de caoutchouc se leva et jeta sa cigarette.

« Voici Furo, le batelier des Carter. C'est lui qui vous mènera chez eux. » Puis après une autre poignée de main molle, Lima disparut.

Furo ne ressemblait en rien aux Indiens qu'elles avaient croisés pendant le voyage, et qui les avaient saluées en souriant, il n'était pas non plus comme les marins sur le bateau avec lesquels Maia avait échangé des plaisanteries. Il les fit entrer dans la cabine et haussa les épaules quand elles déclarèrent qu'elles voulaient faire le voyage sur le pont. Puis il mit le moteur en marche, alluma une autre cigarette et regarda fixement la rivière en amont avec un visage impassible.

Ils remontèrent le Negro pendant une heure, laissant derrière eux tout signe d'une vie urbaine. Sans même s'en rendre compte, Maia s'était rapprochée de Mlle Minton. Cette étendue de rivière était étrangement différente de ce qu'elles avaient vu jusqu'à présent. Elle était droite et silencieuse, on ne voyait pas de bancs de sable sur la rive, ni d'îles, ni d'animaux, et les Indiens qui travaillaient entre les arbres à caoutchouc se contentaient de relever la tête sur le passage du bateau avant de détourner le regard...

Puis Furo leur désigna la rive droite d'un geste de la main et elles virent une maison basse en bois, peinte dans le même vert que le bateau. Une véranda longeait toute la façade.

Quatre personnes les attendaient au bout du ponton : une femme tenant une ombrelle, un homme coiffé d'un chapeau de paille... et deux petites filles.

« Les jumelles ! s'écria Maia tandis que son visage s'éclairait d'un sourire. Regardez, elles sont là ! »

Elle retrouvait tout d'un coup sa gaieté, tout se passerait pour le mieux. Mlle Minton rassembla leurs affaires, le bateau accosta doucement et, sans attendre l'aide de Furo, Maia sauta sur le ponton.

Puis, se rappelant les bonnes manières, elle se dirigea tout d'abord vers Mme Carter et lui fit la révérence. La mère des jumelles était une femme dodue avec un visage très poudré, un double menton et des cheveux qu'elle avait fait boucler avec soin. À la regarder, on aurait pu penser qu'elle se parfumait à la violette ou à la lavande, mais à la grande surprise de Maia, elle sentait le désinfectant. Une odeur que Maia connaissait bien, car les femmes de ménage à l'école se servaient de ce même produit pour nettoyer les toilettes.

« J'espère que vous avez fait bon voyage », dit-elle, et elle fut extrêmement surprise d'entendre Maia lui répondre qu'elle avait même fait un voyage merveilleux. Puis elle cria « Clifford ! », et son mari qui jusque-là avait été occupé à donner des ordres pour faire amarrer le bateau se retourna pour accomplir son devoir d'hôte. M. Carter était un homme maigre, à l'air sombre, qui portait de fines lunettes dorées. Vêtu d'un long short kaki et chaussé de bottines en toile, il ne prêtait qu'un vague intérêt à l'arrivée de Maia et de sa gouvernante.

À son tour, Mlle Minton serra la main des Carter et Maia put enfin se tourner vers les jumelles.

Son imagination ne l'avait pas trompée. Elles étaient effectivement blondes, jolies et toutes vêtues de blanc.

Elles étaient coiffées de chapeaux de paille bordés de rubans de couleurs différentes, bleu et rose, assortis aux ceintures de leurs robes. Leurs boucles un peu fatiguées par la chaleur leur tombaient sur les épaules, leurs joues rondes se coloraient légèrement et leurs yeux bleu clair étaient soulignés par des cils pâles, presque incolores.

« Moi, je suis Béatrice », fit celle qui portait le ruban et la ceinture roses. Elle tendit la main à Maia. Et bien qu'elle fût à peine sortie de la maison, elle portait des gants.

Les regards de Maia allaient de l'une à l'autre et quoi qu'elles se ressemblassent beaucoup, jusque dans la forme de leurs épaules un peu tombantes, elle songea qu'elle serait parfaitement capable de les distinguer. Béatrice était juste un peu plus grande et plus ronde que sa sœur, ses yeux étaient d'un bleu un peu plus profond, ses boucles avaient plus de volume que celles de Gwendolyn, et on distinguait un petit grain de beauté à la base du cou. On avait l'impression que Béatrice était le moule qui avait servi à faire Gwendolyn et elle devina que Béatrice était l'aînée, même s'il s'agissait d'une différence de quelques minutes à peine.

C'était maintenant Gwendolyn qui lui tendait la main. Elle avait retiré son gant et elle retint la main de Maia un peu plus longtemps que ne l'avait fait Béatrice.

Puis elles lui tournèrent le dos pour suivre leurs parents à l'intérieur de la maison. Maia s'attarda un instant à l'extérieur pour inspecter la paume de sa main. Puis elle secoua la tête, honteuse des pensées qui venaient de lui traverser l'esprit, et elle se hâta de rattraper les autres.

Une heure plus tard, Maia et Mlle Minton s'installaient dans la véranda pour prendre le thé avec la famille.

La véranda était une étroite construction de bois face à la rivière, mais complètement isolée par des vitres et du grillage. Pas le moindre souffle d'air, pas le moindre parfum de végétation. Deux rubans de papier tue-mouches pendaient à chaque extrémité, des insectes y agonisaient avec des vrombissements frénétiques en essayant de dégager leurs ailes. Des bols pleins d'alcool à brûler étaient disposés sur des tables basses, contenant des moustiques à divers stades de la noyade. Les murs de bois étaient peints dans le même vert aseptisé que la maison et le bateau. On avait l'impression d'être dans le couloir d'un hôpital. Maia n'aurait pas été surprise de voir des patients allongés sur des brancards, attendant leur opération.

Mme Carter était assise à la table de rotin, servait le thé et y ajoutait du lait en poudre. On avait disposé une petite assiette de biscuits secs avec des trous dedans et rien d'autre.

« On nous les envoie spécialement d'Angleterre », déclara Mme Carter en désignant les biscuits du regard. *Pourquoi se donner tant de mal ?* se demanda Maia qui n'avait jamais rien mangé d'aussi fade.

« Vous ne verrez jamais de spécialité locale à ma table, reprit Mme Carter. Il y a bien des gens ici qui vont au marché et achètent la même nourriture que les Indiens, mais dans ma maison, je ne le permettrai pas. Rien n'est propre, tout est infesté de microbes. »

Et pour prononcer ce dernier mot sa bouche se pinçait et formait un petit cercle pour exprimer toute sa désapprobation.

« On ne pourrait pas laver ces aliments ? » demanda Maia qui se rappelait les merveilleux fruits et légumes qu'elle avait vus au marché. Mais Mme Carter rétorqua que ça ne suffisait pas.

« Nous désinfectons tout, de toute manière, mais ça ne sert à rien. Les Indiens n'ont aucune hygiène. Et si on veut survivre ici, il faut tenir la jungle à distance. »

Et on s'en était visiblement tenu à ce principe. Aucune plante ne venait orner le rebord des fenêtres, pas la moindre orchidée, aucune de ces ravissantes tritomes que Maia avait vues sur les balcons des maisons le long du fleuve, et le jardin n'était qu'un vaste carré de gravier.

« En Angleterre, il y avait toujours des fleurs à la maison, continua Mme Carter. Lady Parsons disait toujours que je n'avais pas mon pareil pour faire des bouquets de roses, vous vous rappelez, les filles ? »

Les jumelles hochèrent la tête de concert, une fois vers le haut, une fois vers le bas.

« Oui, maman, répondirent-elles.

– Mais pas ici, fit Mme Carter avec un soupir. Je suis apparentée à Lady Parsons, expliqua-t-elle, c'est une cousine au second degré, du côté de ma mère.

– Vous avez des animaux familiers ? » demanda Maia timidement à Gwendolyn qui était assise à côté d'elle.

Elle n'avait aperçu ni chaton, ni chien, ni canari chantant derrière les barreaux de sa cage, dans quelque recoin de cette sombre maison. Un grand vaporisateur plein d'insecticide était appuyé contre une chaise dans un angle de la pièce.

Gwendolyn se tourna vers Béatrice. Maia avait déjà remarqué que le plus souvent c'était Béatrice qui parlait en premier.

« Certainement pas, répondit-elle.

– Les animaux domestiques amènent des puces, des poux, et des tiques, ajouta Gwendolyn en lissant sa robe blanche immaculée.

– Et d'horribles vers, renchérit Béatrice.

– Bon, bon, les filles, ça suffit », intervint Mme Carter.

Une domestique apporta un peu plus d'eau chaude. Elle avait deux dents en or et le même visage renfrogné et impénétrable que Furo, l'homme sur le bateau. Quand Maia lui adressa un sourire, elle ne réagit pas.

« Tu as des cadeaux pour nous ? » dit Béatrice.

Maia répondit qu'elle en avait effectivement et demanda la permission d'aller les chercher dans sa valise.

« Oh, mais ce sont des choses qui ont été faites ici, des objets achetés au marché, s'exclamèrent les deux filles quand elle revint. On voulait de vrais cadeaux, rapportés d'Angleterre. »

Maia essaya de ne pas se montrer trop vexée. Puis elle croisa le regard de Mlle Minton et déclara : « Je voulais vous apporter des poussins... » et les jumelles frissonnèrent de dégoût.

« Bien, Mlle Minton, voulez-vous me suivre maintenant, je vais vous expliquer en quoi consisteront vos tâches, dit Mme Carter. Béatrice et Gwendolyn vont montrer sa chambre à Maia. »

Les Carter avaient fait construire leur bungalow sur un terrain qui avait appartenu aux Indiens. Les pièces principales donnaient sur le fleuve : la salle à manger avec sa grande table de chêne et les chaises à dossier matelassé, le salon, meublé de canapés rebondis et orné d'une horloge en marbre et d'un grand portrait de Lady Parsons, affublée d'un collier de perles. Enfin, à ces pièces s'ajoutait le bureau de M. Carter. Les fenêtres étaient couvertes d'épaisses moustiquaires et les volets étaient toujours mi-clos, si bien que le bungalow était excessivement chaud et toujours plongé dans l'obscurité.

On avait agrandi la maison en construisant deux ailes qui partaient en direction de la forêt. La chambre de Maia se trouvait à l'extrémité de l'une d'elles. C'était une petite pièce nue, meublée d'un lit étroit, d'une commode et d'une table en bois. On n'y voyait pas le moindre tableau ni la moindre fleur. L'odeur de désinfectant y était étouffante.

« Maman a fait nettoyer la pièce trois fois, déclara Béatrice. C'était un débarras avant. »

Il n'y avait qu'une seule fenêtre, très haute. Mais Maia remarqua deux portes : l'une donnait sur le couloir et l'autre était verrouillée.

« Où mène cette porte ? demanda Maia.

– Au quartier des ouvriers. Les Indiens. Il faut toujours qu'elle reste fermée. Nous ne nous aventurons jamais là-bas.

– Alors comment est-ce que vous sortez ? demanda Maia. Pour aller au bord du fleuve, je veux dire, ou dans la forêt ? »

Les jumelles échangèrent un regard.

« Nous ne sortons pas parce qu'il fait trop chaud dehors et que c'est plein de bêtes horribles. Quand nous quittons la maison, c'est pour prendre le bateau qui nous emmène à Manaus.

– Pour nos leçons de danse.

– Et de piano.

– Et tu ne dois pas sortir, toi non plus. »

Maia s'efforça de digérer ces informations. Apparemment, les Carter faisaient semblant de croire qu'ils vivaient encore en Angleterre.

« La bonne t'aidera à défaire tes valises, dit Béatrice. Elle est un peu idiote, mais c'est son travail.

– Comment s'appelle-t-elle ? demanda Maia.

– Tapi.

– C'est elle qui nous a amené l'eau chaude pour le thé ?

– Oui. »

Se rappelant le visage épais et lugubre de cette femme, Maia déclara qu'elle se débrouillerait toute seule.

« Comme tu voudras, le dîner sera servi à sept heures. Tu seras prévenue par le gong. »

Comme elles ouvraient la porte, Maia entendit la voix de Mme Carter qui résonnait dans le couloir.

« Et rappelez-vous, Mlle Minton, je m'en rendrai compte, toujours ! »

Les jumelles échangèrent un regard en gloussant.

« Elle la prévient de ne pas enlever son corset, expliquèrent-elles à voix basse. Quelques-unes des autres gouvernantes avaient essayé, mais maman finit toujours par le voir !

– Mais enfin ! Par cette chaleur... », fit Maia, mais elle ravala bien vite ses paroles.

Elle imaginait sans peine l'inconfort de ces sous-vêtements raides avec leurs baleines sous un tel climat.

Le dîner, servi dans la salle à manger sous un ventilateur qui grinçait, ne fut pas un repas très gai. Ils mangèrent de la betterave en boîte, et du corned-beef, l'un comme l'autre acheminés d'Angleterre par bateau, suivis par une *jelly* verdâtre qui n'avait pas eu le temps de se solidifier et qu'il fallait poursuivre avec sa cuillère de long en large dans l'assiette.

Quand les Carter étaient arrivés d'Angleterre, leurs domestiques leur avaient cuisiné toutes les succulentes spécialités du Brésil : du poisson frais cuit dans une sauce au safran, des poivrons farcis avec des raisins secs et du riz, du maïs grillé, et des soupes avec de gros morceaux de viande et de légumes. Ils leur avaient cueilli des fruits frais : des mangues, des goyaves et des grenades, et la nuit ils partaient à la recherche d'œufs de tortue.

Mais ça n'avait pas duré longtemps.

« On ne servira à cette table que de la nourriture anglaise ! » avait déclaré Mme Carter.

Et les domestiques avaient baissé les bras. Ils ouvraient les boîtes de conserve importées d'Angleterre, versaient de l'eau bouillante sur toutes les préparations en poudre que Mme Carter leur présentait, sans se soucier de savoir si elles en sortiraient liquides ou dures comme la pierre, puis ils retournaient dans leurs cabanes pour se préparer des repas mangeables.

« Dois-je appeler Mlle Minton ? demanda Maia quand tous furent à table, elle n'a peut-être pas entendu le gong.

– Mlle Minton dînera dans sa chambre, répondit Mme Carter. Les gouvernantes peuvent se joindre à nous au petit déjeuner et au déjeuner, jamais pour le dîner.

– Mlle Porterhouse ne dînait jamais en notre compagnie, déclara Béatrice.

– Et Mlle Chisholm non plus. »

Maia garda le silence. Elle avait eu une gouvernante avant d'entrer à l'école et celle-ci avait fait partie de la famille. Elle prenait tous ses repas à la table familiale, sauf quand les parents de Maia recevaient. Dans ces cas-là, elle dînait avec Maia dans l'étude. Et à sa grande stupéfaction, Maia sentit sa gorge se serrer en se rappelant la chaleur et les rires de son ancien foyer.

Après le dîner, les jumelles se consacrèrent à la broderie et M. Carter se retira dans son bureau. Il n'avait pratiquement rien dit pendant le repas, et s'était contenté de se plaindre brièvement parce que les domestiques avaient déplacé des papiers sur son bureau.

« On ne peut faire confiance à personne dans cette maison », marmonna-t-il d'un air bougon, et il expliqua à Maia qu'il ne fallait jamais se départir de sa méfiance parce que les Indiens n'avaient qu'une idée en tête, vous rouler à la première occasion.

« Tu dois être fatiguée après ce voyage », dit Mme Carter. Maia répondit qu'elle était effectivement épuisée et se retira dans sa chambre.

Elle entendit alors qu'on frappait à sa porte, et Mlle Minton entra immédiatement après. Elle regarda la chambre de Maia sans un mot.

« Je suis juste à côté, dit-elle enfin. Tu peux toujours frapper contre le mur si tu as besoin de moi. Tu veux que je t'aide à te brosser les cheveux ? »

Maia secoua la tête, mais Mlle Minton se saisit de la brosse en argent et se mit à brosser la longue chevelure brune de sa protégée sans parler, pour laisser le temps à Maia de retrouver ses esprits.

« Ce n'est pas exactement ce que j'imaginais, hein ? dit Maia d'un air sombre. Je crois que les jumelles ne m'aiment pas beaucoup.

– Elles t'apprécieront quand elles te connaîtront mieux. N'oublie pas que les jumeaux ont l'habitude de vivre dans un monde bien à eux. »

Elle reposa la brosse et tressa les cheveux de Maia.

« Il faut leur donner un peu de temps, ajouta-t-elle.

– Oui... c'est seulement que... que je ne comprends pas pourquoi les Carter ont voulu me recueillir. »

Mlle Minton ouvrit la bouche pour lui répondre puis se ravisa. Elle savait très bien pourquoi ils avaient fait cette proposition. Son entrevue avec Mme Carter n'avait laissé planer aucun doute à ce sujet, mais elle ne voulait pas le dire à Maia. Cette pauvre enfant avait assez souffert de la mort de ses parents.

« Tu verras, demain matin, tout t'apparaîtra différemment. Ne perds pas courage. Le courage, c'est le plus important.

– Oui, sans doute. »

Une fois seule, Maia se mit au lit. Il n'y avait pas de ventilateur dans sa chambre. Mais elle se jura d'être courageuse. Elle ouvrit sa main et regarda la petite marque qu'elle avait au creux de la paume. Elle avait été bête de croire que Gwendolyn avait voulu lui enfoncer son ongle dans la paume de la main. Pourquoi aurait-elle voulu faire mal à quelqu'un qu'elle n'avait jamais vu ? Elle devait avoir quelque chose de coincé sous l'ongle et elle ne s'en était même pas aperçue, un petit bout de fil de fer, ou une épine.

Toutefois cette épine ne pouvait pas venir d'un rosier, dans cette maison sans fleurs.

Maia éteignit la lampe, mais elle ne parvint pas à s'endormir. Au bout d'un moment, elle se releva et plaça une chaise sous la fenêtre.

Un petit peu plus loin dans la forêt, on apercevait les cabanes des Indiens qui travaillaient pour le compte des Carter. Ce n'étaient pas des cases aérées de style traditionnel avec des toits de chaume, mais des maisonnettes en bois, construites spécialement pour loger des domestiques. Elle souleva un coin de la moustiquaire et aperçut des vers luisants – des centaines de points lumineux qui éclairaient la nuit en dansant – et elle entendit le coassement des grenouilles. Comme tout paraissait vivant là-bas, et comme tout était mort dans cette maison !

Une jeune fille dans une robe colorée, portant un bébé sur la hanche, entra dans la cabane du milieu. Quand elle ouvrit la porte, le cri d'un perroquet domestique et les aboiements aigus d'un petit chien s'élevèrent dans la nuit. Puis un chant, lent et mélodieux. Peut-être était-ce une berceuse pour le bébé.

Et à nouveau le silence. Mais juste avant de quitter la fenêtre, elle entendit quelqu'un qui sifflait. Les notes vibraient au-delà de la dernière cabane, à l'orée de la jungle, là où vivaient les cueilleurs de caoutchouc. Le plus étrange, c'était qu'elle connaissait cette mélodie. C'était une chanson du nord de l'Angleterre – *Blow the Wind Southerly* – que sa mère lui avait souvent chantée.

Elle écouta jusqu'à la dernière note et retourna se coucher. Comme il avait été réconfortant d'entendre cet air familier, si loin de chez elle. Et elle s'endormit presque aussitôt.

M. et Mme Carter avaient quitté Littleford on Sea, petite ville du sud de l'Angleterre, pour venir s'installer en Amazonie.

M. Carter était alors employé de banque, mais ayant perdu son travail, il avait décidé d'emmener sa famille en Amérique latine pour y faire fortune. De nombreux Européens avaient fait de même à cette époque, certains pour cultiver le café et le cacao, d'autres pour trouver de l'or, mais la plupart pour recueillir le caoutchouc, l'« or noir » de l'Amazonie. On pensait alors que c'était une façon de devenir riche facilement. Les arbres à gomme poussaient partout dans le bassin de l'Amazone : il suffisait d'embaucher quelques Indiens pour recueillir la sève, de l'emporter dans les cabanes où on la fumait, et d'envoyer les ballots de caoutchouc brut le long du fleuve pour l'exportation.

Beaucoup de gens avaient effectivement fait fortune. On rencontrait à Manaus des Européens qui vivaient comme des princes. Pas les Carter. Parce que pour extraire la sève des arbres à gomme, on avait besoin d'Indiens qui connaissent la nature et comprennent la forêt. Or les Indiens sont un peuple fier et indépendant. Si vous les traitez comme des esclaves, ils ne se révoltent pas, ne font pas la grève, ils disparaissent tout simplement dans la forêt, rejoignent leurs tribus et on ne les revoit plus.

C'est ce qui arriva avec les Indiens que les Carter avaient embauchés. Tous les mois, M. Carter perdait quelques employés de plus et, loin d'accumuler une fortune, il s'appauvrissait de jour en jour.

Aussi, lorsque M. Murray leur avait écrit pour leur demander s'ils accepteraient de recueillir Maia, les Carter avaient sauté de joie. Ils n'avaient pas particulièrement envie de voir Maia s'installer chez eux, ils étaient de toute manière bien trop égoïstes pour ça, mais ils avaient besoin d'elle.

Ou plutôt ils avaient besoin de l'argent qu'elle leur apporterait. M. Murray n'avait jamais dit à Maia combien son père lui avait laissé en héritage, elle savait seulement qu'elle ne serait jamais dans le besoin et elle n'y pensait que très rarement. Mais de fait, elle était riche, et le serait plus encore le jour de ses vingt et un ans. Les Carter avaient expliqué que la vie en Amazonie était très chère, puisqu'il fallait importer toutes les denrées d'Angleterre : le moindre biscuit, le moindre pot de marmelade. Ils avaient donc demandé une importante allocation en échange de leur hospitalité.

« Nous préférerions la recevoir gratuitement, bien sûr, avait écrit Mme Carter, mais les temps sont durs. »

M. Murray avait donné son accord. Cependant, comme tous les avocats, c'était un homme prudent. Il avait confié à Mlle Minton la contribution de Maia pour le premier mois, car il savait qu'il pouvait lui faire confiance. Plus tard, l'argent que Maia payait pour le gîte et le couvert ainsi que le salaire que l'on versait à Mlle Minton pour s'occuper d'elle seraient transférés directement sur un compte à Manaus.

Mlle Minton avait compris au bout de quelques minutes à peine les raisons qui avaient poussé les Carter à accueillir Maia. Mme Carter avait été incapable de dissimuler son soulagement et son âpreté au gain quand Mlle Minton avait compté devant elle les billets que lui avait confiés l'avocat. Quant à Béatrice et Gwendolyn, on ne leur avait rien dit, si ce n'est qu'une lointaine cousine viendrait faire un long séjour à la maison et qu'il fallait lui réserver un bon accueil. Mais les jumelles n'avaient jamais accepté personne dans leur monde.

Maia fut réveillée le lendemain matin, non pas par le chant des oiseaux mais par un bruit qu'elle ne reconnut pas immédiatement. Une sorte de sifflement, suivi de coups sourds et violents et d'une voix de femme qui criait : « Ouste ! »

Elle passa la tête par la porte et vit Mme Carter dans le couloir, vêtue d'une robe de chambre et d'un turban pour protéger ses cheveux. Elle tenait le vaporisateur dans une main et aspergeait tous les coins avec de l'insecticide. Puis elle disparut dans le cagibi pour en ressortir armée d'un balai dont elle frappa le plafond pour chasser les araignées qui auraient pu s'y réfugier. Ensuite, elle prit un seau plein de désinfectant et une serpillière qu'elle passa énergiquement sur les dalles du sol, tout en marmonnant sans cesse : « Ouste ! » ou encore « Voilà pour vous ! », s'adressant aux insectes qui, pensait-elle, se trouvaient peut-être là. Mme Carter n'accomplissait aucune autre corvée dans la maison, mais cette chasse matinale était la seule qu'elle refusait de confier aux domestiques.

Après le petit déjeuner, Maia commença les leçons en compagnie des jumelles.

Elles avaient lieu dans la salle à manger, autour de la grande table de chêne. À huit heures du matin, il faisait déjà très chaud dans cette pièce. On ne pouvait mettre en marche le ventilateur car il aurait fait voler les pages des livres, et à l'odeur d'insecticide se mêlaient les parfums de désinfectants en tous genres et de toutes marques.

Mme Carter avait donné à Mlle Minton des instructions très précises.

« Les filles travaillent avec les manuels du Dr Bullman. Vous verrez, ces livres couvrent tous les sujets qu'elles ont besoin de connaître. »

Elle lui montra alors la grammaire anglaise du Dr Bullman, le manuel de rédaction du Dr Bullman, le manuel de français du Dr Bullman, l'histoire d'Angleterre par le Dr Bullman et le manuel de géographie du Dr Bullman. Tous les tomes avaient la même couverture brune ornée du portrait du Dr Bullman lui-même. Il avait une petite barbe pointue, des yeux au regard fixe, un front bombé et, en l'observant, Maia sentit son estomac se nouer.

« Je veux absolument que vous vous en teniez aux exercices contenus dans ces manuels. Pas d'inventions, pas de digressions. C'est une règle que j'ai établie et que je veux voir respectée, car ainsi, quand une gouvernante nous quitte, la suivante sait exactement où il faut reprendre.

– Bien, Mme Carter !

– Tous les trois mois, vous rédigerez un rapport au Dr Bullman sur les progrès de vos élèves. Mais avant de l'envoyer, vous viendrez évidemment me le montrer. »

Elle donna quelques coups de vaporisateur en direction de la fenêtre où une petite mouche était apparue.

« Vous verrez que ces livres sont très clairs et très faciles à utiliser », dit-elle, puis elle s'en alla.

Les jumelles étaient habillées de blanc cette fois encore. Ce jour-là, Béatrice portait un ruban vert dans les cheveux, celui de Gwendolyn était jaune. En les voyant si fraîches et si jolies, Maia eut honte de ses pensées de la veille, et elle leur adressa un sourire. Elles finiraient bien par être amies, elle en était sûre.

Mlle Minton consulta l'emploi du temps. En premier, grammaire anglaise. Elle ouvrit le livre du Dr Bullman à l'endroit indiqué par le marque-page.

« Nous en étions là quand Mlle Porterhouse est partie, dit Béatrice à la gouvernante d'un air sournois.

– Elle est partie très vite.

– Maman l'a renvoyée. »

Mlle Minton lui adressa un regard glacial.

« Béatrice, lis-moi le paragraphe sur l'usage de la virgule, je te prie.

– "On utilise la virgule... pour... diviser une phrase en... plusieurs sections." »

Elle lisait lentement et avec hésitation. Maia releva la tête d'un air étonné, car Béatrice était plus âgée qu'elle et, dans son école, on avait déjà fait « l'usage de la virgule » deux ans auparavant.

« Bien, maintenant, Gwendolyn, regarde le premier exercice. Où doit-on mettre la virgule dans cette phrase ? »

Les yeux bleus de Gwendolyn se firent tout ronds.

« Après... après "gare"...

– Non, réfléchis, essaie encore une fois. »

La matinée n'en finissait pas. Maia n'avait jamais vu d'exercices plus ennuyeux que ceux du Dr Bullman et les filles travaillaient avec une telle lenteur qu'elle devait détourner la tête pour cacher son ennui. Et lorsque Mlle Minton demanda à Maia de lire un paragraphe, elle l'interrompit presque immédiatement.

« Très bien, Maia, ça ira comme ça », dit-elle sévèrement et Maia la regarda sans comprendre. Ce passage était d'une facilité déroutante. Elle n'avait tout de même pas pu se tromper dans sa lecture ? Mais Mlle Minton ne lui demanda pas de reprendre.

Après la grammaire anglaise, vint la rédaction. Le Dr Bullman ne jugeait pas nécessaire que les enfants se servent de leur imagination. Il imposait des sujets précis, donnait des exemples de début ou de fin de rédaction et précisait le nombre exact de mots qu'il fallait employer. Puis vint le français. Maia dut garder le silence pendant que les jumelles s'efforçaient de balbutier des expressions qu'elle avait déjà apprises en première année.

Pourtant, de savoir qu'elle avait froissé Mlle Minton était encore pire que l'ennui. La gouvernante ne lui demanda pas une seule fois de lire ou de participer ; elle ne la regardait même pas. Maia, qui s'était mise à penser que Mlle Minton était une amie, devait visiblement revoir son jugement.

À onze heures, Mme Carter revint avec le vaporisateur, suivie par la servante à l'air sombre qui apportait une carafe de jus d'orange sorti d'une boîte de métal et quatre de ces biscuits secs auxquels on avait eu droit la veille.

« Voulez-vous prendre votre récréation dans le jardin ? » proposa Mlle Minton.

Les jumelles la regardèrent d'un air stupéfait.

« Nous ne sortons jamais dans le jardin », dit Béatrice en se tournant vers le carré de gravier qu'un Indien aspergeait avec on ne sait quoi.

« On s'y ferait piquer par les insectes », expliqua Gwendolyn.

Elles restèrent donc dans cette pièce étouffante à écouter le tic-tac assourdissant de l'horloge. Après la pause, on passa à l'arithmétique. Les jumelles étaient un peu plus fortes dans cette matière et comme c'était le point faible de Maia, elle put faire ses additions sans trop s'ennuyer. Mais la leçon d'histoire, qui pour le Dr Bullman ne pouvait concerner que l'histoire anglaise, était mortelle : l'annulation des lois sur l'agriculture et une liste interminable de dates sans intérêt. Aucune leçon n'avait le moindre rapport avec la vie des jumelles au Brésil ; la leçon de géographie avait pour sujet les transports à Birmingham. L'éducation religieuse leur valut l'histoire édifiante d'une jeune fille qui refusait de lire la Bible et était punie d'une terrible maladie.

Après le déjeuner, les jumelles firent de la couture dans le salon, sous l'œil attentif de leur mère, le vaporisateur à ses pieds, comme d'autres femmes auraient eu pour leur tenir compagnie un petit chien, un dachshund ou un pékinois par exemple. Béatrice brodait des primevères sur une nappe, celle de Gwendolyn était couverte de violettes. On donna à Maia un carré de lin et une bobine de fil à broder.

« Quel motif vas-tu mettre sur la tienne ? demanda Béatrice.

– Je pensais que je pourrais broder ces gros lys rouges qui poussent partout ici. Je crois qu'on les appelle des lys de Canna. »

Béatrice fit la grimace.

« Oh non, pas ça ! Ce sont des fleurs locales, et elles sont épouvantables.

– Mère dit que ce sont de vrais bouillons de culture. »

Étonnée, Maia releva la tête.

« Un bouillon de culture de quoi ?

– De tout un tas de choses horribles. Qui te piquent et te rendent malade. Elles sortent de la fleur en rampant. »

Encore une heure de leçon s'écoula. Puis Mlle Minton leur proposa de lire de la poésie et le visage de Maia s'éclaira.

« C'est obligatoire ? demanda Béatrice. On ne pourrait pas plutôt continuer les exercices ?

– Très bien », répondit Mlle Minton sans prêter attention à Maia qui paraissait extrêmement déçue.

L'après-midi s'acheva par les exercices de piano des jumelles. Elles jouèrent chacune une demi-heure très exactement, accompagnées du métronome. Des gammes, des arpèges, *La Danse des papillons*, *Le Joyeux Laboureur*... Au bout d'une demi-heure, elles s'arrêtaient net, même si elles étaient au milieu d'une portée.

« Et toi, Maia ? demanda Mme Carter. Tu as pris des leçons de musique en Angleterre ?

– Oui, répondit Maia, en regardant le piano avec envie.

– Bien, tu répéteras demain. Je commence à avoir mal à la tête. »

Au cours du dîner, Maia songea que les jumelles n'avaient pas mis le nez dehors une seule fois, pas même cinq minutes pour aller voir le fleuve ou faire une courte promenade.

Comment vais-je supporter d'être ainsi enfermée comme une prisonnière ? songea Maia.

De retour dans sa chambre, elle éteignit la lampe et, comme la veille, avança sa chaise sous la fenêtre. Elle parvenait maintenant à reconnaître les gens qui vivaient là-bas, derrière la maison. Dans la cabane du milieu habitait Furo, le batelier, avec sa femme Tapi, la domestique renfrognée. C'était pourtant de cette maison que s'était échappé le chant qu'elle avait entendu, d'autres personnes vivaient donc avec eux : il était impossible d'imaginer qu'une femme aussi triste ait pu chanter ainsi.

La jeune fille avec le bébé, qui occupait la cabane de gauche, était mariée au jardinier qui aspergeait le gravier de Mme Carter. Elle était à moitié portugaise, ce qui expliquait que son bébé portât parfois des couches au lieu de se promener tout nu comme les petits Indiens. Le chien lui appartenait. Maia apercevait un poulailler derrière les cabanes – une vieille femme aux longs cheveux gris allait parfois nourrir les volailles – et elle avait entendu les grognements d'un cochon, mais on faisait très vite taire tous ces animaux, par peur des Carter sans doute.

Les trois jours qui suivirent se déroulèrent exactement de la même manière. Un bruit d'eau et de coups à l'aube, les leçons assommantes du Dr Bullman, les repas immangeables : du poisson en boîte dans une sauce bleuâtre, de la betterave à n'en plus finir, et un dessert à la farine de maïs qui semblait trembler de terreur quand Tapi le déposait au centre de la table. Les jumelles, toujours aussi fraîches et propres le matin, finissaient la journée en sueur et de mauvaise humeur. M. Carter parlait à peine et disparaissait dans son bureau et, chaque fois que c'était au tour de Maia de jouer du piano, Mme Carter se mettait à avoir mal à la tête.

Mais Maia aurait pu s'accommoder de tout cela. C'était l'attitude de Mlle Minton qui la perturbait le plus. Sa gouvernante continuait à l'ignorer pendant les leçons, ne lui demandait jamais de lire quoi que ce soit, ne lui permettait pas non plus de répondre aux questions, tandis que Béatrice et Gwendolyn se mettaient à la prendre de haut car elle finissait par passer pour une idiote. *J'ai dû la mettre en colère*, songeait Maia, mais malgré tous ses efforts, elle n'arrivait pas à comprendre ce qu'elle avait fait de mal.

Puis, le quatrième soir, elle entendit frapper à la porte et Mlle Minton entra.

« Bien, dit-elle. Descends de cette chaise. Je crois que nous sommes prêtes à passer à l'étape suivante.

– Qu'est-ce que vous voulez dire ?

– J'irai voir Mme Carter demain. Je lui dirai que tu ne peux pas suivre les jumelles pendant les leçons.

– Mais... »

Mlle Minton leva la main.

« Ne m'interromps pas, s'il te plaît. Je lui dirai que je te donnerai des devoirs à faire à part, parce que tu ralentis les jumelles dans leurs progrès. Ce qui signifie que je te fais confiance pour que tu travailles par toi-même. Je t'aiderai chaque fois que j'en aurai la possibilité bien sûr, mais il ne faut pas qu'on découvre notre stratagème. »

Elle lui adressa un de ses sourires un peu pincés.

« Je ne vois pas pourquoi nous ne pourrions pas passer un moment intéressant. J'ai un livre sur l'histoire du Brésil, et un autre de Bates, le premier explorateur à avoir décrit cette région de l'Amazonie. Un autre aussi, de Humboldt, qui est un grand homme de sciences. Les jumelles peuvent continuer à vivre comme si elles étaient à Littleford on Sea, si elles le veulent, mais nous, rien ne nous y oblige. »

Maia quitta sa chaise d'un bond.

« Oh Minty ! fit-elle en serrant sa gouvernante dans ses bras. Merci ! je suis désolée, je croyais...

– Eh bien, tu t'es trompée », répondit sèchement Mlle Minton. Puis elle ajouta :

« Viens, il est temps d'aller ouvrir ma malle, maintenant. »

Mlle Minton avait toujours été pauvre. Elle ne possédait pas de bijoux, pas d'objets personnels, elle avait toujours été mal payée par ses employeurs – et encore quand ils la payaient – mais sa malle était une vraie caverne d'Ali Baba. On y trouvait des récits de voyages et des contes de fées, des romans, des dictionnaires, des recueils de poésie...

« Comment avez-vous pu acquérir tous ces livres ? » demanda Maia.

Mlle Minton haussa les épaules.

« Si tu as vraiment envie de quelque chose, tu t'arranges toujours pour l'obtenir. Seulement il faut en accepter les conséquences. » Elle lui montra alors son chemisier élimé et sa jupe rapiécée.

« Voyons... avec quoi allons-nous commencer ? Ah oui, voilà le Bates. Il a lui-même remonté ce fleuve il y a moins de soixante ans. Regarde ce croquis d'un paresseux... »

Chapitre 4

Mme Carter fut ravie d'apprendre que Maia n'arrivait pas à suivre les jumelles. Et pour la première fois, son visage mou s'éclaira d'un sourire radieux. Elle donna immédiatement à Maia la permission de travailler toute seule.

« Évidemment, Béatrice et Gwendolyn sont très intelligentes, je l'ai toujours su, dit-elle en s'adressant à Maia d'un air bienveillant. Mais tu les rattraperas, si tu t'appliques. »

Ainsi, tous les matins, Maia se mettait au travail sur la véranda, sur une petite table en rotin. Mlle Minton lui donnait à faire des exercices et des projets, et parfois, elle abandonnait momentanément les jumelles et le Dr Bullman pour voir si sa protégée avait besoin d'aide. Mais la plupart du temps, Maia travaillait seule et elle adorait ça.

Elle étudia les aventures de ces explorateurs qui avaient bravé des dangers indescriptibles pour tracer les cartes des rivières et des montagnes du Brésil, elle recopia les planches dessinées par les premiers naturalistes, des croquis de ouistitis, de tapirs, d'anacondas... et de ces grands arbres qui fournissaient au monde entier un bois précieux et des remèdes rares. C'était comme si les livres de Mlle Minton lui restituaient le pays qu'elle aspirait tant à voir, et dont elle était maintenue à l'écart par les Carter. Mlle Minton lui demanda d'écrire des histoires sur n'importe quel sujet qui l'intéresserait, elle apprit des poèmes par cœur, et en écrivit elle-même.

De temps à autre, elle frappait à la porte de la salle à manger où les jumelles suivaient leurs leçons, et demandait l'orthographe d'un mot, en faisant bien attention à en choisir un facile pour que les jumelles puissent mieux la considérer avec mépris...

« Comment est-ce qu'on écrit "table" ? » demandait Maia, en affectant un air inquiet, et Béatrice lui fournissait la réponse, en disant : « Mon Dieu, tu ne sais même pas écrire ça ! »

Mais le plus souvent, personne ne prêtait attention à ce que Maia était en train de faire. L'enseignement que Maia avait reçu était excellent, mais Mlle Minton avait un talent naturel de professeur. Ce qui n'impliquait pas pour autant que toutes les leçons plaisaient à Maia. Minty tenait à ce qu'elle fasse une heure de mathématiques par jour. Elle l'obligeait toujours à apprendre le portugais, et Maia allait commencer à s'en plaindre quand elle essaya de dire quelques mots à Tapi, la domestique à l'air renfrogné. Elle se rendit compte alors que Tapi la comprenait et qu'elle avait même failli sourire !

Comme Mlle Minton était décidée à ce que Maia s'instruisît sur le pays dans lequel elle vivait, celle-ci eut droit à sa première entrevue dans le bureau de M. Carter.

Les deux autres filles étaient occupées à dessiner une théière, selon les instructions du Dr Bullman, et plissaient leurs grands yeux bleus pour évaluer la distance exacte qui séparait la poignée du bec, lorsque Mlle Minton s'approcha de Maia et déclara :

« Il est temps que tu apprennes à dessiner de vraies cartes. Va demander à M. Carter s'il possède une carte des environs. »

Maia releva la tête, l'air inquiet. Elle avait à peine parlé à M. Carter qui, la plupart du temps, prenait ses repas en silence et s'éclipsait à la première occasion.

« C'est obligé ? demanda Maia.

– Oui », répondit Mlle Minton avant de s'en retourner auprès des jumelles.

Le bureau de M. Carter était à l'autre bout de la maison. Après avoir frappé à la porte, Maia entendit un froissement de papier, comme si on rangeait des documents à la hâte. Puis on lui cria : « Entrez. »

La pièce était sombre et triste comme le reste du bungalow, l'air était saturé de fumée à cause des cigarettes qu'on voyait en permanence accrochées à la lèvre inférieure de M. Carter quand il était seul. La pièce était aussi très poussiéreuse, car M. Carter interdisait aux domestiques d'y entrer et de faire le ménage. Les grandes feuilles épinglées au mur et sur lesquelles on pouvait voir les courbes et les tableaux des ventes étaient cornées et on avait l'impression qu'elles étaient là depuis des années, des papiers étaient empilés n'importe comment sur les classeurs à tiroirs et les étagères.

Mais au centre de son bureau, M. Carter avait étalé un grand carré de coton blanc sur lequel étaient disposés toutes sortes de petits objets ronds qu'il examinait à la loupe. Maia crut d'abord qu'il s'agissait de spécimens de caoutchouc, ou de terreau ou de graines. Mais quand elle s'approcha, elle en eut le souffle coupé.

C'étaient des yeux.

Des yeux de verre, mais des yeux tout de même. Ce n'étaient pas non plus des yeux de poupées ou d'ours en peluche. Non, c'étaient des yeux humains, et faits avec un tel soin qu'on aurait pu facilement les croire réels.

Ils étaient creux à l'arrière comme des coquillages, pour être posés sur le muscle oculaire de la personne qui les avait portés, mais le devant était une copie parfaite d'un globe. Il y en avait des bleus, des bruns, des noisette avec, au centre, une pupille qui donnait vraiment l'impression de laisser passer la lumière.

« Comme tu vois, j'inspecte ma collection », dit M. Carter. Il choisit un des globes les plus gros, traversé de petites veines écarlates, et il l'examina à la lumière.

« Ça, c'est l'œil gauche du duc de Wainford. Il a perdu le vrai à la bataille de Waterloo. Et crois-moi, il y en a pour un paquet, là ! »

Maia avala sa salive.

« Comment est-ce que vous les trouvez ?

– Oh, il y a quelqu'un en Angleterre qui les recherche et me les envoie. On trouve quelques marchands spécialisés là-dedans. La plupart du temps, ils les obtiennent des entrepreneurs de pompes funèbres. En général, les gens ne s'intéressent pas à ce qui arrive... après. »

Il reposa l'œil du duc et en prit un autre.

« Celui-ci par exemple est vraiment exceptionnel. C'est l'œil droit d'une célèbre actrice morte dans l'incendie de son théâtre. Elle s'appelait Tilly Tyndal. Regarde cette couleur... bleu comme le ciel, non ? Tu n'imagines même pas le prix que pourrait atteindre cet œil. Évidemment, ce sont les paires qui ont le plus de valeur, mais on n'en trouve que rarement.

– Vous voulez dire deux yeux ayant appartenu à la même personne ? Quelqu'un qui aurait perdu les deux yeux ? »

M. Carter hocha la tête.

« J'en possède trois paires et elles valent plus que tous les autres réunis... »

Il tendit la main vers une boîte en velours bleu, puis changea d'avis. Les paires étaient trop précieuses pour être montrées à une enfant.

« Je peux te dire une chose, s'il y avait un incendie dans cette maison, je sauverais avant tout ma collection.

– Après votre femme et les jumelles », dit Maia.

Il releva la tête tout d'un coup.

« Hein ? Oui, oui bien sûr. Cela va sans dire. Bon et maintenant, qu'est-ce que tu voulais ?

– Mlle Minton se demandait si vous n'auriez pas une carte de la région. Je voudrais juste vous l'emprunter un moment. »

M. Carter poussa un soupir, mais il se leva et se mit à fouiller dans toute une série de tiroirs.

« Tiens, en voilà une, dit-il en revenant avec un rouleau de papier. Elle représente une vingtaine de kilomètres carrés autour de la maison. Ramène-la-moi quand tu auras fini. »

Maia le remercia et prit congé. Elle n'avait jamais vu une pièce aussi triste ni une passion aussi sinistre.

Mais la carte s'avéra intéressante. Elle l'emporta dans sa chambre et attendit le soir quand Mlle Minton la rejoindrait pour ce qu'elle appelait « la séance de lecture de Maia ». Comme Maia savait lire parfaitement depuis l'âge de six ans, la séance consistait essentiellement à parler de *David Copperfield* ou à débattre des vertus de poèmes sentimentaux à l'extrême que Maia aimait et que Mlle Minton n'aimait pas.

« Regardez... j'ai essayé de recopier cette carte, mais c'est difficile. On n'imagine pas qu'il y a tant de petites rivières, de ruisseaux et de canaux derrière cette maison. »

Mlle Minton se pencha pour mieux voir.

« On les appelle des *igapes*, expliqua-t-elle, les Indiens les remontent dans leurs canoës. Même ceux qui paraissent recouverts par la végétation sont navigables.

– On pourrait presque aller à Manaus par-derrière, sans emprunter le fleuve, si on avait un canoë.

– Et si on savait se repérer », dit Mlle Minton en regardant ce dédale de petits cours d'eau.

Après le départ de Mlle Minton, Maia monta sur la chaise et regarda les cabanes à l'arrière de la maison. Elle avait trouvé le moyen de défaire la moustiquaire et elle arrivait à ouvrir la fenêtre. Elle connaissait désormais la berceuse qui s'échappait de la cabane du milieu où vivaient Tapi et Furo, parfois même elle la chantonnait, toute seule dans son lit. Elle savait maintenant qui étaient ces gens. La jeune fille qu'elle avait vue passer le premier soir dans sa robe colorée s'appelait Conchita. Son bébé était un vrai petit diable, qui se débattait tout le temps pour essayer de lui échapper, et la vieille dame qui vivait dans la hutte du milieu et s'occupait des poules était la tante de Furo.

Mais elle n'avait plus entendu la mélodie que quelqu'un avait sifflée le premier soir.

Heureusement que Maia trouvait ses leçons intéressantes, car les jumelles continuaient à se montrer froides et grossières avec elle. Chaque jour, quand elle les voyait dans leurs robes blanches lavées et repassées par la jeune sœur de Tapi, dans une petite cabane pleine de buée à côté du hangar à bateau, Maia retrouvait espoir. Ces petites filles blondes avec leurs jolies robes à rubans bleus ou roses lui rappelaient les jumelles qu'elle avait imaginées avant son arrivée.

Mais ces filles menaient une existence étrange dans leur maison sombre et étouffante.

Comme ces larves d'insectes pâles qui n'existent que pour être nourries et servies par les autres, les jumelles ordonnaient aux domestiques de les coiffer, de ramasser les mouchoirs qu'elles avaient fait tomber, de repasser les rubans qu'elles se mettaient dans les cheveux... Elles ne se séparaient jamais, même pour aller à la salle de bains. Et quand elles secouaient la tête pour dire oui ou non, leurs gestes étaient parfaitement identiques, comme ceux de deux marionnettes accrochées aux mêmes fils. On n'avait pourtant pas l'impression qu'elles avaient beaucoup d'affection l'une pour l'autre... ni d'ailleurs pour qui que ce fût.

Quant à Maia, les deux filles ne perdaient jamais une occasion de la blesser ou de lui faire comprendre qu'elle était indésirable. La plupart du temps, elles se contentaient d'exprimer leur hostilité par des paroles, mais quand personne n'était dans les parages, elles la poussaient contre le mur râpeux du couloir ou lui donnaient des coups de coude. Il y avait longtemps que Maia ne pensait plus que Gwendolyn l'avait pincée par accident le jour de leur première rencontre.

« Pourquoi est-ce qu'elles me détestent, Minty ? demandait-elle, perplexe. Qu'est-ce que je leur ai fait ? »

Et chaque fois Mlle Minton répondait :

« Elles n'ont pas l'habitude de fréquenter d'autres filles. Il faut leur donner du temps. »

Au début de la semaine suivante, elles se rendirent à Manaus.

« Maia préfère peut-être rester à la maison pour se reposer ? suggéra Mme Carter avec une lueur d'espoir dans le regard.

– Oh non ! Je vous en supplie !

– M. Murray a clairement indiqué que Maia devait suivre des leçons de musique et de danse », répondit Mlle Minton avec fermeté.

Comme on payait les leçons des jumelles avec l'argent que Maia avait apporté, Mme Carter n'eut pas d'autre choix que d'accepter.

Elles descendirent le Negro dans la même barque sombre qui les avait accueillies à la descente du bateau. Mme Carter et les jumelles étaient assises à l'intérieur de la cabine, portes et fenêtres fermées, Maia et Mlle Minton avaient pris place sur le pont.

« Tu vas être toute décoiffée », dit Béatrice.

Mais Maia voulait sentir le souffle du vent sur son visage. Elle avait l'impression d'avoir été en prison pendant toute une semaine.

Maia n'avait pas vraiment pu avoir un aperçu de la ville juste après son arrivée. Et maintenant qu'elles quittaient le port dans une calèche tirée par un vieux cheval coiffé d'un chapeau de paille, elle s'émerveillait de la beauté et de l'élégance de Manaus.

Elles passèrent devant des demeures peintes en rose, ocre et bleu et couvertes de fleurs qui tombaient en cascade des pots accrochés aux fenêtres. Dans les jardins qui entouraient ces maisons, on voyait des orangers et des citronniers en fleurs, des manguiers et de magnifiques plantes grimpantes qui s'entortillaient autour des grilles. Elles passèrent devant deux églises, un musée, un petit square avec un kiosque à musique et une aire de jeux pour les enfants. Partout des passants s'agitaient : des Noires portant des paniers sur leur tête, des Indiennes avec leur bébé sur la hanche, des Européens élégamment vêtus et des nonnes qui escortaient des files d'enfants.

À l'autre extrémité d'une immense place se dressait un bâtiment magnifique couvert de tuiles vertes et dorées ; le toit était orné d'un aigle du Brésil en pierres précieuses et aux ailes déployées.

« Oh regardez ! s'exclama Maia, le théâtre ! Comme il est beau ! C'est là que Clovis va jouer. Le garçon que nous avons rencontré sur le bateau.

– Nous nous y rendrons plus tard pour prendre nos billets, dit Béatrice.

– Nous allons voir *Le Petit Lord Fauntleroy*, ajouta Gwendolyn.

– Formidable, fit Maia naïvement. C'est dans cette pièce qu'il a le rôle principal. »

Les jumelles échangèrent un regard, en silence.

Elles remontèrent une avenue bordée de magasins élégants : des boutiques de vêtements, de chaussures, des selleries et des chapeliers. Tout ce luxe à des milliers de kilomètres de l'embouchure du fleuve paraissait incroyable. On trouvait là tout ce que peut offrir une ville européenne.

Les jumelles étaient très excitées à la vue des magasins de vêtements. Elles se penchaient à l'extérieur de la calèche pour mieux voir et se mettaient à réclamer toutes sortes de choses :

« Il y a toujours cette robe à pois dans la vitrine de Fleurette. On peut y aller, maman ? Tu as dit que ce mois-ci on pourrait faire de vrais achats. On peut avoir de nouvelles robes ? »

Mme Carter hocha la tête. Elle était maintenant en mesure de payer ce qu'elle devait à Fleurette. Pas entièrement, bien sûr. Elle avait des ardoises dans tous les magasins, et il fallait dépenser l'argent de Maia avec parcimonie. Heureusement, celle-ci n'aurait pas besoin de nouveaux habits de sitôt. *Elle est habillée très sobrement*, pensa Mme Carter en jetant un coup d'œil à la jupe de popeline bleu et au chemisier blanc de Maia, *mais ses vêtements sont taillés dans des étoffes de qualité.*

Mais tout d'abord, elles devaient aller à l'école de danse de Mme Duchamp.

Mme Duchamp était une Française qui avait eu assez d'esprit pour comprendre que les riches planteurs de caoutchouc et les marchands installés à Manaus voulaient s'assurer que leurs enfants ne soient privés d'aucune des activités auxquelles ils auraient pu s'adonner en Europe. Aussi dirigeait-elle des classes de danse classique, de danses folkloriques ou de ballet.

Les jumelles suivaient une classe mixte, avec des garçons et des filles. On y rencontrait des enfants de toutes nationalités : russes, anglais, français, et bien sûr brésiliens. Certains étaient entièrement portugais, d'autres de sang mêlé : indien et portugais, noir et indien, car depuis des siècles les gens du Brésil se mélangeaient et étaient fiers de leurs origines diverses.

Maia enfila rapidement ses chaussons et, en se retournant, vit les jumelles assises côte à côte sur un casier, balançant leurs jambes dodues devant elle en attendant que Mlle Minton vienne les aider.

« Mlle Porterhouse nous mettait toujours nos chaussures et nous nouait un ruban dans les cheveux, déclara Béatrice.

– Mlle Chisholm aussi », renchérit Gwendolyn.

Maia s'avança au centre de la vaste pièce avec ses grandes fenêtres et la barre le long du mur. On entendait un brouhaha de voix, les enfants faisaient des pirouettes avant l'arrivée de Mme Duchamp. Une vieille dame aux mains couvertes de taches brunes s'assit au piano, et effleura les touches d'un air distrait.

Un grand garçon russe aux cheveux roux s'approcha et se présenta :

« Je m'appelle Sergei, dit-il avec un sourire chaleureux. Et voici ma sœur Olga. »

Maia lui tendit la main.

« Moi, je m'appelle Maia. Je vis chez les Carter.

– Oui, c'est ce qu'on nous a dit. »

Une Autrichienne au visage souriant, avec des tresses de chaque côté du visage vint se joindre à eux. Elle s'appelait Netta Haltmann et était la fille du professeur de piano des jumelles. En général, Maia était plutôt timide avec les gens qu'elle ne connaissait pas, mais le plaisir de voir tout d'un coup ces enfants aimables et accueillants fut tel qu'elle se mit à son tour à bavarder gaiement dans le même mélange de langues qu'employaient les autres. Elle se rendait compte seulement maintenant que lorsqu'elle s'adressait aux jumelles, il fallait réfléchir et soupeser chaque mot avant de dire quoi que ce soit.

Mme Duchamp fit son entrée. C'était une femme élégante d'une cinquantaine d'années, les cheveux relevés en chignon haut.

« Bien, maintenant que nous sommes prêts, trouvez-vous un espace et tendez le pied, s'il vous plaît. »

Maia était déjà en position. Elle adorait danser. La vieille dame assise au piano entama une valse de Chopin.

Les enfants pirouettaient sous le regard des gouvernantes et des nurses assises sur des chaises le long du mur.

« Est-ce la petite cousine qui est venue vivre avec les Carter ? demanda une petite femme replète au visage amical assise à la gauche de Mlle Minton, et qui se présenta immédiatement. Je suis Mlle Lille, la gouvernante des enfants Keminsky, Sergei et Olga.

– Oui, c'est Maia, répondit Mlle Minton.

– Comme elle est charmante ! Et gracieuse !

– Oui, c'est une enfant très agréable », dit Mlle Minton.

Mlle Lille lui adressa un regard par-dessous.

« Et bien sûr, les jumelles aussi... ajouta-t-elle poliment. Elles sont si bien mises... si fraîches... »

Les deux femmes observèrent alors les deux sœurs solidement bâties qui tournaient au son de la musique avec la régularité d'un métronome.

« Oui… c'est un peu difficile pour elles, dit Mlle Minton. Elles n'ont pas l'habitude d'être en compagnie d'autres enfants.

– Mais votre Maia est heureuse, maintenant, ajouta Mlle Lille qui semblait en savoir un peu trop sur la vie chez les Carter. Comme elle est douée pour la musique ! La petite Netta et mon Sergei aussi. Vous devriez nous l'amener. La comtesse souhaite toujours que ses enfants se fassent de nouveaux amis. »

La musique s'arrêta.

« Maintenant, choisissez un partenaire », dit Mme Duchamp.

Maia baissa les yeux. Il y avait plus de filles que de garçons, elle avait donc décidé d'attendre. Un jeune Portugais portant une rose à la boutonnière s'avança pour inviter Netta. Puis Maia releva la tête et vit Sergei à ses côtés.

« Tu veux bien ? » demanda-t-il. Elle accepta son invitation avec joie et vit les jumelles qui l'observaient avec des regards sombres avant de se tourner l'une vers l'autre.

« Elles dansent toujours ensemble, expliqua Sergei. Je crois qu'elles n'aiment pas beaucoup les autres enfants. »

Maia n'en était pas si sûre.

« Peut-être que tu pourrais en inviter une pour la prochaine danse.

– Oh non ! Elles me font trop peur », dit-il en éclatant de rire.

L'heure qui suivit fut merveilleuse. La vieille dame dans ses vêtements un peu négligés avait joué pour les

Ballets russes. Elle parvenait à faire sortir de ce vieux piano usé une musique magnifique. Maia en avait oublié les jumelles et leur maison sinistre... et elle s'abandonnait à la danse.

Toutefois, cinq minutes avant la fin de la leçon, survint un événement qui devait totalement en transformer l'atmosphère.

Deux hommes entrèrent dans la salle. Ils étaient entièrement vêtus de noir : pantalons noirs, vestes noires, chaussures noires, et quand ils s'avancèrent vers Mme Duchamp, on eut l'impression que deux corbeaux de mauvais augure venaient de traverser la pièce.

Le plus grand des deux corbeaux leva la main, et le piano se tut. Puis ils échangèrent quelques paroles à voix basse avec Mme Duchamp.

Maia n'entendait pas ce qu'ils disaient, mais un frisson lui parcourut la colonne vertébrale, et lorsqu'elle se tourna vers Mlle Minton, elle vit que celle-ci plissait le front.

« Je n'ai jamais entendu parler de ce garçon, dit Mme Duchamp fermement. Jamais ! »

Les deux hommes lui adressèrent encore quelques mots et quand elle leur eut répondu par un hochement de tête, ils se tournèrent vers la classe.

« Bien, écoutez-moi avec attention », dit le plus grand des deux corbeaux comme s'il s'adressait à des enfants de deux ans. Il avait un large front carré et un nez proéminent traversé de petites veines éclatées.

« Je m'appelle Trapwood et voici mon collègue M. Low. Nous sommes à Manaus pour une mission importante.

Très importante même. Nous sommes à la recherche d'un jeune garçon qui vit dans cette région et que nous devons ramener en Angleterre. »

M. Low, le plus maigre et le plus petit des deux corbeaux, cligna des yeux et hocha la tête.

« Nous devons le ramener en Angleterre, répéta-t-il d'une voix aiguë. Et vite ! Il faut le retrouver sans délai.

– Il s'agit du fils d'un Anglais du nom de Bernard Taverner qui s'est installé dans ce pays et vient de mourir, reprit M. Trapwood. Il s'est noyé lorsque son canoë s'est retourné dans les rapides. Bien ! Est-ce que quelqu'un ici connaît ce garçon ? »

Les enfants échangèrent des regards inquiets. Ceux qui parlaient l'anglais traduisirent pour les autres ce qu'avaient dit les corbeaux, et tous secouèrent la tête.

« À quoi ressemble-t-il ? demanda une grande fille.

– Nous ne le savons pas. Et nous ne connaissons pas non plus son prénom. Mais nous devons le retrouver. »

M. Low commençait à s'impatienter et sa voix était encore montée d'une octave.

Mais les enfants répondirent à nouveau par des signes négatifs de la tête.

« Bon, si vous remarquez quelque chose d'inhabituel, n'importe quoi, ou si dans quelque temps vous repensez à un détail ou à un événement qui permettrait de retrouver sa trace, allez immédiatement au poste de police. Vous m'avez bien compris ? dit M. Trapwood qui semblait penser que les enfants avaient une intelligence limitée.

Vous pouvez aussi vous adresser à la pension Maria et demander à voir M. Trapwood et M. Low.

– Qu'est-ce qu'il a fait ? demanda un enfant courageux qui était le fils du douanier.

– C'est sans aucune importance, répondit le plus grand des corbeaux. Mais il faut le retrouver et le ramener en Angleterre. Et si vous retrouvez celui que nous cherchons, vous ne le regretterez pas », dit-il.

Il essaya de sourire mais ne parvint qu'à produire une grimace menaçante.

« Nous offrons une récompense, ajouta-t-il d'un ton mielleux. Et souvenez-vous que quiconque cachera ce garçon sera considéré comme coupable d'avoir entravé le cours de la justice.

– Ce qui signifie qu'un tel individu, garçon ou fille, risquerait de se voir arrêté. Jeté en prison », expliqua M. Low de sa voix sifflante.

Puis ils prirent congé et Mme Duchamp décida de finir sur une polka, mais tout sentiment de légèreté les avait quittés.

Sergei en savait plus que les autres sur ces corbeaux.

« Ils sont arrivés hier par le bateau postal et depuis ils n'ont pas cessé de rôder en posant des questions, dit-il.

– J'espère qu'ils ne le retrouveront pas », dit Netta.

Maia aussi l'espérait de tout son cœur. Rien ne lui paraissait plus horrible que d'être rattrapé par M. Trapwood et M. Low pour être ramené en Angleterre.

Après la leçon de danse, Mme Carter et les jumelles partirent faire les magasins et déjeuner avant la leçon de piano. Comme on n'avait pas encore fixé d'heure pour la leçon de piano de Maia, Mme Carter donna la permission à Mlle Minton et à Maia d'aller se promener ensemble de leur côté.

« Vous n'irez pas bien sûr dans un de ces restaurants où ils servent de la nourriture locale », dit-elle à Mlle Minton qui lui répondit : « Non, Mme Carter », en se gardant d'ajouter que comme elle n'avait pas encore été payée par les Carter, elle avait à peine les moyens d'acheter une banane à Maia, et encore moins de déjeuner au restaurant.

Mais elles passèrent un moment délicieux. Il avait plu un peu plus tôt, et un vent frais venait du fleuve. Leurs regards croisaient à tout moment des scènes qui retenaient leur attention : un singe hurleur était assis sur un poteau télégraphique devant le bureau de poste, un nuage de papillons d'un jaune éclatant se désaltérait dans les abreuvoirs à chevaux, un petit garçon haut comme trois pommes tirait une mule au bout d'une corde. Maia acheta quelques cartes postales pour ses amis et demanda à Mlle Minton si elle voulait en envoyer une à sa sœur, mais celle-ci répondit que sa sœur trouvait les cartes postales vulgaires et que c'était donc inutile.

« Je crois que l'on pourrait aller jeter un coup d'œil au musée, dit-elle. L'entrée est sans doute gratuite, et peut-être que je pourrais leur offrir mon collier.

– Quel collier ? demanda Maia, étonnée. Elle n'avait jamais vu sa gouvernante porter le moindre bijou.

– Il est fait avec les dents de lait des enfants de ma sœur. Elle me l'a donné comme cadeau d'adieu. Elle a six enfants, ça fait beaucoup de dents », dit Mlle Minton d'un air impassible.

Le musée se trouvait derrière le bureau des douanes, non loin du fleuve et des docks. C'était un immeuble jaune surmonté d'un dôme et on pouvait lire ces mots sur la porte : *Musée d'Histoire naturelle.* À l'intérieur, elles découvrirent un merveilleux bric-à-brac d'animaux empaillés dans des vitrines, de squelettes accrochés à des fils de fer, de tiroirs pleins d'insectes et de plumes. Il y avait trois salles au rez-de-chaussée et deux à l'étage dans lesquelles étaient exposés des outils et des sculptures indiennes provenant de toute l'Amazonie.

Maia et Mlle Minton passèrent un excellent moment à se promener entre tous ces objets. Certains des animaux empaillés étaient inhabituels : un lamantin, une sorte de vache de mer qui ressemblait à une grosse patate grisâtre à la peau toute bosselée, et un tarsola de la jungle. Mais on trouvait aussi des animaux plus ordinaires qu'on avait rapportés des profondeurs de la jungle. Dans une vitrine, elles virent un pékinois avec cette légende sur un bout de carton : *Billy, fidèle ami de Mme Arthur Winterbotham.*

Les musées exposent rarement des chiens de compagnie empaillés, mais le conservateur était un Anglais au cœur tendre et Mme Winterbotham, qui avait fait de nombreuses donations au musée, avait aussi éprouvé pour son chien une véritable passion.

Maia était en train d'admirer une tête réduite quand elle entendit une exclamation. Elle se retourna pour voir Mlle Minton devant une vitrine où étaient exposés des échantillons de plantes séchées. Elles n'avaient à première vue rien d'excitant, mais Mlle Minton était tellement absorbée dans leur contemplation que Maia alla la rejoindre.

La collection Bernard Taverner de plantes médicinales de la vallée de Tapuji, lut-elle sur l'étiquette.

Les plantes étaient toutes soigneusement étiquetées avec leur nom et leur utilisation thérapeutique. Maia avait entendu parler de certaines d'entre elles, l'écorce de quinine qui soigne la malaria, par exemple, ou les graines de volubilis qui servent de somnifère, mais la plupart lui étaient inconnues.

« C'est une des collections les plus importantes du musée », dit une voix derrière elles. Le Pr Glastonberry, conservateur du musée, était sorti de son bureau pour venir à leur rencontre.

« Taverner était un brillant botaniste », dit-il.

Le professeur était un grand homme bien en chair, avec une frange de cheveux blancs encadrant un front rose, et des yeux très bleus. Il portait une veste en lin d'où sortait un mouchoir, bout de tissu qui n'avait jamais aucun contact avec le nez du professeur. Il s'en servait pour essuyer des traces de teinture ou des petites flaques de formol ou bien pour envelopper un spécimen fragile ou caler une vitrine un peu bancale. Il était précédemment occupé à reconstituer le squelette d'un paresseux géant et tenait encore une de ses griffes à la main.

« À quelle époque M. Taverner a-t-il fait don de cette collection ? demanda Mlle Minton.

– Il y a cinq ans, quand il est revenu de la vallée de Tajupi. Mais il nous ramenait souvent toutes sortes de choses. Cet armadillo par exemple. Il ne tuait jamais plus d'animaux qu'il n'en avait besoin. Une fois qu'il avait son spécimen, il laissait les autres tranquilles. »

Il poussa un soupir, en repensant à cet homme qui avait été son ami. Puis la porte s'ouvrit brusquement et on entendit des bruits de pas lourds sur le plancher. Ils virent alors M. Trapwood et M. Low s'approcher.

« Oh non, pas encore ces corbeaux ! » murmura Maia, mais Mlle Minton lui imposa le silence par un froncement de sourcils, avant de l'entraîner loin de cette vitrine, pour se cacher derrière le lamantin.

« Professeur Glastonberry ? » demanda M. Trapwood en s'essuyant le visage. Il n'y a pas pire qu'un costume noir sous les tropiques et il suait abondamment.

Le professeur répondit par un hochement de tête.

« Nous croyons savoir que vous connaissiez Bernard Taverner. Et qu'il a fait don d'une collection au musée. »

Le professeur hocha la tête encore une fois.

« Des herbes médicinales. Une collection extrêmement intéressante qui se trouve là. »

Les corbeaux paraissaient déçus, ils s'attendaient sans doute à voir des jaguars empaillés et d'énormes sagaies.

« Nous aimerions vous poser quelques questions au sujet de M. Taverner, dit M. Trapwood. Nous sommes Trapwood et Low, détectives privés. » Il sortit une carte de sa poche et la tendit au professeur.

Celui-ci la regarda brièvement avant de la lui rendre.

« Je suis malheureusement très occupé, dit-il.

– Ça ne prendra pas longtemps. Nous savons que Bernard Taverner est mort il y a environ quatre mois. Nous voudrions connaître l'endroit où réside son fils.

– C'est impératif, fit M. Low de sa voix aiguë. Nous devons le ramener à Westwood sans plus tarder. »

Le professeur le considéra en clignant des yeux.

« Je crains que ça ne soit pas possible, dit-il.

– Et pourquoi donc ?

– Parce que Bernard Taverner n'avait pas de fils, répondit le professeur. Et maintenant, si vous voulez bien m'excuser... »

« Je suis contente, dit Maia en quittant le musée. Je suis contente qu'il n'ait pas de fils. Je ne sais pas ce qu'est Westwood mais ça doit être un endroit horrible. On dirait le nom d'une prison comme Wormwood Scrubs ou Pentonville, vous ne trouvez pas ? »

Et Mlle Minton répondit : « Oui. »

Elles devaient retrouver les Carter devant la billetterie du théâtre à quatre heures. Maia était de plus en plus impressionnée tandis qu'elles traversaient la place avec ses grands lampadaires de cuivre et ses arbres en fleurs.

« Imaginez un peu ! Quand je pense que Clovis va jouer ici... dit-elle. C'est un endroit célèbre, dites ? »

Mlle Minton hocha la tête.

« Caruso a chanté ici, dit-elle. Et Sarah Bernhardt s'est produite sur ces planches. Elle avait soixante-dix ans mais elle jouait le rôle du jeune fils de Napoléon et elle a fait sensation.

– Hé bien ! »

Si une femme de soixante-dix ans pouvait jouer le rôle du fils de Napoléon, songea Maia, Clovis pourrait sûrement s'en tirer avec *Le Petit Lord Fauntleroy*.

« Je suis très impatiente de le revoir, dit-elle. Ils seront là dans une semaine à peine. »

Les jumelles et leur mère les attendaient.

« Nous avons nos billets, dit Béatrice. Nous irons voir *Le Petit Lord Fauntleroy* le lundi après-midi, et *La Nuit des rois* le samedi. Ça, ce sera ennuyeux, parce que c'est Shakespeare. Mais *Le Petit Lord Fauntleroy*, ce sera bien !

– Oui, c'est certain. Nous avons vu Clovis pendant ses répétitions. Il était formidable. »

Les jumelles regardèrent Maia fixement.

« Mais toi, tu n'y vas pas. Nous avons réservé nos places il y a des semaines, avant même de savoir que tu viendrais et c'est complet maintenant, hein, maman ? »

Mme Carter hocha la tête d'un air distrait. Elle demanda au portier d'appeler une calèche.

« J'ai promis à Clovis que j'y serai, dit Maia en essayant de retenir ses larmes. Je lui ai promis.

– Il aura sans doute oublié, répondit Gwendolyn. Les acteurs ne se souviennent de personne. Il ne se rappellera même pas t'avoir rencontrée. »

Et elles suivirent leur mère vers la calèche qui les attendait.

Les jumelles se trompaient. Clovis n'était peut-être pas très futé, mais c'était un garçon fidèle, et dès que les Pèlerins arrivèrent à Manaus, il demanda où se trouvait un endroit du nom de *Tapherini* ou Maison du Repos, et une certaine famille Carter.

Personne n'avait entendu parler de cette Maison du Repos, mais on l'informa que les Carter vivaient dans un bungalow qu'on ne pouvait rejoindre que par le fleuve, à une heure de Manaus.

« Tu ne peux pas aller faire le joli cœur maintenant, dit Mme Goodley. Nous avons une répétition en costume cet après-midi. Et quand tu verras le théâtre ton envie te passera. Il est deux fois plus grand que toutes les salles dans lesquelles nous avons monté des spectacles. »

Cette information ne fit rien pour remonter le moral de Clovis et il déclara qu'il avait la nausée.

« Tout le monde a la nausée dans ce trou », répondit Nancy Goodley.

La compagnie occupait le dernier étage de l'hôtel Paradiso, qui était le moins coûteux de Manaus et aussi le pire. Des insectes grisâtres traversaient régulièrement le plancher de bois des douches, les toilettes étaient répugnantes, et tout au long de la journée flottait dans les chambres et les couloirs un parfum de soupe de haricots torturés jusqu'à expiration dans une huile bouillante rance.

« Inutile d'avoir des vapeurs maintenant, répliqua sèchement Mme Goodley. Je te rappelle que tout dépend de toi. Si *Fauntleroy* fait un tabac, on pourra payer les usuriers qui nous courent après et repartir tranquillement jusqu'à la prochaine étape, sinon... que Dieu nous vienne en aide ! »

Ils avaient quitté Belem au milieu de la nuit et en toute hâte sans payer la note de l'hôtel. Ils avaient réussi à sauver les décors *in extremis*, car le patron de l'hôtel avait décidé de les saisir et de les vendre, mais ils avaient pu les charger à temps sur le bateau.

Clovis poussa un soupir. Il connaissait parfaitement la pièce, et son rôle par cœur. Ce n'était pas un rôle très difficile et sa voix restait claire et ferme la plupart du temps, mais parfois...

Si seulement il avait pu voir Maia avant la première. Il se sentait toujours rassuré auprès de Maia et de Mlle Minton.

Maia allait venir de toute manière. Puisqu'elle le lui avait promis.

Clovis écrasa sous sa chaussure un gros cafard qui essayait de traverser la pièce, et il décida de se montrer courageux.

Chapitre 5

« Je sais maintenant ce que ressentait Cendrillon », confia Maia à Mlle Minton.

C'était la veille de la première du *Petit Lord Fauntleroy* à laquelle devaient assister les jumelles et Mme Carter. Elles avaient acheté des robes chez Fleurette, blanches avec des volants roses et des broderies roses qui les faisaient ressembler à des gâteaux de mariage. La jeune sœur de Tapi avait dû retourner par trois fois dans la buanderie, au milieu d'une vapeur étouffante, pour repasser les plis à la perfection. On avait passé de longues heures à essayer des rubans et à les rejeter, puis à enfiler et à retirer des bracelets.

« Il me faudrait de vrais bijoux, dit Béatrice avec fureur. Maia pourrait me prêter les perles de sa mère.

– Et moi ? rétorqua Gwendolyn. Tu ne crois pas que je vais rester comme ça pendant que tu portes les perles de Maia ? »

Elles n'étaient pas satisfaites de la façon dont on avait ciré leurs chaussures blanches. Et elles se tortillèrent dans tous les sens en geignant tandis que leurs boucles s'entouraient autour du fer à friser brûlant.

Le matin, alors que le bateau les attendait, ce fut encore pire.

« Où est mon sac ? Maia, va le chercher, il était sur mon lit !

– Il nous faut du parfum, maman. Du vrai parfum. Pas de l'eau de lavande, ça, c'est pour les bébés. »

Tout en les aidant, Maia avait l'impression de vivre un mauvais rêve. Elle avait cru jusqu'au dernier moment que Mme Carter se laisserait attendrir et lui donnerait au moins la permission de les accompagner à Manaus.

« Je sais que je ne peux pas aller voir la pièce, avait-elle dit en implorant, mais je pourrais attendre pour voir Clovis après.

– Franchement Maia ! Ne sois pas sotte. Tu t'imagines que je vais te laisser traîner devant le théâtre comme une vulgaire mendiante ? »

Enfin, les coiffures des deux filles furent recouvertes d'un filet qui les protégerait de la brise, et les domestiques, plus lugubres que jamais, allèrent chercher leurs capelines.

Tandis que le bateau s'éloignait, Maia entendit clairement Tapi, juste à côté d'elle, qui disait :

« *As Pestinhas.* »

Maia la regarda, extrêmement surprise. Elle crut avoir mal compris, mais lorsqu'elle vérifia dans le dictionnaire, elle se rendit compte qu'elle ne s'était pas trompée.

« Des gorets », Tapi avait traité les jumelles d'« horribles petits gorets ». Tout retomba dans un profond silence quand le bruit du moteur du bateau mourut au loin, et Maia n'essaya plus de cacher son désarroi.

« Ce n'est pas la fin du monde, lui avait dit Mlle Minton, la veille au soir. Nous passerons une bonne journée à explorer les environs. Elles ne peuvent pas nous enfermer à la maison. »

Mais lorsque Maia alla la rejoindre, elle trouva la gouvernante assise sur une chaise. Elle était très pâle et avait les yeux fermés.

« J'arrive. Je souffre d'un léger mal de tête, mais ça passera très vite.

– Non, rétorqua Maia, vous souffrez d'une bonne migraine. Ma mère en avait souvent, et c'est très douloureux. Allongez-vous jusqu'à ce que ce soit fini. Vous avez de l'aspirine ?

– Oui, mais ce n'est vraiment pas la peine d'en faire toute une histoire. »

Toutefois, lorsque Mlle Minton essaya de se lever, elle sentit ses paupières si lourdes qu'elle abandonna la partie et laissa Maia lui ouvrir son lit.

« Ça ira pour moi, dit Maia. Je vais lire sur la véranda. »

Bien qu'elle fût plongée dans la lecture de *David Copperfield* et qu'elle en fût arrivée au passage où Betsy Trotwood chasse les ânes de son jardin, elle ne parvenait pas à se concentrer. Elle voyait apparaître devant elle le visage de Clovis et elle entendait sa voix qui lui disait : « Tu viendras, hein, Maia ? Tu seras là ? »

Au bout d'un moment, elle repartit vers la chambre de Minty et ouvrit discrètement la porte. Mlle Minton dormait profondément dans la pièce plongée dans l'obscurité, et Maia comprit qu'elle ne se réveillerait pas avant un long moment.

Elle se rendit dans sa chambre, et trouva sur son bureau la carte qu'elle avait empruntée à M. Carter. Elle la déplia et se mit à l'étudier. Elle avait réussi plusieurs jours auparavant à ouvrir le lourd loquet de la porte menant au quartier des ouvriers. D'après cette carte, un chemin étroit partait derrière la maison et suivait les canaux pour déboucher finalement sur les docks de Manaus. Ces canaux étaient aussi sinueux qu'un boa constrictor, mais si elle faisait en sorte que le soleil soit toujours sur sa droite... Et on voyait clairement le soleil aujourd'hui, il n'était pas caché par cette pluie sombre qui tombait si souvent.

Il n'était que dix heures. La pièce ne commençait pas avant deux heures de l'après-midi. Même en allant lentement, elle y arriverait... et au moins elle aurait essayé.

Elle enfila des chaussures de marche et mit son porte-monnaie dans la poche de sa robe qu'elle ferma soigneusement.

Puis, lentement, avec précaution, elle tira le verrou.

Elle avait observé ces cases indiennes si souvent depuis sa fenêtre qu'il lui paraissait étrange maintenant de passer aussi près. Le petit cochon était là, en compagnie de quelques poules, mais tous les Indiens étaient partis, et travaillaient dans la forêt ou la maison.

Elle trouva immédiatement le chemin, une planche étroite traversait le ruisseau qu'il longeait. Maia s'enfonça dans la jungle.

Comme elle s'éloignait du quartier des domestiques, les grands arbres devenaient plus denses, des plantes grimpantes s'enroulaient autour de leurs troncs gigantesques, recherchant la lumière, une orchidée écarlate qui pendait d'une branche étincela comme un bijou dans un rayon de soleil.

« Que c'est beau ! » s'exclama-t-elle à haute voix, en respirant profondément ce parfum de terre humide.

Mais elle avait bien tort de se perdre dans la contemplation des beautés de la nature, car il n'était pas aussi simple de suivre ce chemin qu'elle avait pu le croire en consultant la carte. Elle savait qu'elle devait avoir le soleil sur sa droite. Malheureusement, elle ne pouvait pas toujours se fier au soleil : la végétation formait parfois un baldaquin si impénétrable au-dessus de sa tête qu'elle avait l'impression de marcher dans une lumière crépusculaire. Et le ruisseau se divisait sans cesse en petits affluents. Elle restait au bord du plus large d'entre eux, mais le sentier qui avait été tracé par les cueilleurs de caoutchouc était maintenant envahi par les herbes, et elle trébuchait sur les racines des arbres, marchait sur d'étranges champignons, orange et mauve... Parfois un tout petit ruisseau coulait en travers de son chemin et elle devait sauter par-dessus. Un peu plus loin, elle vit une créature au pelage gris qui s'enfuyait dans le sous-bois en poussant des grognements...

Elle n'aurait pu dire à partir de quel moment exactement elle s'était perdue. Elle eut tout d'abord un doute quand elle arriva à un embranchement. Puis ce doute fit place à la peur, la peur devint une véritable panique, et elle s'obligea à respirer profondément pour ne pas se mettre à crier. En même temps, les nuages recouvrirent le soleil. Et les quelques rayons de lumière sur lesquels elle comptait pour se repérer disparurent.

Ils ont raison, ces épouvantables Carter, songea-t-elle, *la jungle est notre ennemie. Pourquoi ne les ai-je pas écoutés ?*

Elle aurait donné n'importe quoi pour être de retour dans ce sombre bungalow à manger de la betterave en boîte sous le regard assassin des jumelles. Elle essaya de retrouver ses esprits et accéléra le pas. Le cours d'eau qu'elle tâchait de suivre était relativement large, il s'agissait bien d'une rivière, et le courant était plutôt rapide. Elle devait forcément la mener jusqu'à Manaus. Retenant ses larmes, elle continua d'un pas décidé. Puis son pied se prit dans une liane, une longue branche qui pendait comme une corde depuis le faîte d'un arbre, et elle tomba.

La chute avait été rude, son pied était prisonnier, et, en essayant de se retenir, elle s'était accrochée à des ronces. Furieuse contre elle-même, blessée, perdue, elle resta allongée sur le sol quelques instants.

Quand elle se releva, elle assista à un étrange spectacle. Le ruisseau qu'elle avait suivi disparaissait derrière un rideau de verdure ; plus qu'un rideau, c'était un mur de roseaux, de plantes grimpantes et d'arbres à moitié submergés. Et pourtant un canoë apparaissait au milieu de cet obstacle de verdure, avançant lentement et silencieusement vers elle, comme dans un rêve.

Un jeune Indien se tenait à la proue du canoë et le faisait avancer à l'aide d'un grand bâton. Il le dirigeait avec une telle aisance et un tel calme qu'il ne causait pas le moindre remous à la surface de l'eau. Maia l'observa quelques instants sans en croire ses yeux, puis elle se remit péniblement sur pied.

« S'il te plaît, est-ce que tu peux m'aider ? » cria-t-elle en anglais, en se rendant bien compte que c'était idiot, puis elle répéta son appel en un effort désespéré avec les quelques mots de portugais qu'elle possédait. Le garçon la regarda, l'air étonné de la voir si inquiète. Puis, toujours sans dire un mot, il fit accoster le canoë.

« Je dois aller à Manaus. Il le faut absolument, dit Maia, et elle pointa un doigt dans la direction qu'elle croyait être celle de la ville. C'est bien par là, Manaus ? »

Le garçon sourit, et tout d'un coup il lui apparut tout simplement comme un autre enfant de son âge, non plus un inconnu mystérieux voire dangereux venant d'apparaître à travers un rideau de verdure.

Il secoua la tête.

« Manaus », dit-il en désignant la direction opposée.

Elle était complètement abattue. Autant pour son incompréhension des cartes et de la jungle que pour sa main en sang...

« Il faut que j'aille à Manaus, je l'ai promis à un ami... *amigo*... il le faut absolument », répéta-t-elle. Elle avait oublié tout d'un coup le peu de portugais qu'elle avait appris. Elle restait là, impuissante, à le regarder d'un air implorant.

Le garçon ne répondit pas. Habillé à la manière indienne, il portait une chemise en coton bleu, délavée, et un pantalon de coton également. Un bandeau noir lui ceignait le front, retenant ses longs cheveux noirs épais, et ses joues étaient striées de peintures rouges en zigzag. Il avait la peau cuivrée et des yeux de la même couleur que ceux de Maia, brun foncé.

L'espace d'un instant, il réfléchit, immobile, debout sur le canoë. Puis il tendit la main et lui adressa un signe de tête qu'elle comprit immédiatement. Il l'invitait à monter dans son embarcation.

« Tu vas m'emmener ? Vraiment ? »

Elle ne savait pas s'il comprenait ce qu'elle lui disait, mais d'instinct, elle décida de lui faire confiance. Comme il l'aidait à se hisser dans le canoë, elle grimaça de douleur. Il regarda alors la main de Maia puis en sortit une grosse épine qui était entrée dans sa paume. Maia l'en remercia.

« Assieds-toi », dit-il en portugais.

Il s'appuya sur son bâton et le bateau glissa sur l'eau avec une rapidité étonnante. À peine étaient-ils partis qu'elle se traita d'idiote. Il allait sûrement lui donner un grand coup sur la tête... il l'emmènerait dans sa tribu où elle deviendrait une esclave... si elle ne connaissait pas un destin pire encore.

Je me mets à penser comme les Carter, songea Maia.

Le garçon avait maintenant abandonné le bâton et se servait d'une pagaie. Elle fit mine de prendre la deuxième mais il secoua la tête et lui désigna sa main blessée. Comme il pagayait, elle remarqua qu'il avait une petite marque rouge à l'intérieur du poignet, comme un trèfle à quatre feuilles. Était-ce une sorte de porte-bonheur ? Ou un tatouage tribal ?

Mais même ce signe qui soulignait son étrangeté ne l'effraya pas longtemps. Ses gestes avaient une telle grâce, il était si calme et si plaisant. Elle était sans doute idiote de lui faire confiance, mais c'était comme ça.

« Merci », dit-elle en anglais, puis en portugais. Elle se rappela même le mot en langue indienne qu'employaient les domestiques pour dire « merci ».

« Il faut que j'aille au théâtre, le Teatro Amazonas. »

Il hocha la tête et continua à pagayer le long de la rivière. Il passait parfois entre des arbres feuillus qui se penchaient si bas au-dessus de l'eau qu'elle avait l'impression de passer entre les racines de la forêt. Des oiseaux prenaient leur envol sur leur passage, des ibis écarlates, des hérons blancs au vol lourd. Le garçon pagayait entre des feuilles gigantesques depuis lesquelles des grenouilles bigarrées plongeaient dans l'eau, quand Maia poussa un cri.

« Ce n'est pas le lys Victoria Regis ? dit-elle. J'ai lu un livre qui en parlait. »

Elle avait du mal à croire qu'il ne la comprenait pas, car il paraissait très attentif à ses paroles.

L'instant d'après, le pire se produisit. Le garçon poussa un hurlement sauvage, un cri de rage et de fureur. Il laissa tomber sa pagaie et se jeta sur elle, la clouant contre le plancher de son bateau. Elle sentait son souffle contre sa joue.

Puis il la libéra et désigna quelque chose. Ils venaient de passer sous une branche terrifiante, avec de grandes épines acérées comme la pointe d'un couteau. S'il n'avait pas poussé Maia, elle aurait été assommée, ou aurait perdu un œil. Tout en se redressant et en reprenant sa pagaie, il continuait à marmonner furieusement et à lui lancer des regards assassins. Sans reconnaître un seul mot, elle comprenait qu'il lui reprochait son insouciance, et qu'il essayait de lui expliquer qu'il fallait toujours être aux aguets dans la jungle.

« *Idiota !* » s'exclama-t-il enfin, et bien que el Senhor et la Senhora Olvidares n'eussent jamais employé ce mot dans son manuel, Maia comprit parfaitement ce qu'il signifiait.

Après cela, elle se montra très prudente, toujours en alerte, mais rien n'aurait pu diminuer le plaisir que lui procurait ce spectacle merveilleux tout autour d'elle. C'était comme si elle entreprenait ce voyage dont elle avait rêvé, en haut de l'escabeau dans la bibliothèque, le jour où elle avait appris qu'une nouvelle vie s'ouvrait devant elle.

Le cours d'eau s'élargit, le courant se fit plus puissant, elle aperçut les toits des maisons basses et elle entendit un chien aboyer.

« Manaus », dit-il. Il se rapprocha de la berge et l'aida à mettre pied à terre. Elle prit son porte-monnaie, mais il refusa son argent, et l'interrompit au milieu de ses remerciements.

« Teatro Amazonas », dit-il en pointant son doigt devant lui.

Mais il refusa de s'approcher plus près de la civilisation.

Le jeune garçon l'observa tandis qu'elle partait en courant. Elle se retourna et lui adressa un signe de la main mais il avait déjà fait demi-tour avec son embarcation. Il progressa rapidement à travers le dédale des cours d'eau. Quand il atteignit l'endroit où il avait rencontré Maia, il sourit et secoua la tête. Puis il traversa le rideau de verdure avec son canoë et disparut dans son monde secret.

Chapitre 6

Le chef de la police était de très mauvaise humeur. Il avait espéré pouvoir assister à la représentation en matinée du *Petit Lord Fauntleroy.* Le colonel Da Silva avait une cinquantaine d'années, était tireur d'élite et possédait une étonnante moustache. Il n'en aimait pas moins le théâtre. L'opéra, le ballet, les histoires de petits garçons qui faisaient fondre le cœur des vieux comtes, tout lui plaisait.

Mais il avait reçu un télégramme de la police de Londres lui demandant d'apporter son assistance à MM. Low et Trapwood, venus en Amazonie pour retrouver un jeune garçon porté disparu et le ramener en Angleterre. Les détectives avaient été mandatés par une « personne importante » en Grande-Bretagne, disait le message, et il devait faire tout ce qui était en son pouvoir pour faciliter leurs recherches.

Ce n'était pas la première fois que ces deux Anglais désagréables venaient le voir. Ils lui avaient demandé d'afficher des avis de recherche dans les commissariats et sur les panneaux de la ville, demandant des informations sur le fils de Bernard Taverner, et ils avaient exigé qu'il indiquât la somme qui serait versée en récompense. Il savait bien pourtant que personne ne répondrait à cet appel.

« Je refuse de continuer comme ça plus longtemps, déclara M. Trapwood dont le visage avait pris une teinte jaunâtre en raison de la chaleur. Nous nous sommes entretenus avec toutes sortes de gens et personne ne sait rien sur ce garçon. C'est ridicule ! C'est une conspiration !

– Nous devons rentrer en Angleterre, croassa M. Low d'une voix rauque. (En mangeant sa soupe au petit déjeuner, il avait avalé une arrête de poisson qui lui avait écorché la gorge.) Nous devons ramener ce garçon à Westwood. Nous n'avons pas de temps à perdre. »

Les deux hommes regardaient le colonel Da Silva d'un air furieux. Ce dernier jetait des coups d'œil furtifs vers l'horloge et en déduisait qu'il allait rater la pièce.

« Je vous dis que personne ne sait rien sur ce garçon. À moins que... peut-être... Ah, oui... attendez... je crois avoir vaguement entendu quelque chose, mais je ne vous en ai pas parlé, parce que je n'en étais pas sûr. Il y a un garçon qui vit parmi les Indiens Ombudas. Certains racontent que Taverner leur aurait confié son fils.

– Il l'aurait confié à des Indiens ! (Les deux hommes le regardèrent d'un air scandalisé.) Permettez-moi de vous dire, monsieur, que Taverner était peut-être un bon à rien, mais il n'en était pas moins un gentleman anglais par la naissance. »

Le colonel ouvrit la bouche et la referma immédiatement. Il valait mieux que ces corbeaux en sachent le moins possible. Puis il leur déclara :

« Je suis moi aussi un gentleman, *senhores,* et ma grand-mère était indienne, c'est elle qui m'a élevé et c'était une femme d'une grande sagesse. Il y a beaucoup de mariages mixtes, ici, et nous sommes fiers de tous nos ancêtres. »

M. Low et M. Trapwood se penchèrent l'un vers l'autre.

« Avez-vous des preuves que ce garçon serait le fils de Taverner ? »

Le colonel Da Silva haussa les épaules.

« C'est une rumeur. On dit que c'est un beau garçon et qu'il a le teint plutôt pâle. Je vais vous montrer où ça se trouve sur la carte. C'est à deux jours de bateau, vous le trouverez rapidement. Les Ombudas sont un peuple très paisible », dit-il en dépliant une carte toute froissée et en se demandant pourquoi il ne les enverrait pas plutôt chez les Curacaras qui pendant des générations avaient été cannibales.

« Le bateau part à neuf heures du matin, dit-il, je vais vous adjoindre les services d'un interprète, et j'espère que votre voyage sera couronné de succès. »

Après leur départ, le colonel prit un cure-dent et observa les deux hommes par la fenêtre tandis qu'ils s'éloignaient. Au moins, il les avait chassés pendant quelques jours. Il savait de toute manière que personne ne leur livrerait Finn. Tous les amis de Taverner savaient ce que celui-ci avait subi à Westwood. Taverner avait fait preuve d'un courage exceptionnel dans la jungle, mais tous ceux qui avaient partagé son campement au cours de ses expéditions scientifiques se souvenaient qu'il se réveillait souvent la nuit, terrifié après avoir fait un rêve, et qu'il criait le nom de « Westwood ».

Au bout d'un moment, le colonel ouvrit la porte de son bureau.

« Veuillez vous rendre au musée et faire savoir au Pr Glastonberry que j'ai envoyé les Anglais en amont du fleuve, dit-il au policier qui se trouvait là. Qu'il dise à Finn de ne pas bouger et de se tenir tranquille, je ne sais pas combien de temps ils vont le chercher. »

Le professeur enverrait le petit garçon qui travaillait au marché au poisson et qui était le neveu de Tapi jusqu'à la maison des Carter. Les Indiens qui vivaient là auraient fait n'importe quoi pour venir en aide au fils de Taverner.

Dans le magnifique théâtre de Manaus avec ses décorations écarlates et dorées, ses colonnes et ses statues, le public attendait que le rideau se lève.

Béatrice et Gwendolyn étaient assises à l'orchestre avec leur mère. Elles avaient posé leur boîte de chocolats sur le bras du fauteuil, entre elles, et leurs doigts boudinés froissaient le papier de soie bruyamment quand elles cherchaient leurs bouchées préférées.

« Je voulais celui-ci, fit Gwendolyn en geignant tandis que Béatrice broyait entre ses mâchoires un nougat à la noisette.

– Maman, pourquoi est-ce qu'on ne peut pas avoir deux boîtes de chocolat ? On devrait en avoir une chacune. »

Mme Carter dressa le cou pour mieux détailler le public.

« Non, mais regardez comme cette Russe peut-être ridicule, fit-elle tandis que la mère de Sergei descendait le long de l'allée. Avec ses émeraudes en plein après-midi ! Et ils sont venus avec leur gouvernante en plus. Ça va lui monter à la tête ! »

Comme il passait devant les jumelles, Sergei tourna la tête et demanda :

« Où est Maia ?

– Elle n'a pas pu venir. Elle était malade, répondit Béatrice.

– Oh, quel dommage ! J'espère que ce n'est pas grave. »

Les jumelles secouèrent la tête, en même temps, de gauche à droite, puis de droite à gauche et Sergei passa son chemin.

« Regarde comme Netta a l'air idiote dans son tablier, remarqua Gwendolyn, j'imagine que ses parents n'ont même pas les moyens de lui payer une robe convenable. »

Contrairement à ce qu'elles avaient prétendu, tous les billets n'avaient pas été vendus et elles auraient pu facilement en obtenir un pour Maia. Néanmoins, le théâtre était presque plein. Les Frères Pèlerins étaient peut-être une petite compagnie dont personne n'avait entendu parler, mais à Manaus, les gens allaient voir tout ce qui passait. De vieilles dames assistaient à la représentation, avec ou sans petits-enfants, ainsi que des colonels à la moustache flamboyante... et bien sûr tous les enfants dont les parents pouvaient s'offrir des places.

Mme Carter ouvrit le programme. On y voyait une ravissante photo de Clovis King... prise trois ans auparavant.

« Je parie que Maia ne le connaît pas vraiment. Je parie qu'elle a inventé tout ça », dit Gwendolyn.

« Clovis dans le rôle qu'il a fait sien », lut Mme Carter.

Clovis jouait Cédric : ce jeune Américain découvre qu'il est l'héritier du titre de son grand-père et qu'il doit quitter l'humble existence qu'il mène à New York entouré de ses amis l'épicier et le cireur de chaussures, pour se rendre en Angleterre et mener sa nouvelle vie d'aristocrate.

« Accompagné de sa mère, il fait fondre le cœur de son vieux grand-père sévère, le comte, et fait le bien auprès des paysans du domaine. Mais un complot ignoble...

– Qu'est-ce que ça veut dire "ignoble" ? demanda Béatrice la bouche pleine de chocolats.

– Ça veut dire "très vilain", expliqua Mme Carter... *un complot ignoble pour prendre la place du petit lord est déjoué... »*

Mais les lumières s'éteignirent. Le rideau se leva. La pièce allait commencer.

Maia traversa à toute allure la place déserte, en direction du théâtre. Elle était hors d'haleine, ses efforts pour essuyer le sang qui lui tachait les mains et s'arranger un peu n'étaient pas très convaincants, mais elle n'avait qu'une pensée en tête : tenir la promesse qu'elle avait faite à Clovis.

Malheureusement elle arriva trop tard. Tout le monde s'était engouffré dans le théâtre, et on ne voyait plus personne dans les environs à l'exception de quelques mendiants sur les marches et d'une vieille femme qui vendait des cacahuètes.

Elle contourna le bâtiment en courant et trouva l'entrée des artistes. Elle avait de la chance, le neveu des Goodley était au guichet, les pieds sur le bureau, et fumait une cigarette.

« Oh, s'il vous plaît, dit Maia en essayant de retrouver son souffle. J'ai promis à Clovis d'être là pour la première. Nous nous sommes rencontrés sur le bateau. Est-ce que je peux l'attendre ici ?

– Bien sûr, mais pourquoi est-ce que vous n'allez pas dans la salle, vous pourrez voir la pièce ? Je lui dirai que vous êtes là.

– Je ne peux pas. Il n'y a plus de places. »

Le jeune homme haussa les sourcils.

« Qui vous a dit ça ? »

Il se retourna vers le tableau et prit une enveloppe.

« Tenez, premier rang, à l'orchestre. C'était réservé pour le chef de la police, mais il n'est pas venu. Il a dû se faire manger par un crocodile.

– C'est vrai, ça ne pose pas de problème ? demanda Maia sans perdre de temps à lui expliquer qu'il n'y avait pas de crocodiles en Amazonie. Je ne sais pas si j'ai assez d'argent. »

Elle plongea la main dans la poche de sa robe pour chercher son porte-monnaie, mais le garçon lui fit comprendre d'un geste de la main que c'était inutile.

« C'est gratuit pour les amis de la compagnie. Il vaut mieux vous dépêcher, ça a déjà commencé. »

Tandis qu'elle se glissait jusqu'à sa place, Maia se félicita de ce qu'il fasse aussi sombre dans le théâtre. Les jumelles n'auraient pas pu l'empêcher de venir s'asseoir là, mais elle préférait quand même qu'on ne la voie pas.

Puis, en l'espace d'un instant, elle se retrouva à New York dans une épicerie où le petit Cédric s'entretenait avec son ami l'épicier de tout ce que l'aristocratie pouvait avoir d'épouvantable.

Clovis jouait bien. On voyait évidemment qu'il n'avait pas sept ans, ni huit, ni neuf, mais avec son costume marin et sa perruque de longs cheveux bouclés, il donnait parfaitement l'illusion d'être un charmant bambin. Il parlait d'une voix égale, claire et aiguë. Maia sentait que les enfants dans le public étaient pendus à ses lèvres.

Un gentleman anglais arrivait alors sur scène – un avocat qui n'était pas sans rappeler M. Murray. Il était accompagné de Dearest, la mère de Cédric, qui expliquait à son fils qu'il était en fait un lord. Clovis parvenait à dire des mots affectueux à sa mère avec une facilité déconcertante, plus impressionnante encore que pendant les répétitions sur le bateau.

Maia en oublia ses soucis, et se laissa absorber par la pièce. Sentimentale ou non, *Le Petit Lord Fauntleroy* était une belle histoire, et quand le garçonnet reçut beaucoup d'argent dont il fit cadeau à ses amis pauvres, sans rien garder pour lui-même, on entendit un immense soupir dans la salle.

Maia resta à sa place pendant l'entracte et garda la tête basse. Les jumelles étaient à quelques rangées derrière elle et ne l'avaient pas remarquée, mais elle les entendait ricaner et insister auprès de leur mère pour qu'elle leur achète une autre boîte de chocolats.

Au cours du deuxième acte, le petit Lord Fauntleroy et Dearest arrivaient au château dont il devait hériter et Cédric faisait fondre le cœur de son aristocratique grand-père. Dans le livre, il se liait aussi d'amitié avec un grand chien féroce, mais malheureusement les Goodley avaient laissé ce détail de côté. Il était vraiment touchant de voir comment Cédric, en se convainquant que son grand-père était foncièrement bon, arrivait à en faire quelqu'un de bien. Et Maia se demanda si ça pourrait aussi marcher avec les jumelles. Si elle se convainquait qu'elles étaient gentilles, le deviendraient-elles réellement ? Maia avait maintenant oublié toutes ses inquiétudes, Clovis était un très bon acteur, et le public l'adorait.

Le dernier acte, comme dans la plupart des pièces de théâtre, était le plus excitant. Une femme épouvantable se présentait au château du comte et prétendait que son fils était le véritable Lord Fauntleroy. Évidemment, on finissait par se rendre compte que ce n'était pas vrai, mais cela perturbait tout le monde, bien que, naturellement, Cédric se conduisît à merveille. Quand il se mettait à songer qu'il n'était peut-être pas le vrai lord, il ne se souciait absolument pas de perdre sa fortune et son statut. La seule chose qui le gênait, c'était que son grand-père pourrait ne plus l'aimer. Il se tournait alors vers lui, posait les mains sur les genoux du vieillard et disait : « Alors je ne serais plus votre petit garçon ? »

Ce fut au milieu de cette phrase émouvante que la catastrophe se produisit. Clovis tourna son visage vers le vieil homme et commença sa tirade quand soudain sa voix se brisa. Il s'arrêta, essaya de se reprendre... et cette fois dit : « Alors je ne serais plus votre petit garçon », avec une voix de basson.

Si personne ne l'avait remarqué, tout aurait pu s'arranger. Tout le monde était du côté de Clovis. Mais les jumelles initièrent le mouvement. Elles se mirent à glousser et à rire nerveusement, de plus en plus fort, les autres enfants qui n'avaient pas encore réagi les imitèrent, suivis de toute la salle. Non, pas tous. Pas Netta, ni Sergei... et certainement pas Maia qui avait porté ses mains à sa bouche.

Mais ils étaient bien assez nombreux comme ça et ils continuèrent à rire pendant les deux tirades suivantes. C'est alors que Clovis étouffa un sanglot, se détourna et s'enfuit dans les coulisses.

On baissa le rideau.

Maia attendait devant les coulisses depuis une demi-heure. Elle ne savait pas du tout comment elle allait rentrer chez elle, mais elle ne pouvait pas laisser Clovis dans cet état. Elle avait vu passer tous les acteurs sauf lui. Finalement, elle décida de pousser la porte. On entendait un brouhaha de voix, on parlait d'annulations, de faillite, de désastre et de disgrâce. Ils étaient tous en colère et dans tous leurs états.

« Pourrais-je voir Clovis ? » demanda-t-elle courageusement, et ils lui indiquèrent d'un signe de tête les escaliers qui menaient jusqu'aux loges.

Il lui fallut un certain temps pour le retrouver dans cet immense théâtre. Quand, enfin, elle poussa la bonne porte, elle trouva son ami allongé à plat ventre sur un sofa, le corps agité de soubresauts.

« Clovis, je t'en supplie ! Il ne faut pas réagir comme ça. Ça aurait pu arriver à n'importe qui et tu étais très bon jusqu'à ce moment-là. »

Il se redressa. Il avait le visage tout rouge et pleurait encore.

« Tu ne comprends pas. Ils sont furieux. Ils vont devoir annuler toutes les représentations, ils vont perdre beaucoup d'argent, et moi, je n'en peux plus. Je vais me cacher dans un bateau et retourner en Angleterre. »

Maia le regarda avec stupéfaction.

« Mais ils te trouveront. Ils finissent toujours par retrouver les passagers clandestins. Tu n'as pas une doublure ? »

Clovis secoua la tête.

« Il y avait un garçon la dernière fois, mais il a attrapé la typhoïde. »

Il se releva et considéra Maia pour la première fois depuis le début de leur rencontre.

« Tu sais que ta main saigne ? »

Elle secoua la tête avec impatience.

« Ça ne fait rien. Clovis, il faut te ressaisir. Tout ça, ce n'est vraiment pas très grave.

– Tu dis ça parce que tu n'es pas actrice, et que tu ne connais pas les Goodley. (Il la regarda, les yeux encore embués de larmes.) Maia, il faut que je rentre chez moi. Tu ne peux pas m'aider ? Je ferais n'importe quoi pour m'échapper.

– Je vais essayer, Clovis. Je vais essayer de toutes mes forces. »

Elle s'interrompit en entendant une voix furieuse dans le couloir qui l'appelait en hurlant. Mme Carter l'avait retrouvée.

« Il faut que j'y aille. Écoute, Clovis, laisse-moi réfléchir. Donne-moi un peu de temps. Et ne sois pas si triste. Je trouverai bien un moyen. On trouvera une solution, j'en suis sûre. »

Chapitre 7

Pendant les deux jours qui suivirent la représentation, Maia fut en disgrâce.

« Je n'en reviens pas, dit Mme Carter, en lui lançant des regards furieux, assise devant une montagne de macaronis au fromage si compacts qu'il fallait les couper avec un couteau. Une fille sous ma responsabilité, qui fugue secrètement pour aller traîner dans les coulisses d'un théâtre, attifée comme une romanichelle. Les jumelles m'avaient bien dit qu'elles t'avaient aperçue en sortant, mais je n'avais pas voulu le croire.

– On te l'avait dit, hein maman ? fit Béatrice.

– Elle a le béguin pour cet acteur à la voix de basson. »

Elles se mirent alors à imiter Clovis en répétant : « Je ne serais plus votre petit garçon ? » d'une voix caverneuse, et elles éclatèrent de rire.

« C'était tellement drôle, j'ai cru que j'allais mourir de rire. »

Maia avait tout d'abord pris la défense de Clovis et essayé de leur faire comprendre ce que signifiait pour lui cette mésaventure. Mais elle y renonça très rapidement. Elle sentait qu'elle perdait son temps à essayer d'expliquer aux jumelles ce que d'autres pouvaient ressentir. Elle fut condamnée à écouter en silence Mme Carter qui la menaçait de la renvoyer en Angleterre.

Maia lui dit qu'elle s'était rendue à Manaus sur un bateau transportant du caoutchouc, et Mme Carter était stupéfaite qu'elle ait pu arriver jusque-là sans se faire assassiner et jeter par-dessus bord.

« Quant à Mlle Minton, elle est à mon avis incapable de s'occuper d'une jeune fille. Je vais devoir la remplacer dès que je trouverai quelqu'un à ma convenance. »

Ce soir-là, quand Mlle Minton vint pour « la séance de lecture », Maia déclara :

« Je ne resterai pas là si vous partez, j'écrirai à M. Murray.

– Tu verras qu'avec le salaire que me donnent les Carter, il leur faudra un certain temps avant de trouver une remplaçante », répondit Mlle Minton sèchement. Elle prit la brosse à cheveux de Maia.

« Ne me dis pas que tu te passes la brosse dans les cheveux cent fois tous les soirs, parce que je ne te croirais pas. Combien de fois t'ai-je dit de prendre soin de ta chevelure ! »

Elle se mit à lui brosser furieusement les cheveux, puis finit par demander :

« Tu veux rentrer, Maia ? Retourner en Angleterre ?

– Oui, j'en ai eu envie, répondit celle-ci après un moment de réflexion. Les jumelles sont vraiment horribles et je ne voyais pas l'intérêt de vivre enfermée dans cette maison. Mais plus maintenant. Je ne veux plus rentrer, car j'ai vu ce que je recherchais, ce que j'espérais trouver ici. »

Mlle Minton attendait la suite.

« Je veux dire... la jungle... le fleuve... l'Amazonie, tout ce que j'imaginais avant de venir. Et tous ces gens qui vivent dans ce pays et le connaissent. »

Puis elle parla à Mlle Minton du garçon qui l'avait emmenée à Manaus.

« Il ne parlait pas l'anglais, mais il avait l'air si attentif que j'avais du mal à croire qu'il ne comprenait pas ce que je lui disais. Oh, Minty, c'était une expédition merveilleuse, comme de naviguer au milieu d'une forêt engloutie. On n'imagine pas que ça puisse être le même monde que celui des Carter.

– Ce n'est pas le même monde, dit Mlle Minton. Chacun construit le sien.

– J'aimerais tant le retrouver », dit-elle.

Puis elle ajouta :

« Je vais le retrouver. S'ils ne me renvoient pas.

– Ils ne te renverront pas », dit Mlle Minton.

Mme Carter attendait déjà avec impatience le prochain chèque qui lui était dû pour l'entretien de Maia.

« Toutefois, je crois que nous devrions trouver un moyen pour que tu sois autorisée à prendre l'air, dit-elle en plissant son front terrifiant. Le mieux serait de t'inventer une maladie. Oui, quelque chose qui t'obligerait à sortir et à respirer l'air frais. Même de l'air humide. Réfléchissons. Pourquoi pas des spasmes pulmonaires ? »

Maia la regarda d'un air incrédule.

« Je n'ai jamais entendu parler de cette maladie.

– Bien sûr que non, je viens de l'inventer. Nous dirons à Mme Carter que tes poumons se dessèchent à cause de son désinfectant et qu'en conséquence tu souffres de spasmes. Tu sais ce que c'est que des spasmes, j'espère ?

– Comme des tics ou des convulsions ?

– Oui. Plutôt des convulsions. Ça ne plaira pas à Mme Carter. Mais je ne pourrai pas toujours t'accompagner quand tu sortiras, alors comprends que je te fais confiance pour rester à proximité de la maison et pour être raisonnable. On ne peut pas vraiment dire que ça a été le cas.

– Oui, je vous le promets. Parole d'honneur. »

Elle pourrait toujours essayer de se lier d'amitié avec les Indiens qui vivaient dans les cases. Elle découvrirait qui chantait cette berceuse et leur demanderait qui avait sifflé l'air de *Blow the Wind Southerly* le soir de son arrivée. Peut-être même connaissaient-ils le jeune garçon qui l'avait secourue ? Elle pourrait alors le remercier comme il se doit.

Mais Maia n'avait pas oublié sa promesse à Clovis.

« Il veut s'embarquer clandestinement sur un bateau en partance pour l'Angleterre. Mais il va sûrement se faire prendre, vous ne croyez pas ? demanda-t-elle à Mlle Minton.

– C'est certain, dit la gouvernante. Heureusement qu'il n'y a pas de bateau pour l'Angleterre avant quinze jours.

– Vous croyez que M. Murray accepterait de payer son voyage ? Il pourrait le prendre sur mon argent de poche.

– Si tu lui demandes ça, je crois que tu ne verras plus jamais la couleur de ton argent de poche.

– Mais c'est possible, fit Maia en insistant. Je pourrais lui envoyer un pneumatique. Ils ne prennent pas très longtemps, ils glissent à travers l'océan ou quelque chose comme ça. Il pourrait s'arranger avec la compagnie maritime pour que Clovis aille chercher son billet à Manaus ? Mon père faisait toujours des choses dans ce genre.

– C'est possible », répondit Mlle Minton mais elle ne croyait pas que le tuteur de Maia prît autant de peine pour secourir un acteur en difficulté.

Toutefois, elle n'interdit pas à Maia d'essayer. Celle-ci rédigea une lettre destinée à M. Murray qu'elle confia à M. Carter en lui donnant assez d'argent pour qu'il l'envoie par la poste. Puis elle s'arma de patience en attendant la réponse.

Mme Carter n'aima pas du tout cette histoire de spasmes pulmonaires. Elle n'en avait jamais entendu parler et le fit savoir. D'autre part, elle ne voulait pas que Maia ait la liberté de se promener toute seule.

« Vous l'accompagnerez chaque fois que vous le pourrez, dit-elle à Mlle Minton. Et pour compenser le temps perdu pour les leçons avec les jumelles, vous devrez prendre sur vos moments de repos. »

Mlle Minton aurait pu lui demander : « Quels moments de repos ? », mais elle se retint. Toutefois, elle ne s'était pas trompée en pensant que Mme Carter redoutait de perdre Maia, même si elle avait toutes les peines du monde à se montrer aimable avec elle. Depuis son arrivée, ils avaient pu payer la note de la couturière, les leçons de piano et de danse. Le mois suivant ils pourraient même payer certains cueilleurs de caoutchouc, non pas leur plein salaire, mais juste assez pour qu'ils ne soient plus tentés de disparaître dans la forêt.

Maia fut donc autorisée à prendre l'air après le déjeuner et aussi après le goûter. On ne lui avait pas permis de sortir le soir, mais elle s'en arrogea le droit. Elle avait réussi à tirer le lourd loquet de la porte, et elle ferait en sorte que personne ne vienne le refermer.

Elle faisait attention à ne pas trop s'approcher des cases des Indiens sans y avoir été invitée, mais elle saluait en souriant tous ceux qu'elle croisait.

Puis, le troisième soir, tandis qu'elle marchait le long du fleuve, à proximité d'une plantation de bois du Brésil, elle aperçut une silhouette qui sortait de l'obscurité et venait dans sa direction. Dans cette faible lumière, elle n'avait aucune idée de ce que cela pouvait être et elle prit peur. Il y avait encore tant d'animaux dont elle ne savait rien au milieu de cette jungle.

Maia baissa les yeux et éclata de rire. L'étrange animal était un bébé, celui qu'elle avait vu dans les bras de la jeune Portugaise. Il venait juste de s'échapper et jouissait de quelques moments de liberté, mais la rivière était un peu trop proche.

Maia le prit dans ses bras. Le bébé commença à se débattre et à donner des coups de pied, mais elle le tint fermement et se dirigea vers les cases.

« Oh, chut ! lui dit-elle, pas la peine de faire tant d'histoires... » Et elle se mit à chantonner la berceuse des Indiens. Elle ne connaissait pas les paroles, mais la mélodie calma l'enfant qui arrêta de gigoter et posa sa tête sur l'épaule de Maia.

Comme elle approchait de la case centrale, elle vit trois personnes sur le seuil, qui la regardaient : Tapi, Furo et la vieille dame aux longs cheveux gris. Tapi se précipita dans la case voisine et la jeune Portugaise, Conchita, en sortit en courant pour aller à la rencontre de Maia. Elle prit le bébé dans ses bras et laissa s'échapper un flot de paroles. Elle l'avait laissé sur son matelas pendant son sommeil, il avait dû se réveiller et sortir tandis qu'elle allait chercher de l'eau derrière la maison.

« C'est un vrai diable ! Il ne fait que des bêtises... »

Maintenant qu'elle avait ramené le bébé, Maia s'apprêtait à rebrousser chemin... mais on ne la laissa pas repartir comme ça. Les domestiques des Carter n'arboraient plus leurs airs boudeurs et taciturnes. Tapi l'invita dans sa case et la vieille femme lui apporta du café et des noix, on lui offrit des fruits et des biscuits, une petite fête était visiblement en train de s'organiser.

« Tu chantais bien, dit la mère du bébé en hochant la tête. Où est-ce que tu as appris notre chanson ?

– À ma fenêtre, répondit Maia en désignant la maison du doigt. Mais je ne connais pas les paroles. »

C'était la vieille femme, Lila, qui chantait habituellement. Et elle entonna à nouveau cette mélodie pour Maia.

« C'est une berceuse ? » demanda Maia en imitant quelqu'un qui s'endort, et Lila lui répondit que c'était une chanson sur l'amour et le chagrin comme tant d'autres, mais elle l'avait choisie pour bercer les bébés. Elle avait été la nourrice de nombreux enfants, dont quelques Européens, expliqua-t-elle.

Ils connaissaient et comprenaient beaucoup mieux l'anglais qu'ils ne l'admettaient en présence des Carter, et ils se servaient aussi de leurs mains et de leurs regards pour se faire comprendre. Maia fit la connaissance de leur petit chien blanc, le perroquet vint se percher sur son épaule et ils avaient un gecko apprivoisé qui vivait sur les branches d'un palmier en pot près de la fenêtre. Chaque fois que sa tasse ou son assiette était vide, on la remplissait à nouveau. Elle n'avait jamais rencontré de gens aussi chaleureux. Ces Indiens menaient la vie qu'elle avait imaginé être celle des jumelles.

Par la suite, elle leur rendit visite chaque fois qu'elle en eut l'occasion. La vieille dame qui était la tante de Furo lui apprit d'autres chansons : des chants que les esclaves africains avaient rapportés quand ils travaillaient dans les plantations de canne à sucre, d'autres qu'elle avait entendus chez ses employeurs portugais quand elle était nourrice à Manaus. Ils lui montrèrent la dernière case où dormaient autrefois les cueilleurs de caoutchouc mais qui était maintenant déserte ; les hommes s'étaient enfuis dans la jungle, car les Carter ne les avaient plus payés depuis trois mois.

Mais personne ne connaissait la mélodie du nord de l'Angleterre qu'elle avait entendue le premier soir, et ils ne savaient apparemment rien de ce jeune Indien qui l'avait emmenée à Manaus. On rencontrait beaucoup de garçons comme lui sur le fleuve, disaient-ils, et Maia songea qu'elle ne reverrait jamais celui qui était venu à sa rescousse.

Plusieurs jours s'étaient écoulés depuis la désastreuse représentation et, à l'hôtel Paradiso, la situation allait de mal en pis. Les Goodley avaient organisé une réunion dans leur chambre pour prendre une décision mais, fidèles à leurs habitudes, ils commencèrent par embêter Clovis.

« Tu ne crois pas que tu aurais quand même pu attendre encore une semaine avant de te mettre à grogner comme un vieux grand-père ? dit Mme Goodley.

– Tu te rends compte que tu nous as couverts de ridicule ? ajouta Nancy Goodley. Après tout ce qu'on a fait pour toi ! Une star, voilà ce qu'on a fait de toi ! »

Clovis baissait la tête. Il était recroquevillé sur un vieux tabouret sale, et se tenait l'estomac qui, après un petit déjeuner de soupe aux fèves et aux arêtes de poisson le torturait cruellement. En plus, il était couvert de piqûres à cause des innombrables insectes qu'abritaient les draps de l'hôtel.

Tout était sa faute, il le savait, et les catastrophes s'accumulaient sans cesse. Un transporteur de bananes était arrivé de Belem la veille au soir et le capitaine du bateau avait fait savoir au patron de l'hôtel Paradiso que la compagnie avait quitté la ville sans payer la note. Depuis, le propriétaire sortait de son bureau comme une fusée chaque fois qu'il voyait passer un acteur, demandait son argent et menaçait de confisquer leurs vêtements et tout ce qu'ils possédaient s'ils ne payaient pas.

À la place de *Fauntleroy* ils avaient essayé de monter une pièce comique dont M. Goodley était l'auteur, mais elle ne faisait rire personne et ils avaient dû y renoncer. Désormais, ce n'était plus seulement l'hôtel qui perdait de l'argent mais aussi le théâtre, la direction menaçait d'annuler leur contrat pour la deuxième semaine.

Ils devaient se rendre en Colombie ou au Pérou, mais comment ?

« On pourrait peut-être quitter l'hôtel discrètement, la nuit, l'un après l'autre, et louer un camion ? suggéra le vieil acteur aux dents éclatantes.

– Et avec quoi est-ce qu'on va louer ce camion ? demanda M. Goodley sur un ton méprisant. Des cailloux, des écorces de noix de coco ? »

Clovis n'écoutait plus. Il ne s'était jamais senti aussi misérable, et il avait une peur bleue. Qu'allait-il leur arriver maintenant ? Il se revoyait seul face à la salle obscure du théâtre tandis que résonnait cet effroyable ricanement qui avait déclenché l'hilarité de tous. Deux filles cruelles à la voix aiguë. Une chose était certaine :

personne ne le convaincrait jamais de remettre les pieds sur une scène.

Il n'y avait que Maia qui était encore son amie. Elle lui avait promis de l'aider, elle avait dit qu'ils trouveraient une solution et il avait confiance en elle comme en personne d'autre. Des voix furieuses rugissaient au-dessus de sa tête, l'atmosphère de la pièce devenait étouffante. Un mille-pattes tomba du plafond à ses pieds. En bas, on venait d'ouvrir une porte et l'odeur de cette épouvantable soupe de fèves le prit à la gorge. Il n'en pouvait plus. Il ne supporterait plus...

Puis soudain, il se redressa. Il n'aurait pas à supporter tout ça, maintenant qu'il n'était plus acteur. Il savait où vivaient Maia et Mlle Minton, à quelques kilomètres en amont sur le fleuve. Les jumelles seraient sûrement heureuses de faire sa connaissance, Maia le lui avait dit sur le bateau, et Clovis se les représentait maintenant, accueillantes et aimables.

Oui, c'était décidé. Il irait retrouver Maia. Il lui restait quelques pièces de monnaie, quelqu'un l'emmènerait certainement. Une fois qu'il aurait retrouvé Maia et Mlle Minton, tout irait bien. Ensemble, elles l'aideraient à rentrer chez lui. Rien n'était impossible à Maia et à Mlle Minton.

Deux jours plus tard, Mlle Minton bénéficia d'un après-midi libre. Elle avait décidé de se rendre à Manaus et Maia espérait qu'elle l'inviterait à se joindre à elle, ce en quoi elle se trompait. Minty voulait aller voir si la réponse de M. Murray était arrivée, mais elle avait des choses importantes à faire par la suite. Comme les Carter partaient à Manaus pour rendre visite à la seule famille qui leur adressait encore la parole, ils pouvaient difficilement refuser de l'emmener.

« Où est Furo ? demanda Mme Carter en voyant que c'était un autre Indien qui les attendait auprès du bateau.

– Malade, répondit l'homme en fléchissant les genoux pour imiter un accès de fièvre.

– Oh, ces gens sont vraiment impossibles, commenta rageusement Mme Carter. Au moindre prétexte, ils essaient d'échapper au travail. »

Maia leur fit de grands gestes depuis la berge tandis qu'ils s'éloignaient. Puis elle regagna le salon et s'assit au piano. Il était pratiquement impossible de répéter quand les Carter étaient à la maison. Elle commença par faire ses gammes, puis ses arpèges, mais avant d'en avoir totalement fini, elle se lança dans une ballade de Chopin qu'elle avait apprise à Londres. Elle était tellement absorbée par la musique qu'elle ne vit pas immédiatement Furo qui lui faisait signe de l'autre côté de la fenêtre.

Il ne lui paraissait pas du tout malade, mais plutôt content et très excité.

« Viens », dit-il en l'invitant à le suivre d'un geste de la main.

Maia obtempéra. Elle était intriguée. Pendant la journée, les Indiens agissaient comme si elle n'existait pas, ce n'était que le soir qu'ils se montraient tels qu'ils étaient. Tapi et la vieille Lila se tenaient à l'entrée de leur case et souriaient sans rien dire. Maia suivit Furo jusqu'au ruisseau qu'elle avait découvert le jour où elle avait essayé de regagner Manaus.

Un vieux tronc creusé était amarré à côté du pont de bois. C'était l'embarcation qu'empruntait Furo pour aller pêcher le soir.

« Monte », dit-il en lui tendant la main.

Elle n'hésita qu'un bref instant avant de lui obéir.

Ils remontèrent des rivières sinueuses. Maia avait parfois l'impression qu'elle connaissait déjà tous ces endroits. Mais à d'autres moments, tout lui paraissait différent. Chaque fois qu'elle essayait d'interroger Furo, il secouait la tête, sans se départir de sa bonne humeur. Il ne ressemblait plus en rien au batelier lugubre qui les avait amenées chez les Carter le jour de leur arrivée. Ils s'engagèrent sur un petit affluent, et Maia commença à se sentir un peu inquiète car Furo venait de sortir de sa poche un carré de tissu avec lequel il avait fait mine de bander ses yeux pour montrer à Maia ce qu'elle devait faire.

« Toi mettre ça », dit-il, et comme elle refusait d'un signe de tête, il insista, puis se pencha en avant pour lui bander les yeux.

Elle avait peur. Le bateau glissait lentement sur l'eau, elle entendait les herbes qui frottaient les bords du canoë, les branches qui effleuraient ses bras. Puis le bateau fit un bond en avant et Furo enleva le bandeau qu'elle avait sur les yeux.

Ils étaient au milieu d'un lagon, l'eau était bleue et transparente et un cercle d'arbres immenses les isolait. La seule entrée possible, un passage entre les feuillages, s'était refermée derrière eux. C'était comme s'ils étaient soudain seuls au monde.

Ce n'était pourtant pas le mystère de ce lac qui fascinait Maia, mais sa beauté. Les arbres se penchaient au-dessus de l'eau, un peu plus loin, une tortue dormait sur un banc de sable doré, sans être dérangée par l'arrivée du bateau. Des bouquets de fleurs de lotus jaunes et roses se balançaient sur l'eau, leurs pétales s'ouvraient à la chaleur du soleil. Des colibris se rassemblaient en un tourbillon de couleurs autour d'un récipient cloué à une branche...

À l'autre extrémité du lagon, à l'ombre de deux cotonniers, se dressait une coquette cabane en bois devant laquelle un ponton étroit s'avançait au-dessus des eaux du lac. Une petite barque portant le nom d'*Arabella* peint sur la coque était ancrée à proximité et un canoë que Maia reconnut y était attaché. En revanche, elle ne reconnut pas immédiatement le garçon qui attendait patiemment sur le seuil. Il ressemblait bien au jeune Indien qui l'avait accompagnée jusqu'à Manaus, mais ses cheveux noir de geai avaient disparu ainsi que le bandeau qui lui ceignait le front et les peintures qui lui striaient le visage. Avec ses fins cheveux châtains, il ressemblait à n'importe quel jeune Européen qui aurait longtemps vécu au soleil.

Non, ce n'était pas exactement ça. Il ne ressemblait à aucun des garçons que Maia avait rencontrés, il se tenait parfaitement immobile, il n'agitait pas les bras dans tous les sens en criant des ordres et des conseils, il était là, tout simplement. Et le chien qui était assis à ses côtés ne ressemblait à aucun autre chien. Il était maigre, de la couleur du sable foncé, il savait quand il fallait aboyer et quand il fallait se taire, et comme la barque accostait le long du ponton, il s'autorisa à agiter discrètement la queue.

Le garçon tendit la main et Maia sauta à terre.

« J'ai décidé de te faire confiance », dit-il en anglais.

Avant même de l'entendre, elle avait deviné qu'il connaissait cette langue. Il lui en donnait maintenant la confirmation.

Maia le regarda droit dans les yeux.

« Je crois que tu peux, dit-elle très sérieusement. Je ne te dénoncerai pas aux corbeaux... pour tout l'or du monde.

– Les corbeaux... Oui, c'est un nom qui leur va bien. Alors tu sais qui je suis ?

– Tu es le fils de Bernard Taverner. Le garçon qui, d'après le Pr Glastonberry, n'existe pas. Mais je ne connais pas ton prénom.

– Finn. Et toi tu es Maia, tu chantes à merveille, et tu n'aimes pas les betteraves, ni les soustractions. »

Maia le regarda fixement.

« Comment sais-tu tout ça ?

– Les Indiens me l'ont dit. Rien ne leur échappe. La vieille Lila était ma nourrice quand j'étais bébé. Parfois je vais les voir et je discute avec eux – en tout cas, c'était ce que je faisais avant l'arrivée des corbeaux, et seulement la nuit. Les Carter ne m'ont jamais vu et ne me verront jamais. »

Sa voix prenait tout à coup des accents de haine pour parler des Carter.

« Alors c'était toi ! s'exclama Maia. C'était toi qui sifflais *Blow the Wind Southerly*, le soir de mon arrivée. C'était tellement rassurant d'entendre cet air ! »

Finn se retourna et adressa quelques mots à Furo dans sa langue.

« Il sera là dans une heure ou deux pour te ramener, dit-il. Viens, je vais tout te montrer. Je te dirai ensuite pourquoi je t'ai fait chercher. »

Il sourit, se redressa et ajouta :

« Ou plutôt pourquoi je souhaitais que tu viennes. »

Lorsque Furo eut disparu à travers les étroits tunnels de végétation, le silence parut écrasant, pourtant elle entendait encore le clapotis de l'eau contre la coque de l'*Arabella*, le ronronnement des ailes de colibris, et les bâillements du chien. C'était comme si tous les sons venaient juste d'être inventés dans cet endroit secret.

Finn la mena jusqu'à la porte de la cabane.

« C'est mon père qui l'a construite, et c'était là que nous vivions quand nous ne partions pas en expédition pour rapporter des plantes. Je n'arrive toujours pas à croire qu'il ne reviendra pas, même s'il y a maintenant quatre mois qu'il s'est noyé.

– Tu le vois de temps en temps ? demanda Maia et il se retourna brusquement vers elle, car c'était comme si elle avait lu dans ses pensées. Moi, je vois le mien. Mon père. Ce n'est pas un fantôme ou une apparition. C'est lui, tout simplement.

– Oui, c'est exactement la même chose pour moi. Et souvent il me montre quelque chose. Un insecte que je ne connais pas, ou une plante.

– Le mien aussi me montre des choses. Des petits bouts de poterie, des bris de verre. Il était archéologue.

– Mon père était botaniste. Il avait rassemblé une collection de plus de cent nouvelles espèces de plantes.

– Je sais... j'en ai vu au musée. Tu dois être fier de lui.

– Oui. Peut-être que les pères servent à ça. Ils sont là pour nous montrer des choses. »

La cabane était telle que Bernard Taverner l'avait laissée lorsqu'il était parti avec un ami indien à la recherche du nénuphar bleu dont les feuilles servent de remède à la douleur. Les boîtes, les bocaux dans lesquels il gardait ses spécimens et son microscope étaient soigneusement disposés sur son bureau. Ses outils de menuisier étaient accrochés au mur, et de l'autre côté de la cabane, on avait rangé les palans pour le bateau. Son drap kaki était plié sur son hamac comme si on attendait qu'il revienne dormir là le soir même.

De vieux livres étaient alignés sur des étagères en bois de palmier. Il y avait là des ouvrages d'histoire naturelle, des mémoires d'explorateurs, et des grands classiques. Mais le volume ouvert sur la table était une édition en latin de *La Guerre des Gaules* de César. Et Finn poussa un soupir en le regardant.

« Il m'a fait promettre de continuer à étudier le latin quoi qu'il arrive. Il disait qu'il n'y a rien de tel pour se former l'esprit. Mais c'est difficile quand on est tout seul.

– Oui, fit Maia en hochant la tête. Tout est difficile quand on est seul. »

En même temps, elle songeait qu'aucun endroit ne lui avait jamais autant plu. La cabane était d'une propreté méticuleuse, il y flottait un parfum de feu de bois et de roseaux qui s'infiltrait par la fenêtre. Cette habitation était équipée d'une cuisinière à essence et d'un évier, mais elle devinait qu'il cuisinait au feu de bois sur l'avancée de terre entre la cabane et le banc de sable.

« Vous avez dû être très heureux, ici, toi et ton père.

– Oui, très. Je me réveillais tous les matins en me disant : je suis exactement là où j'ai envie d'être. Et il n'y a pas beaucoup de garçons de mon âge qui ont cette chance. Je m'imaginais réveillé par une sonnerie aiguë dans ces horribles pensionnats anglais. »

Il l'emmena dehors, lui montra son four, l'endroit où les tortues pondaient leurs œufs, la bouteille pleine d'eau sucrée qu'il remplissait tous les matins pour les colibris, comme le faisait autrefois son père.

« Nous en avons recensé vingt et une espèces rien que sur cet arbre », dit-il.

Son arc et ses flèches étaient accrochés à une branche, mais elle avait aussi vu un fusil appuyé contre le rebord de la fenêtre.

« Tu vois ça, dit-il en indiquant des empreintes sur le sable. C'est un tapir. Il vient la nuit pour boire. »

Son père avait planté un jardin très simple, protégé par une clôture en fil de fer, où il faisait pousser du manioc, du maïs et des patates douces.

« C'est difficile d'empêcher les animaux d'entrer... et d'arracher les mauvaises herbes.

– Tout m'a l'air très bien entretenu, dit-elle en faisant un grand geste de la main qui englobait la cabane, le bateau, le lagon. On pourrait passer toute une vie dans un endroit comme celui-ci. »

Il la regarda avec étonnement.

« Oui, mais je ne peux pas rester. Je pars en voyage.

– Ah ? »

L'espace d'un instant, elle sentit le désespoir l'envahir. Elle venait à peine de le rencontrer et voilà qu'il avait décidé de s'en aller.

« Je pars retrouver les Xantis. »

Maia ne dit mot, attendant la suite.

« Ma mère appartenait à cette tribu. Elle était indienne. Mon père l'a ramenée ici et elle est morte à ma naissance. J'ai toujours promis à mon père que s'il arrivait quoi que ce soit, je retournerais auprès d'eux. Il m'a dit qu'ils s'occuperaient de moi jusqu'à ce que je sois majeur, et là personne ne pourrait plus m'obliger à retourner à Westwood. Je croyais qu'il exagérait, mais maintenant que les corbeaux sont revenus...

– Comment vas-tu y aller ?

– Sur l'*Arabella*. Dès que la saison sèche aura vraiment commencé. Les rivières dans le Nord sont encore en crue, mais il n'y a plus très longtemps à attendre. »

Ils montèrent ensemble sur le bateau et Maia comprit tout de suite qu'il y tenait comme à la prunelle de ses yeux. C'était une barque à vapeur, fière et solide, avec une grande cheminée en cuivre et un auvent qui couvrait le pont sur toute sa longueur.

« Mon père l'avait achetée pour rien à un planteur très riche qui avait fait faillite. Elle peut faire cinq nœuds à l'heure quand l'envie lui prend.

– Tu peux piloter tout seul ?

– À peu près. Il faut couper beaucoup de bois à l'avance dans la matinée, après on peut avancer. Ce sera difficile parce qu'il n'existe pas de cartes très précises pour la dernière étape du voyage. Il faudra que je me fie aux souvenirs que mon père m'a transmis. »

Maia posa la main sur la barre. Il y avait cinq minutes à peine, elle voulait passer le reste de sa vie dans ce lagon. Maintenant, elle avait tout autant envie de faire ce voyage avec Finn, remonter sans fin des fleuves inconnus... ne jamais arriver à destination, continuer, tout simplement.

Mais le chien qui les avait suivis à bord décida de retourner sur la terre ferme d'un bond et il se dirigea vers la porte de la cabane qu'il ouvrit avec son museau.

« Il nous fait savoir que c'est l'heure du thé. »

Maia se tourna vers lui pour voir s'il plaisantait, mais il était très sérieux. Et Finn s'employa alors à préparer le thé. Il mit la bouilloire à chauffer, ébouillanta la théière, prit trois cuillerées d'Earl Grey dans un pot. Puis il trouva une assiette, sur laquelle il disposa des biscuits avec des raisins secs, il apporta une pince pour le sucre et un petit pot de lait, et lui tendit même une serviette. On se serait cru dans n'importe quel salon anglais.

Le chien attendait.

« Il ne boit que du thé de Chine, expliqua Finn en posant une tasse par terre et en y ajoutant un morceau de sucre. Si tu lui donnes autre chose, il te regarde d'un drôle d'air. »

Tandis qu'ils buvaient et mangeaient, il fit poliment la conversation, lui demanda ce qu'elle pensait de Manaus, et si son ami était encore chagriné de ce qui s'était passé pendant la représentation de la pièce.

« Tu veux parler de Clovis ? Oui, il est toujours très triste. Mais comment arrives-tu à tout savoir ? »

Il haussa les épaules.

« Les Indiens entendent parler de toutes sortes de choses, et ils me le répètent. La femme de ménage du théâtre est la cousine de la vieille Lila. »

Quand ils eurent fini de manger et de boire, il déclara :

« Bien, je crois que je te dois quelques explications. Vois-tu, je risque d'avoir besoin de ton aide. »

Maia le regarda et devint toute rose de plaisir.

« Je ferai tout ce que tu veux.

– Comme ça ? Tout simplement ? demanda-t-il. Même si je suis un fugitif ?

– Oui. »

Finn lui adressa un grand sourire.

« On m'avait bien dit que tu n'étais pas comme les porcelets.

– Les porcelets ?

– C'est comme ça que les Indiens appellent les jumelles. Tu sais ces petits cochons tout gras qui passent leur temps à renifler et à manger. »

Maia essaya d'avoir l'air outrée, mais en vain.

« Est-ce qu'elles sont aussi épouvantables qu'on le dit ? » demanda-t-il.

Maia poussa un soupir et renonça à jouer les bonnes filles.

« Oui, dit-elle. Ce serait merveilleux si elles étaient vraiment des cochons, parce qu'au moins, on peut s'attacher à un cochon.

– Sortons, dit Finn. Les moustiques se tiennent tranquilles à cette heure-ci. »

Ils s'assirent côte à côte sur le pont de bois à l'extérieur de la cabane, et Finn lui fit le récit du mariage de ses parents.

« Quand mon père est arrivé dans ce pays, il n'avait que dix-sept ans. Il avait connu une enfance épouvantable en Angleterre, mais à peine débarqué ici, il a compris qu'il atteignait le pays de ses rêves. Il n'avait pas beaucoup d'argent au début et ne possédait presque rien. Il s'est rendu compte qu'il pourrait gagner sa vie en ramassant des plantes et des baies dont les gens avaient besoin pour concocter des remèdes, et il s'est mis à en vendre aux marchands de Manaus. Il s'est lié d'amitié avec les Indiens et a appris leur langue. Eux lui ont enseigné leur savoir.

« Il a vécu ainsi pendant presque dix ans, explorant les rivières et construisant sa cabane. Les horribles souvenirs qu'il gardait de l'Angleterre ne le hantaient plus que la nuit quand il rêvait. Il était sûr d'avoir échappé à son passé. »

Finn se tut et regarda longuement le lac.

« Puis un jour, il s'est aventuré très loin. Il n'était pas sur l'*Arabella*, il avait pris le canoë, et il a attrapé la fièvre, une fièvre très virulente, et il s'est évanoui.

« Quand il a repris connaissance, il était parmi les Xantis. Il avait entendu parler d'eux, on disait qu'ils étaient exceptionnels car ils étaient très paisibles et connaissaient de nombreux remèdes, mais ils étaient aussi très farouches et préféraient vivre cachés. Peu de gens pouvaient se vanter de les avoir rencontrés.

« Il me raconta qu'il avait eu l'impression de se réveiller au paradis, au milieu de ces gens calmes, bons, sous ces arbres qui laissaient filtrer une lumière diaphane. Une jeune femme en particulier s'était occupée de lui, elle s'appelait Yara, et quand il fut rétabli les Xantis l'autorisèrent à l'épouser, ce qui était un honneur.

« Il la ramena ici, mais tandis qu'elle me donnait naissance, le médecin anglais refusa de se déplacer au milieu de la nuit pour une Indienne et elle mourut. »

Finn marqua une pause.

« Après cela, il évita de fréquenter les Européens. Il demanda à Lila d'être ma nourrice, et réussit à s'en sortir, même si je crois qu'il ne s'était jamais remis de la mort de ma mère. Mais nous étions très proches. »

Sa voix se fit hésitante.

« Je pourrais vivre ici, comme lui, trouver des remèdes et vendre des objets aux musées, il y a beaucoup de choses à faire ici. Mais il m'a toujours dit que si quelqu'un venait d'Angleterre pour me chercher, il fallait que je me batte pour sauver ma vie. Que je devais retourner parmi les Xantis. Lui-même n'y est jamais retourné, mais il m'a toujours affirmé qu'ils me reconnaîtraient. »

Il tourna alors son poignet pour montrer à Maia la marque qu'elle avait vue dans le canoë.

« Le problème, c'est que je dois m'enfuir sans être vu, et j'ai parfois l'impression que les corbeaux sont partout. Personne ne sait combien de temps ils ont prévu de rester pour me pourchasser. Les Indiens ne me trahiraient pas, mais ils offrent une grosse récompense, et il y a des gens très pauvres à Manaus.

– Tu disais que je pourrais peut-être t'aider ?

– Oui, j'ai une idée, mais je ne sais pas si ça va marcher. »

Il attira le chien contre lui et se mit à le caresser derrière les oreilles.

« Tu n'es pas obligé de me l'expliquer si tu n'en as pas envie, s'empressa-t-elle de dire. Je t'aiderai de toute manière.

– Ce n'est pas ça. C'est seulement que je n'ai pas encore réfléchi à tous les détails. Et puis, ça ne dépend pas seulement de moi. Ce que j'aimerais pour le moment, c'est que tu me parles de ton ami Clovis. Où as-tu fait sa connaissance ? À quoi ressemble-t-il ? »

Maia lui relata leur rencontre sur le bateau, elle expliqua que Clovis avait le mal du pays et qu'il était très anxieux parce que sa voix muait.

« Il n'a qu'une idée en tête : retourner en Angleterre. Il m'a même dit qu'il était prêt à s'embarquer clandestinement sur un bateau.

– Ça ne marchera pas. Ils passent tous les bateaux au peigne fin. Il y a des gens qui essaient de sortir en contrebande des plants d'arbre à caoutchouc pour les faire pousser ailleurs, ce qui détruirait le commerce du caoutchouc ici. Il va sûrement se faire prendre.

– C'est ce qu'a dit Mlle Minton.

– Ah oui... Mlle Minton. Et qu'est-ce qu'elle pense de Clovis ?

– Je crois qu'elle l'aime bien. Oui. J'en suis même sûre. Il pleurniche un peu trop, mais dans l'ensemble, c'est quelqu'un de bien.

– Sans doute, puisqu'il est ton ami. »

Ils gardèrent le silence pendant quelques instants, chacun appréciant la compagnie de l'autre. Puis Finn demanda :

« Tu ne connaîtrais pas le prénom de Mlle Minton, par hasard ? »

Maia réfléchit en plissant le front.

« Elle n'emploie jamais son prénom, mais ça commence par A, je crois, parce qu'un jour elle m'a passé un mouchoir et il y avait cette lettre brodée dans un coin. »

Finn hocha la tête.

« Bien, dit-il, c'est ce que je pensais. »

Le canoë de Furo apparut à ce moment-là au milieu des roseaux. Et Maia demanda rapidement :

« Ce que je ne comprends pas, c'est comment ils pourraient t'obliger à retourner à Westwood. Tu n'es qu'un enfant, et on ne met pas les enfants en prison. »

Finn écrasa d'un coup sec un moustique qui s'était posé sur son bras.

« À Westwood, ils le font. À Westwood, on t'enferme dès la naissance. »

Chapitre 8

Clovis avait remonté le fleuve sur une vieille barque à vapeur, qui transportait toutes sortes de choses, du bétail comme des troncs d'arbres.

Il avait donné tout ce qu'il lui restait au capitaine en échange de la permission de s'asseoir entre une cage pleine de chèvres qui bêlaient sans cesse, et un sac troué d'où s'échappaient des grains de maïs. Mais il refusa de débarquer Clovis au ponton des Carter.

« Endroit pas bon ! » avait-il déclaré.

Il obligea Clovis à descendre sur une vieille jetée un peu en aval et à finir le chemin à pied, si bien qu'il arriva devant le bungalow couvert d'égratignures, épuisé, et accablé de chaleur.

Mais maintenant qu'il remontait l'allée de gravier, il reprenait courage. Tout était si calme et ordonné. Il n'y avait pas de poules pour vous passer leurs puces, pas de chiens qui aboyaient au bout de leurs chaînes.

Le soir commençait à tomber et deux des fenêtres étaient éclairées. Clovis s'avança silencieusement et regarda à l'intérieur. Un spectacle des plus réconfortants s'offrit à lui. Les Carter étaient en train de dîner, assis autour d'une grande table couverte d'une nappe blanche. Il vit Mme Carter, une femme dodue à l'air doux, dans une robe bleue avec des manches à volants, qui remplissait des assiettes à dessert. Un blanc-manger tout rose. Clovis le voyait trembler légèrement sur l'assiette et il se mit à saliver. Sa mère adoptive appelait ce dessert un *shape*, elle le confectionnait avec des fraises, de la farine de maïs, et du lait frais qu'elle venait de prendre au pis de la vache. Mme Carter était assise en face de son mari, un homme maigre avec des lunettes à monture dorée. Les jumelles trônaient à côté d'elle.

Elles étaient exactement comme Maia les avait décrites : jolies, tout habillées de blanc avec des rubans dans les cheveux. Et Maia était avec elles. Les jumelles étaient jolies bien sûr, mais Maia avait vraiment quelque chose de spécial, avec son visage sérieux et ses yeux qui exprimaient tant de gentillesse. Il voyait ses couettes qui tombaient sur ses épaules. Et ce spectacle suffit à lui donner le sentiment qu'il était en sécurité et que tout irait bien.

Apparemment, Mlle Minton n'était pas là. Peut-être était-ce son jour de congé et dans ce cas, elle serait allée rendre visite à des amis.

Il resta encore quelques instants à observer le tableau sans que les occupants de la pièce ne remarquent sa présence. Ce bungalow avait bien mérité son nom : *Tapherini*, la Maison du Repos. Puis il gagna la porte et frappa.

En quelques instants seulement, le rêve de Clovis allait s'effondrer. Il entendit d'abord le hurlement aigu de la sonnette. Puis une domestique renfrognée le mena jusqu'à la salle à manger et ouvrit la porte. Les jumelles relevèrent la tête, le regardèrent avec insistance puis éclatèrent de rire. Même si à vrai dire, ce n'était pas vraiment un rire. Plutôt cet épouvantable ricanement, aigu, impitoyable et chevrotant qu'il avait entendu de l'autre côté de la rampe, au théâtre, et qui avait déclenché l'hilarité des autres enfants. Clovis le reconnut immédiatement. C'était donc au rire des jumelles qu'il devait le malheur qui le poursuivait ainsi !

« Oh ! s'exclama Béatrice, c'est le petit Lord Fauntleroy. »

Puis toutes deux dirent en même temps : « Est-ce que je ne serais plus votre petit garçon ? » d'une voix grave et caverneuse et le répétèrent encore et encore, chaque fois un ton plus bas... et chaque fois, elles s'étranglaient, s'étouffaient, se donnaient de grandes tapes dans le dos avant de se remettre à le persécuter.

Clovis était resté sur le seuil, parfaitement immobile. Il lança un regard vers Maia pour voir si elle allait se joindre aux deux autres filles, mais elle avait l'air horrifiée, elle se leva d'un bond et vint se mettre à ses côtés.

« Arrêtez ! cria-t-elle aux jumelles avec fureur. Je vous en prie, arrêtez, vous ne voyez pas... »

Mme Carter intervint à ce moment-là.

« Allons, allons, les filles, dit-elle aux jumelles, ça suffit comme ça. » Puis s'adressant à Maia, elle ajouta : « Assieds-toi, s'il te plaît. Nous n'avons pas fini notre repas. »

Mais les jumelles ne se calmèrent pas si vite. Elles continuaient à grogner et à glousser et Béatrice dit :

« Regarde comme Maia protège son petit copain.

– Ça suffit ! » fit M. Carter en s'essuyant les lèvres avec sa serviette. C'était le premier mot qu'il prononçait au cours de ce repas, et ce fut aussi le dernier. Mais les jumelles arrivaient maintenant à se contrôler.

« Bien, fit Mme Carter en dévisageant Clovis. Puis-je vous demander ce qui vous amène ici ? »

Clovis considéra son doux visage tout en rondeur. De près, il paraissait beaucoup moins maternel et chaleureux que lorsqu'il l'avait observé depuis la fenêtre. Il avait l'impression que ces grosses joues molles cachaient de la pierre.

« Je me demandais si je ne pourrais pas rester chez vous pendant quelques jours. Nous avons dû quitter l'hôtel, toute la troupe, et je me suis dit... »

Il n'eut pas le courage de finir sa phrase.

Maia se tourna alors vers Mme Carter et tendit les mains vers elle comme si elle l'implorait de lui laisser la vie.

« Oh, je vous en supplie, Mme Carter, je vous en supplie, est-ce qu'il ne pourrait pas rester ici ? Il pourrait prendre ma chambre et je dormirais dans celle de Mlle Minton. Je suis sûre que M. Murray l'aidera à...

– Rester ici ? fit Mme Carter visiblement horrifiée.

– Rester chez nous ? reprit Béatrice. Nous n'avons pas l'habitude d'inviter des acteurs sous notre toit, n'est-ce pas, Gwendolyn ? »

Les deux jumelles agitèrent lentement la tête, de droite à gauche, puis de gauche à droite. En les regardant, Maia songea à ces femmes qui, pendant la Révolution française, tricotaient au pied de la guillotine pendant qu'on tranchait des têtes.

« Dieu sait quelle infection il a pu attraper à l'hôtel Paradiso », dit Mme Carter. Puis se tournant vers Clovis, elle ajouta :

« D'où viennent ces piqûres sur vos jambes ? Puces ? Cafards ? »

Clovis devint tout rouge. Il y avait effectivement des cafards à l'hôtel Paradiso, qui lui avait déplu autant qu'à Mme Carter. Il fallait bien reconnaître qu'il n'avait plus du tout l'air d'une petite merveille de la scène. On n'arrivait pas à avoir d'eau chaude dans cet hôtel. Il avait les cheveux sales et ses habits tachés étaient trop petits pour lui.

« On ne peut quand même pas le mettre dehors, dit Maia, désespérée.

– Tu n'imagines tout de même pas que nous allons accueillir n'importe quel vagabond couvert de vermine qui se présente à la porte. Ce garçon doit retourner d'où il vient. Béatrice, va chercher Mlle Minton.

– J'y vais, dit Maia.

– Non, j'ai demandé à Béatrice. »

Et Gwendolyn qui n'imaginait même pas aller toute seule à la salle de bains lui avait déjà emboîté le pas.

Maia n'avait pas regagné sa place, elle se tenait toujours à côté de Clovis comme si elle voulait le protéger des malheurs qui s'accumulaient au-dessus de sa tête. Le flan rose qui avait l'air si appétissant tout à l'heure n'était plus qu'une bouillie liquide dans son bol.

Mlle Minton apparut à l'entrée de la pièce.

« Bonsoir, Clovis », dit-elle.

Clovis fit un pas dans sa direction.

« Bonsoir, Mlle Minton. »

Elle n'avait pas changé depuis qu'il l'avait vue sur le bateau, elle paraissait toujours aussi droite et aussi forte. Il l'avait immédiatement appréciée, elle était sévère mais juste, et l'espace d'un instant, il se convainquit qu'elle pourrait l'aider.

« S'il vous plaît, emmenez ce garçon et demandez à Furo de le raccompagner à Manaus immédiatement, ordonna Mme Carter.

– Oh, pas ce soir, implora Maia. Franchement...

– Ce soir. J'espère que tu es contente, tu nous obliges à sortir le bateau et à gaspiller du carburant à cause d'un jeune fugueur. »

Mlle Minton se tourna vers Maia et la fit taire d'un seul regard.

« Ça suffit, Maia. Viens, Clovis. J'ai vraiment honte de vous quand je pense que vous causez de tels ennuis aux Carter ! »

Clovis se libéra de Mlle Minton qui l'avait pris par le bras et abandonna tout espoir.

« Je n'ai pas besoin d'aide pour m'en aller », dit-il.

Si Mlle Minton était elle aussi devenue une ennemie, alors il n'y avait plus rien à faire.

Les deux Anglais étaient revenus de leur voyage en amont de très mauvaise humeur. Ils avaient passé deux jours sur un bateau transportant des cochons de lait, des poules et une vieille femme qui avait constamment le mal de mer même si les eaux de la rivière étaient parfaitement calmes sous la chaleur écrasante. Il n'y avait pas de lits, seulement des hamacs attachés sur le pont. M. Trapwood était tombé du sien au milieu de la nuit, et avait atterri sur un inspecteur d'académie de Rio qui avait vivement protesté.

M. Low avait connu une mésaventure pire encore. Après avoir décidé de nager un peu pendant que le bateau faisait une halte afin de s'approvisionner en bois, il était ressorti de l'eau avec une douzaine de sangsues accrochées à son derrière. Quand ils arrivèrent enfin chez les Ombudas, ils ne trouvèrent pas la moindre trace du fils de Bernard Taverner.

L'interprète que le colonel Da Silva leur avait assigné s'était montré d'une aide précieuse. Il était allé à la rencontre du chef des Ombudas, l'avait salué dans sa langue et lui avait expliqué que M. Low et M. Trapwood étaient des personnages importants venus de Grande-Bretagne pour retrouver un garçon qui avait disparu. Mais il ajouta à voix basse que ces deux messieurs avaient causé toutes sortes d'ennuis au colonel qui priait le chef et les membres de sa tribu de leur raconter n'importe quelle histoire de garçon perdu, pour qu'ils se tiennent tranquilles et repartent le plus rapidement possible.

Le chef des Ombudas et ses amis étaient plus que ravis de se plier à cette requête. Ils n'aimaient ni M. Low ni

M. Trapwood qui étaient venus sans les habituels présents que l'on offre lorsqu'on rend visite à une tribu indienne : des hameçons, des couteaux, des casseroles, et de plus, ils adoraient inventer des histoires.

Ils racontèrent alors qu'un jeune Anglais aux cheveux blonds, beau comme l'astre du jour avait vécu parmi eux avant de reprendre la route.

« Où ? demandèrent les corbeaux avec impatience. Où est-il allé ?

– Il a pris la direction de la Montagne sacrée, dit le chef en pointant un doigt vers le nord.

– Non, non, il est allé vers la forêt Mambuto, dit son premier lieutenant, en désignant la direction opposée.

– Pardonne-moi, père, dit le jeune fils du chef, mais ce jeune garçon est parti sur le fleuve, et il indiqua à son tour une tout autre direction.

– Demandez-leur à quand remontent ces événements », dit M. Trapwood au comble de l'excitation.

Les Indiens et l'interprète se lancèrent alors dans une longue conversation, puis ils se dirigèrent vers une case à l'orée de la jungle et en revinrent avec une vieille femme. Elle était plus que vieille, une ancêtre, ses bras et ses jambes étaient maigres et noueux comme des branches et il ne lui restait plus une seule dent. Mais quand le chef eut fini d'expliquer ce qu'il attendait d'elle, elle fit un large sourire et répondit que, oui, oui, elle se rappelait très bien ce jeune garçon.

« Il avait des yeux bleus comme la fleur du jacaranda, ses cheveux brillaient comme le ventre du crapaud doré assis sur les feuilles de nénuphar de la rivière Mamari, dit la vieille femme qui s'amusait beaucoup, il avait la peau blanche comme la lune à la saison des...

– Oui, mais c'était quand ? dirent les corbeaux en l'interrompant grossièrement. Quand ? Quand vivait-il parmi vous ? »

La vieille femme s'assit sur un tronc d'arbre et se mit à compter. Elle se servait de ses doigts et de ses orteils puis eut recours à des cailloux que lui apportèrent le chef et ses amis.

Puis elle adressa un clin d'œil à l'interprète et lui déclara qu'il y avait de ça cinquante ans.

« Quoi ! s'exclama M. Trapwood. Cinquante ans ! »

Elle hocha la tête et répliqua qu'elle en était sûre, car elle n'était encore qu'une petite fille à l'époque, qui avait toutes ses dents de lait. Les Indiens hochèrent la tête et confirmèrent ses propos, affirmant qu'elle leur avait souvent parlé de ce garçon perdu qui était venu au village alors qu'elle n'était pas plus haute que la queue d'un daim des marais, puis ils la ramenèrent dans sa case en lui donnant de petites tapes sur l'épaule pendant qu'elle riait sous cape.

Les corbeaux durent donc abandonner la partie, mais ils ne pouvaient pas s'en retourner immédiatement, car le bateau pour Manaus ne partait pas avant deux jours et ils durent se résigner à passer un séjour très inconfortable chez les Ombudas qui jouaient du tam-tam à longueur de temps et ne se nourrissaient apparemment que de noix. Les corbeaux ne songèrent pas un seul instant que les membres de cette tribu partageaient leur gîte et leur nourriture avec eux très généreusement, car ils avaient toujours considéré de toute manière que les Indiens étaient des sauvages.

À leur retour à Manaus, les deux Anglais n'étaient pas en très grande forme.

« J'en ai assez, déclara M. Trapwood comme ils s'asseyaient dans leur chambre de la pension Maria qui donnait sur les docks.

– Moi aussi, croassa M. Low. Il faut en finir avec cette affaire. L'*Évêque* repart dans dix jours, et il y aura le jeune Taverner à son bord !

– S'il existe, ajouta M. Trapwood sombrement.

– Bien sûr qu'il existe. Vous avez bien vu la lettre.

– Alors pourquoi ne se montre-t-il pas ? Et pourquoi est-ce que tout le monde se tait ?

– Vous pensez que nous devrions augmenter la récompense ? Le vieux nous a dit de nous fier à notre jugement.

– Pourquoi pas, après tout ? Et puis l'argent ne sortira pas de notre poche. Il faut aller frapper à toutes les portes de toutes les maisons aux alentours de la ville. Si Taverner était botaniste, il ne vivait sûrement pas en ville. Et peut-être qu'ils n'ont pas vu les affiches, dans leurs coins.

– Je suis sûr que ce type au musée savait quelque chose, fit M. Low d'un ton boudeur. Celui qui nous a dit que Taverner n'avait pas de fils. »

Puis la petite servante brésilienne leur apporta le dîner, identique au petit déjeuner et au déjeuner, des fèves à l'eau avec des pieds de porc. M. Low fouilla tristement dans son assiette pour trouver des bouts de viande et M. Trapwood découvrit une fourmi morte dans la sienne. Une fourmi qui paraissait parfaitement propre, mais il s'étrangla et repoussa son assiette.

« Cet endroit... c'est l'enfer sur terre », conclut-il.

Le lendemain du jour où Clovis avait été renvoyé de la maison, le coiffeur vint de Manaus pour Mme Carter. Il se montra d'abord silencieux et taciturne, mais lorsqu'il se rendit compte que Mme Carter avait enfin l'intention de le payer, il retrouva sa bonne humeur, et lui donna les dernières nouvelles de la ville. Les acteurs avaient été chassés de l'hôtel Paradiso, ils s'étaient donc procuré un camion pour quitter le Brésil et se rendre au Venezuela, où disait-on, le consul britannique était généralement bien intentionné et serait prêt à fermer les yeux sur leur conduite passée.

« Mais tout le monde pense qu'ils seront arrêtés à la frontière, déclara M. Claude.

– Pauvre Clovis ! » s'exclama Maia en entendant cela.

Les jumelles haussèrent les épaules.

« Ce n'est qu'un acteur, dit Béatrice. Un vagabond. Ils ont l'habitude de traîner par-ci, par-là.

– Pas Clovis ! » fit Maia. Mais elle décida de ne pas en dire plus. Depuis que Mlle Minton avait emmené Clovis, Maia s'était montrée discrète et silencieuse, parlant à peine avec son entourage.

Cependant, la nouvelle qui intéressait le plus les Carter était que la récompense pour la découverte du fils de Bernard Taverner avait doublé.

« Elle s'élève maintenant à quarante mille *milreis*, déclara le coiffeur, qui crêpait les boucles de Mme Carter. Ils ont mis des affiches partout.

– Imagine toutes les robes qu'on pourrait s'acheter avec ça, dit Béatrice.

– Et les chapeaux, ajouta Gwendolyn.

– Et les chaussures.

– Et les chocolats, on pourrait en acheter des dizaines de boîtes.

– Vous pourriez acheter des choses beaucoup plus utiles, intervint M. Carter. La collection complète des yeux de verre de l'accordeur de piano de la reine Victoria, par exemple. » Il venait de voir qu'ils étaient en vente dans le catalogue. Ou bien il pourrait rembourser ce requin de Gonzalez à qui il avait emprunté de l'argent et qui le persécutait sans cesse.

« Il y a une nouvelle sorte de papier mural sur lequel les insectes ne peuvent pas se poser et qui est garanti vingt ans, dit Mme Carter d'un air rêveur. J'ai lu un article là-dessus dans un magazine chez le dentiste. »

Les Carter restèrent un long moment, les yeux plissés, à réfléchir à ce qu'ils achèteraient avec autant d'argent.

Et le lendemain matin, les corbeaux se présentèrent au bungalow.

Ils avaient affrété un bateau appartenant à un riche marchand et avaient débarqué sur le ponton des Carter pendant que les enfants étaient occupées à leurs leçons.

M. Carter tyrannisait ses employés dans quelque coin éloigné de la plantation, mais lorsqu'il vit le bateau, il retourna rapidement à la maison. Mme Carter avait fait entrer M. Low et M. Trapwood dans la salle à manger où Mlle Minton faisait faire une dictée aux jumelles.

« Allez chercher Maia, ordonna-t-elle à la gouvernante. Ces messieurs veulent interroger tout le monde. »

Les corbeaux s'assirent en pinçant leurs pantalons à hauteur du genou pour maintenir le pli. La salle à manger des Carter leur plaisait beaucoup : l'odeur de désinfectant, les fenêtres voilées. Enfin, un respectable foyer anglais. On fit entrer Maia. Elle les reconnut immédiatement et devint très pâle.

M. Trapwood ne perdit pas de temps.

« Certains d'entre vous savent déjà ce que je vais dire. Nous sommes venus d'Angleterre pour retrouver un jeune garçon porté disparu, le fils de Bernard Taverner. Il est de la plus grande importance que nous le retrouvions avant que l'*Évêque* n'appareille. La somme offerte en récompense pour toute information a été multipliée par deux. Je veux que vous réfléchissiez très attentivement pour me dire si vous avez la moindre idée de l'endroit où ce garçon pourrait bien se cacher. »

Maia releva la tête.

« Et pourquoi se cache-t-il ? Pourquoi ne se présente-t-il pas à vous de lui-même ? Pourquoi est-ce qu'il ne veut pas retourner en Angleterre ? »

Les corbeaux froncèrent les sourcils.

« Tout ça n'a rien à voir avec l'affaire qui nous occupe. Ce garçon doit retourner en Angleterre et sans plus tarder. C'est une question de vie ou de mort.

– Si on vous donne un renseignement utile, est-ce qu'on pourra toucher la récompense ? demanda Béatrice.

– Très certainement. »

Les jumelles échangèrent un regard.

« Nous pensons que Maia l'aide à se cacher, déclara Béatrice. J'avais mal aux dents la nuit dernière et je me suis réveillée, c'est alors que je l'ai vue se glisser vers la dernière case où les travailleurs vivaient autrefois. Celle qui est vide.

– Nous n'en sommes pas absolument sûres, mais c'est ce que nous pensons, ajouta Gwendolyn.

– Elle sort quelquefois, alors qu'elle devrait être au lit.

– Non. Franchement. Ça n'a rien à voir avec... s'exclama Maia en sursautant sur sa chaise. Je ne sais rien du garçon que vous recherchez.

– Quoi qu'il en soit, je crois que je vais demander à ces jeunes demoiselles de nous mener jusqu'à la case qu'on vient de nous décrire. Avec votre permission, Mme Carter ?

– Certainement. Mais si Maia nous a trompés, elle sera punie avec une extrême sévérité. »

Mlle Minton était venue se mettre aux côtés de Maia.

« Si Maia cache effectivement quelqu'un elle sera certainement punie. Mais je trouve cela difficile à croire.

– Ce n'est pas le fils de Bernard Taverner, honnêtement... »

Mais c'était trop tard, les corbeaux s'étaient levés, et tout le monde sortait du bungalow pour emprunter le sentier qui menait aux cases des Indiens. Furo, Tapi et Lila se tenaient sur le seuil de la porte et observaient en silence.

Mlle Minton avait pris Maia par le bras, comme pour l'empêcher de s'enfuir. Son visage sévère n'exprimait que la colère.

Mme Carter passa devant les cases comme si elle traversait un égout à ciel ouvert, et les jumelles se pincèrent le nez devant le cochon.

« Je vous en supplie, dit Maia, mais elle s'interrompit dès qu'elle sentit les doigts de fer de Mlle Minton qui s'enfonçaient douloureusement dans son bras.

– Tais-toi, Maia », dit-elle.

La case était fermée à clef. Mme Carter appela Tapi en criant et lui ordonna de lui apporter la clef. Celle-ci disparut pour aller la chercher ; elle les fit attendre un long moment et ressortit à contrecœur avec l'objet qu'on venait de lui demander.

« Vide, dit-elle en s'adressant aux corbeaux. Pas à l'intérieur. *Nada*. Tous partis.

– Nous verrons bien », dit Mme Carter en se saisissant de la clef.

Maia se mordit la lèvre et baissa les yeux.

La serrure résistait.

« Donne-moi ça », dit M. Carter en prenant la clef des mains de sa femme. Il se débattit encore quelques instants et parvint à la faire tourner. La porte s'ouvrit tout d'un coup.

On entendit un grincement aigu, un battement d'ailes dans l'obscurité, et un oiseau pris au piège put enfin s'envoler en manquant de faire tomber en arrière Mme Carter.

Puis ce fut le silence. Ils virent par terre une vieille couverture, un chandelier tenant une bougie consumée et rien d'autre.

La case était vide.

Cette nuit-là, personne ne parvint à dormir profondément dans la maison des Carter.

Les jumelles, allongées sur leurs lits, songeaient à l'argent qui venait de leur échapper.

« J'allais m'acheter cette cape en soie bleue que j'ai vue dans la vitrine de Fleurette, fit Béatrice en soupirant.

– Elle ne t'irait pas de toute manière. Le col est trop ouvert. »

Elles commencèrent à se disputer jusqu'à ce qu'elles se rappellent que ni l'une ni l'autre ne pourrait acheter cette cape.

« Je continue à penser que Maia sait quelque chose. Tu as vu comme elle était inquiète quand ils ont ouvert la case ?

– Elle est tout à fait du genre à se ranger du côté d'un fugitif. Tu as vu comme elle a voulu accueillir Clovis ?

– Mais le fils Taverner n'est pas seulement un fugitif. C'est un criminel. Sinon, pourquoi est-ce qu'ils tiendraient tellement à le rattraper ?

– Moi, je vais garder un œil sur Maia. Je ne lui fais pas du tout confiance. »

Dans leur chambre à coucher, un peu plus loin dans le couloir, M. et Mme Carter songeaient eux aussi à tout ce qu'ils pourraient s'offrir avec l'argent de la récompense pour la capture du fils Taverner.

« On pourrait faire un petit séjour en Angleterre. Je suis sûre que Lady Parsons serait heureuse de nous recevoir. »

M. Carter ne répondit pas. D'abord parce qu'il parlait le moins possible à sa femme, ensuite parce qu'un voyage en Angleterre était la dernière chose dont il avait envie. Il y avait abandonné son emploi dans une banque en toute hâte. Oui, en toute hâte. Et s'il était resté ne serait-ce que quelques jours de plus, la police se serait certainement présentée chez lui, car il avait emprunté de l'argent auquel il n'avait pas droit. Même ici, il commençait à prendre du retard dans ses remboursements. Les quarante mille *milreis* l'auraient aidé à éponger ses dettes en partie. Il n'aurait pas pu tout rembourser bien sûr, mais cette somme lui aurait été très utile.

Mme Carter songeait à Maia en fronçant les sourcils.

« Je ne fais pas confiance à cette fille. Et je crois que c'est la préférée de la gouvernante.

– Si tu la renvoies, nous sommes fichus, répondit M. Carter. Je dois à cet escroc de Gonzales trois ballots de caoutchouc et je n'en ai pas un seul à lui donner.

– Comment est-ce possible ?

– Tu ne pourrais pas comprendre », répondit M. Carter avec une extrême lassitude.

Il poussa un long soupir et tendit la main vers la lampe de chevet, mais Mme Carter se leva tout d'un coup et alla chercher sa carabine sous le lit. Elle était pratiquement sûre d'avoir entendu un bruit à la fenêtre.

Maia avait mis sa robe de chambre et avait longé silencieusement le couloir jusqu'à la porte de Mlle Minton. Elle avait apporté sa brosse à cheveux, mais ce n'était qu'un prétexte. Elle était parfaitement capable de se brosser les cheveux toute seule.

« Où peut-il être parti, Minty ? Les acteurs ne sont plus là et il ne connaît personne à Manaus. Je suis si inquiète pour lui.

– Il ne lui arrivera rien de grave, dit Mlle Minton en appliquant des coups de brosse réguliers. En fait, il est très raisonnable. »

Mais Maia était d'un tout autre avis.

Lorsque Mlle Minton avait emmené Clovis dans la case vide, c'était avec l'idée qu'il resterait à l'abri jusqu'à ce qu'on puisse faire de nouveaux projets le concernant. Elle était maintenant certaine que M. Carter n'avait jamais envoyé le pneumatique à M. Murray, et elle espérait pouvoir demander à la famille de Sergei d'accueillir Clovis quelque temps. Les Keminsky étaient connus pour leur hospitalité, et le consul de Grande-Bretagne finirait sûrement par faire quelque chose pour ce garçon.

Mais les Keminsky étaient partis faire une tournée d'inspection d'une de leurs fermes dans le Nord du pays, et elles avaient été obligées de cacher Clovis une nuit de plus.

Seulement maintenant, il avait disparu.

Le lendemain était un dimanche. Un dimanche par mois, un pasteur anglais venait pour le service dans la chapelle du village en amont. Mme Carter aimait se rendre à l'église. On ne manquait jamais d'y admirer les jumelles dans leurs jolies robes, et elle entendait tout autour d'elle des gens qui s'exprimaient en anglais. En Angleterre, elle avait parfois eu le droit de s'asseoir sur le banc de Lady Parsons. Elle voulait que Maia les accompagnât mais la jeune fille paraissait pâle, faible, et avait eu des nausées pendant la nuit.

Mme Carter n'aimait pas qu'on soit malade dans son entourage.

« J'espère que ce n'est pas contagieux », dit-elle à Mlle Minton qui secoua la tête. Celle-ci savait exactement de quoi Maia souffrait. Elle s'inquiétait pour Clovis. Elle avait eu les mêmes symptômes après avoir vu un Indien se faire fouetter sur les ordres de M. Carter.

« Je crois qu'elle a besoin de passer une matinée au calme, dans la solitude », expliqua Mlle Minton. On lui rétorqua qu'en ce qui la concernait, il était de son devoir d'accompagner les jumelles.

« Il ne faudrait pas que les gens s'imaginent que nous n'avons pas les moyens de nous payer une gouvernante », dit Mme Carter à son mari.

La famille s'en alla donc sur le fleuve à bord du bateau. Maia remarqua que ce n'était pas Furo qui pilotait. Mais elle ne s'autorisa aucun espoir tant qu'elle ne le vit pas apparaître en personne, agitant les bras pour lui faire de grands signes.

« Viens », dit-il, comme il l'avait fait la première fois. Maia se leva rapidement et le suivit. Elle se sentait complètement guérie, galvanisée. Si comme elle le pensait, Finn désirait la voir, elle pourrait peut-être lui demander ce qu'il fallait faire.

Cette fois, on ne lui mit pas de bandeau sur les yeux, et devant une telle marque de confiance, sa joie ne fit que croître. Lorsqu'ils furent face au rideau de verdure, elle reconnut immédiatement l'entrée. On ne la percevait qu'à une légère nuance de vert dans la végétation, là où les roseaux remplaçaient les plantes du sous-bois. Elle ferma les yeux pour se protéger des branches, et l'instant d'après, elle se trouva à nouveau dans le lagon.

Avant même d'avoir vu Finn, elle eut l'impression d'être chez elle.

Le chien remua la queue. Comme il faut. Sans trop d'exubérance, ce n'était pas son genre, mais il se souvenait d'elle.

Elle sauta sur le ponton. les cheveux de Finn étaient noir de geai, comme la première fois, et il portait son bandeau sur le front. Il était à nouveau dans sa tenue d'Indien. Il paraissait détendu, calme, mais en pensant aux corbeaux, Maia se sentit frissonner.

« Les corbeaux, ils sont venus chez les Carter ! dit-elle.

– Je sais. »

Évidemment. Il savait tout.

« Et tu as perdu ton petit copain l'acteur », ajouta-t-il avec un large sourire.

Furo était reparti vers l'entrée du lagon et Maia avait suivi Finn dans sa cabane. Une coupe de fruits était posée sur la table : des avocats, des figues de barbarie, des noix, un melon. Elle en avait l'eau à la bouche, mais elle détourna les yeux, furieuse d'avoir entendu Finn parler de Clovis avec tant d'indifférence.

« Oui, je suis très inquiète pour lui. Il est venu nous voir et les jumelles se sont moquées de lui, quant à Mme Carter, elle l'a immédiatement chassé. Mais les acteurs avaient déjà quitté le pays et nous avons été obligées de le cacher dans une case.

– Nous ?

– À vrai dire, il s'agit surtout de Mlle Minton, mais j'étais tellement triste qu'elle m'a avoué ce qu'elle avait fait. J'avais demandé à M. Murray de payer pour son billet mais il ne l'a pas fait. Puis les corbeaux sont arrivés et nous ont obligés à ouvrir la porte, ils pensaient que c'était toi que nous cachions. De toute façon, il était déjà parti. Disparu.

– Ne t'en fais pas pour lui. »

Son ton détaché agaçait Maia.

« C'est aussi ce que m'a dit Mlle Minton, mais pourquoi, ne faudrait-il pas s'en faire ? Il n'a nulle part où dormir et il n'a pas d'argent non plus. »

Quand elle pensait à Clovis et à la façon dont elle l'avait laissé tomber, elle en avait les larmes aux yeux. Elle les sécha d'un revers de la main. C'était elle qui était responsable de Clovis et non pas Finn. Finn avait assez d'ennuis comme ça.

Mais ce dernier avait remarqué son désarroi.

« Viens voir l'*Arabella,* dit-il, j'ai nettoyé la cheminée. Mais fais attention, il y a de la peinture fraîche. »

Elle le suivit sur la petite embarcation.

« Regarde sous l'auvent, dit Finn. Mais ne fais pas de bruit. »

Elle avança en silence. Quel était ce drôle d'animal que Finn avait ramené à bord et apprivoisé ?

Quelqu'un était allongé de tout son long, sur le dos, les bras et les jambes à l'abandon. Il était parfaitement immobile, à tel point qu'on aurait pu le croire mort.

Il était pourtant bien vivant, plongé dans un sommeil si profond qu'il n'esquissa pas le moindre mouvement quand Maia se pencha au-dessus de lui.

« Il ne se réveillera pas avant un moment, dit Finn. Je lui ai donné quelque chose. Il est gentil, mais tu as raison, il pleurniche beaucoup.

– Tu veux dire que tu l'as drogué ? demanda Maia profondément choquée.

– C'est seulement des feuilles de *mashohara*, dit Finn. La vieille Lila m'en préparait des infusions. C'est totalement inoffensif. »

Mais Maia n'était pas entièrement satisfaite de ces explications.

« Tu as l'air de t'y connaître en plantes et en remèdes... et en teintures, ajouta-t-elle en lançant un regard vers la chevelure de Finn.

– Ce sont les Indiens qui ont tout appris à mon père et, à son tour, il m'a transmis ce savoir. C'est en partie comme ça que nous avons pu vivre. En trouvant de nouveaux remèdes. »

Ils retournèrent s'asseoir sur le ponton. Là, il lui raconta ce qu'il avait fait.

« Furo m'avait prévenu que les corbeaux venaient par ici, et il m'a informé de la présence de Clovis dans la case. Il pensait que tu aurais de terribles ennuis avec les Carter. Alors je suis allé le chercher au milieu de la nuit. »

Le chien était paisiblement allongé entre eux. Deux papillons se pourchassaient au-dessus des feuilles de lotus.

« En fait, continua Finn, je viens d'avoir une idée. Je te l'exposerai quand j'aurai réveillé Clovis. »

Il jeta un coup d'œil sur la position du soleil.

« Il devrait ouvrir les yeux dans une demi-heure. Il vaut mieux préparer un peu de thé et disposer le service convenablement. Clovis aime que les choses soient bien faites. Il lui faut une tasse, une soucoupe et pas d'insectes sur ses tartines de beurre. »

Finn ne s'était pas trompé, Clovis se réveilla au bout d'une demi-heure exactement, reposé et en pleine forme. Lui aussi aimait bien cette cabane.

« Ça me plairait de vivre dans un endroit comme celui-ci, dit-il en prenant un biscuit.

– Eh bien, c'est une bonne chose, répondit Finn, parce que c'est justement ici que tu vas vivre, du moins pendant quelques jours. Jusqu'à ce que l'*Évêque* appareille. »

Clovis leva la tête et le regarda avec stupéfaction.

« Laisse-moi finir, dit Finn. J'ai pensé, vois-tu, que tu pourrais prendre ma place. Les corbeaux ne savent pas à quoi tu ressembles, ni à quoi je ressemble. Si Maia est prête à faire ce que je vais lui demander, je crois que c'est possible. Comme ça, tu retourneras en Angleterre en toute sécurité, et moi je leur échapperai. »

Maia le regardait fixement.

« Mais tu ne peux pas ! Tu ne peux pas envoyer Clovis en prison ! »

Finn était penché sur le chien et le caressait derrière les oreilles.

« Je crois que le moment est venu, dit-il, de vous expliquer ce qu'est exactement Westwood. »

Chapitre 9

« Ça aurait aussi bien pu être une prison, dit Finn, il y a des tours, un fossé tout autour, des mâchicoulis, et c'est au milieu d'une immense étendue délimitée par un mur de pierre surmonté de pointes. »

Mais Westwood n'était pas une prison, c'était un vaste château à la campagne qui avait appartenu à la famille Taverner depuis l'époque des croisades. Le chef de famille, Sir Aubrey, était un propriétaire terrien arrogant et sévère qui aboyait quand il s'adressait aux gens et parlait à ses domestiques comme s'ils étaient sourds.

Le fils aîné de Sir Aubrey s'appelait Dudley et ressemblait en tout point à son père : il était snob, sûr de lui et convaincu que personne sur terre n'était à la hauteur des Taverner. Dudley hurlait après les domestiques, lui aussi. Il avait quitté la maison pour le pensionnat sans se plaindre une seule fois, il passait son temps à monter des chevaux aux larges derrières et à tuer toutes sortes de choses. Son père tenait évidemment à lui comme à la prunelle de ses yeux.

Puis les Taverner eurent une fille qu'ils appelèrent Joan. Elle ne servait pas à grand-chose dans la mesure où seuls les enfants mâles pouvaient hériter de Westwood, mais elle n'en était pas moins une vraie Taverner, avec une voix comme une corne de brume. Joan prenait plaisir à tyranniser les enfants qui n'avaient pas eu la chance d'être des Taverner et elle aussi aimait monter des chevaux dotés de larges derrières, et Sir Aubrey avait pour elle une certaine affection.

C'est alors que naquit Bernard.

Bernard était le dernier enfant de Sir Aubrey. Sa mère mourut peu après sa naissance et il se révéla être une vraie catastrophe. Bernard avait peur des gens qui parlaient fort, il avait peur du noir, il avait peur de son frère Dudley qui avait décidé de faire de lui un homme, et il avait peur de sa sœur Joan qui le jetait dans le lac et lui maintenait la tête sous l'eau pour l'obliger à nager. Quand Bernard s'adressait aux servantes, il le faisait poliment et disait « s'il vous plaît » et « merci », et bien qu'il fût un garçon et un Taverner, il lui arrivait même de pleurer.

Son père était bien évidemment au désespoir. On n'avait jamais vu un garçon comme Bernard dans la famille. Il l'envoya dans l'école la plus dure qu'il trouva, et bien que les professeurs l'eussent battu à coups de canne sur les fesses plus souvent encore que ne l'avait fait son père, et que ses camarades se fussent livrés sur lui à toutes sortes d'expériences passionnantes comme lui mettre des gouttes de jus de citron dans les yeux ou lui donner des coups de pointe de compas dans la plante des pieds, rien n'y fit. Bernard demeurait un garçon discret, terrifié par les membres de sa famille, et il continuait à dire « merci » et « s'il vous plaît » aux servantes.

Mais Bernard n'avait pas peur de tout. Des araignées par exemple, et lorsque les domestiques se mettaient à hurler parce qu'elles en avaient trouvé une dans la salle de bains, il venait la capturer dans un verre et la relâchait dans le jardin, en admirant ses pattes velues et ses yeux compliqués. Il ne craignait pas non plus les vipères qui sifflaient sur la lande. Il allait même jusqu'à aimer ces serpents avec leurs marques en zigzag et leurs langues qui s'agitaient furieusement. Les rats dans la cave ne le dérangeaient pas, ni les chevaux. Ce qu'il n'aimait pas, c'était les gens *sur* les chevaux. Sa sœur Joan par exemple, avec sa voix de stentor, et son frère Dudley avec sa cravache, mais lorsqu'il se retrouvait calmement parmi les chevaux au milieu d'un champ, il aimait bien leur compagnie.

Ce fut une des domestiques qui lui montra comment s'échapper de Westwood. C'était une fille au physique plutôt ingrat, toute dégingandée, à peine plus âgée que Bernard et aussi peu à sa place parmi les domestiques que ne l'était Bernard dans sa famille. Bella passait son temps à lire les livres qu'elle aurait dû épousseter, et s'attirait constamment des ennuis, mais Bernard n'avait pas d'autre ami au monde.

« Il y a des gens qui gagnent leur vie avec les animaux, dit-elle. On les appelle des naturalistes. Tu pourrais faire ce métier. »

« À partir de ce moment, mon père sut ce qu'il voulait faire dans la vie, expliqua Finn, il voulait échapper à sa famille et vivre parmi les animaux. »

Quand on sait ce qu'on veut, on finit généralement par l'obtenir. Bernard dut patienter encore sept ans. Il ne parla à personne de son projet, mais il économisa, il économisa son argent de poche et l'argent qu'on lui donnait à Noël, jusqu'au moindre penny. Il ne s'achetait jamais ne serait-ce qu'une sucette ou une barre de chocolat. Et lentement, très lentement, son trésor se forma. La servante qui était son amie l'avait caché pour lui dans la cage d'une chouette empaillée, au grenier. Et pendant tout ce temps, Dudley continuait à le tyranniser, son père à le battre et sa sœur à se moquer de lui, mais Bernard avait maintenant trouvé refuge en lui-même.

Puis, un mois après son seizième anniversaire, Sir Aubrey descendit prendre son petit déjeuner suivi de Dudley et de Joan. Ils se servirent des œufs brouillés, des toasts et du bacon, puis Sir Aubrey sonna son domestique pour demander un peu plus de café et s'exclama tout d'un coup : « Mais où est Bernard ? Ce bon à rien est encore en retard. »

Bernard n'était pas en retard, il était parti, et aucun des habitants de Westwood ne le revit jamais.

Il s'était embarqué sur un bananier à destination du Brésil et avait gagné l'Amazonie, où il fut aussi heureux qu'il avait été misérable en Angleterre. Le majordome de Westwood l'avait terrifié, mais les alligators ne le dérangeaient pas. Il s'était lié d'amitié avec les Indiens et n'eut aucune difficulté à gagner sa vie en collectant des plantes. Il n'était malheureux que lorsqu'il rêvait dans son hamac qu'il était à nouveau à Westwood ou à l'école. Lorsque Finn naquit, il décida qu'il lui apprendrait à aimer et à respecter les Indiens, et que personne ne le ramènerait jamais dans son ancien foyer.

Ainsi, les années s'écoulèrent. Sir Aubrey oublia son plus jeune fils, sans doute croupissait-il dans quelque caniveau et c'était bien fait pour lui. Personne ne méritait plus que Dudley d'hériter de Westwood.

Mais un terrible événement survint. Dudley mourut dans un accident de chasse. Le cheval s'en sortit indemne, et tout le monde en fut soulagé car c'était une excellente monture. Dudley n'eut pas cette chance. Il s'était cassé le cou.

Sir Aubrey en fut extrêmement contrarié. Qui allait prendre la suite après sa mort et s'occuper du domaine de Westwood avec ses deux lacs, ses trois bois et sa ferme ? Qui allait crier des ordres à travers les quarante-sept pièces que comptait la maison ?

Après mûre réflexion, il conclut que tout cela devait échoir à une personne ayant du sang Taverner dans les veines. Sir Aubrey avait toujours accordé beaucoup d'importance au sang. Sa fille Joan était une Taverner mais elle avait épousé un homme du nom de Smith et donné naissance à trois filles, l'une après l'autre. Les filles ne faisaient pas l'affaire. Seuls les enfants mâles pouvaient hériter de Westwood.

Sir Aubrey décida de lui donner une dernière chance. Joan vivait à proximité du domaine. Si son quatrième enfant était un garçon, il lui laisserait Westwood, mais il devrait évidemment changer de nom et se faire appeler Taverner-Smith.

Le destin en décida autrement. Lorsque la sage-femme sortit de la chambre à coucher en déclarant : « Encore une adorable petite fille », Sir Aubrey quitta la maison de sa fille de très mauvaise humeur et, pendant des semaines, personne n'osa lui adresser la parole.

Puis une courageuse vieille dame, cousine au deuxième degré de Sir Aubrey, vint lui rendre visite et lui dit :

« N'oublie pas, Aubrey, que tu as encore un fils.

– Si tu veux parler de Bernard, sache qu'il n'est plus mon fils. C'était un vaurien, un lâche et un ingrat. Et s'il ose se présenter à ma porte, je le chasserai moi-même à coups de fouet. »

Mais la cousine lui rétorqua que « bon sang ne saurait mentir » et suggéra qu'il serait bon d'essayer de retrouver Bernard. Au bout d'un certain temps, Sir Aubrey se rangea à cette opinion. Elle avait raison, et on ne pouvait rien y faire. Il valait mieux que ce soit Bernard qui hérite de Westwood plutôt qu'un inconnu.

Seulement, où le trouver ? Ils passèrent une annonce dans le *Times* et beaucoup d'autres journaux.

Ils demandèrent à Bernard Taverner de se présenter à eux en précisant que ce serait tout à son avantage. Sans résultat.

Ils avaient pratiquement abandonné tout espoir lorsqu'ils reçurent une lettre signée de la main du rédacteur en chef d'un magazine s'intitulant *Le Botaniste*. Cette revue paraissait à New York et proposait des articles savants sur les animaux et les plantes.

Voici ce qu'avait écrit le rédacteur en chef :

Cher Sir Aubrey,

J'ai lu dans le Times *en octobre dernier un appel à témoin concernant Bernard Taverner.*

Taverner collaborait régulièrement à ma revue et était un botaniste hors pair ainsi qu'un exceptionnel observateur des phénomènes naturels. Je lui avais demandé un article sur le lamantin, mammifère marin sud-américain que l'on ne rencontre que rarement. À la place de cet article, je reçus la lettre ci-jointe que m'a envoyée son fils.

Monsieur,

J'ai le regret de vous apprendre que mon père Bernard Taverner est mort il y a deux mois. Son canoë s'est retourné dans les rapides et il s'est noyé.

Je vous renvoie le chèque que vous lui aviez adressé car il ne m'appartient pas et que je suis de toute manière trop jeune pour posséder un compte en banque.

Cordialement,

F. Taverner

Inutile de dire que cette lettre provoqua un grand enthousiasme.

« Bon Dieu ! Il avait donc un fils, s'exclama Sir Aubrey. Nous enverrons chercher ce garçon et nous lui apprendrons à diriger les affaires de Westwood. On le formera sans traîner. Il n'y a aucune raison de penser que c'est une mauviette comme son père. »

Mais comment retrouver le garçon ? Il n'y avait pas d'adresse sur la lettre et la seule chose que savait le rédacteur en chef était que Bernard Taverner se faisait envoyer son courrier à une boîte postale à Manaus. *« Mais il ne vivait pas dans cette ville*, écrivait-il. *Il voyageait sans cesse et je crois savoir qu'il avait épousé une Indienne.* »

Sir Aubrey refusa de s'en tenir là. Il écrivit deux lettres adressées au « fils de Bernard Taverner », qu'il envoya pour l'une à la boîte postale en question, et pour l'autre au directeur de la banque qui s'était occupé du compte de Bernard Taverner. Il expliquait dans chacune d'elles ce qui était arrivé à Westwood et que le fils de Bernard pouvait y revenir pour prendre possession de son héritage.

Finn reçut ces deux lettres mais n'y répondit pas. Il se mit à préparer l'*Arabella* pour son voyage chez les Xantis. Rien de ce que lui avait écrit Sir Aubrey n'aurait pu le convaincre de retourner dans le pays de son père.

Sir Aubrey écrivit à nouveau et envoya un pneumatique. Puis, perdant patience, il prit contact avec l'agence de détectives privés Wesley et Kinnear en leur demandant d'expédier deux de leurs meilleurs limiers en Amazonie pour retrouver le garçon et le ramener.

Deux mois plus tard, les corbeaux débarquaient à Manaus.

Dans la cabane au bord du lagon, Finn à présent se taisait.

Clovis rompit le silence :

« Tu es sûr que tu ne préférerais pas rentrer à Westwood ? Plutôt que de... »

Il fut interrompu par un singe capucin qui s'était mis à hurler en haut d'un arbre.

« Plutôt que de vivre comme un sauvage ? dit Finn en finissant sa phrase avec un large sourire. Oui, j'en suis absolument sûr. »

Maia aussi était perplexe. Sir Aubrey devait être vieux maintenant, et Finn serait certainement capable de lui tenir tête beaucoup plus facilement que son père, puis à sa mort, Finn pourrait reprendre Westwood et en faire ce qu'il voudrait.

« Soyons très clairs, que vous m'aidiez ou non, je ne retournerai pas à Westwood. Jamais. Et si les corbeaux viennent jusqu'ici, je préfère les tuer à coups de fusil et aller en prison. Cet endroit était le sanctuaire de mon père et ils n'y mettront pas les pieds. »

Maia et Clovis échangèrent un regard. C'était dans des moments comme celui-ci qu'on percevait le côté indien de Finn.

« Alors comment va-t-on faire ? demanda Maia. Les corbeaux vont trouver Clovis et le prendre pour toi ? »

Finn était assis les bras autour des genoux et réfléchissait en plissant le front.

« Je veux qu'ils trouvent Clovis juste avant le départ du bateau. La veille au soir, très tard si possible. Pour qu'ils n'aient pas le temps de le promener à travers tout Manaus, où il est certain qu'on le reconnaîtrait après son apparition sur la scène du théâtre.

– Oui, mais comment faire ?

– Ils ont dû se rendre compte maintenant que je ne voulais pas regagner l'Angleterre. Que j'essaierai de leur échapper jusqu'à leur départ. Donc je me cacherai. Près des docks. Mais on me trahira en révélant ma cachette. Quelqu'un les informera qu'un garçon se cache et ils viendront le prendre à la nuit tombée. Sauf que ce ne sera pas moi, mais Clovis. Si Maia s'arrange pour agir à temps, ils le trouveront juste avant l'appareillage du bateau et l'emmèneront directement à bord.

– Si j'agis comment ?

– En me trahissant. Même par erreur. Ça ne servirait à rien d'aller à la police, ils sont de mon côté. Il faut que tu glisses l'information à quelqu'un qui ira directement voir les corbeaux. Quelqu'un qui ferait n'importe quoi pour de l'argent.

– Mais qui ?

– Oh, bon sang ! Ce n'est pas évident ? »

Maia hocha la tête.

« Oui, fit-elle tristement, les jumelles.

– Je vais tout vous expliquer dans les détails et je vous promets que ça va marcher.

– Oui, mais que va-t-il se passer quand ils se rendront compte que je ne suis pas toi ? demanda le pauvre Clovis qui avait pâli tout d'un coup.

– C'est impossible. En tout cas pas avant que vous ayez rejoint l'Angleterre. Et même après si tu ne veux pas qu'ils le sachent. Je te donnerai une lettre scellée dans laquelle j'affirmerai t'avoir forcé à agir selon ma volonté et même menacé de torture. Il faut six semaines pour arriver en Angleterre. Si tu peux jouer le jeu encore une semaine ou deux à Westwood, j'aurai largement le temps de m'échapper. Quand ils se seront rendu compte de la supercherie, je serai chez les Xantis et tu pourras retourner chez ta mère adoptive.

– Et où est-ce que Clovis devra se cacher ? demanda Maia.

– Je connais un endroit qui fera l'affaire près du port, un endroit parfaitement sûr. Il faudra que tu l'aménages parce que Clovis et moi-même nous ne devons pas être vus et nous resterons ici. »

Mais visiblement Clovis avait des doutes.

« Et qu'est-ce qu'on y mange ? dit-il.

– Où ? demanda Finn.

– À Westwood. Ton père ne t'en a pas parlé ? »

Finn haussa les épaules avec impatience.

« Non, mais ce sera les habituels puddings anglais, j'imagine, fit-il en jetant un regard vers la coupe de fruits frais qu'il avait cueillis le matin même. Des tourtes à la viande et à la sauce brune, et du tapioca.

– Vraiment ? Du tapioca ? demanda Clovis d'un air rêveur. Ma mère en faisait, avec du caramel fondu. »

Il songea aux Goodley, partis pour le Pérou ou la Colombie, à moins qu'on ne les ait jetés en prison entre-temps.

« Et il ne fera pas trop chaud ? dit-il.

– Certainement pas. Westwood est dans le nord de l'Angleterre. Et il neige souvent.

– La neige... fit Clovis avec un regard plein de nostalgie. Remarque, je ne resterai pas longtemps quoi qu'il en soit. »

Puis au bout d'un moment, il ajouta :

« Bon, d'accord, on va essayer. »

Chapitre 10

Tout était très calme au musée d'Histoire naturelle de Manaus ce matin-là. Le jeune garçon habituellement chargé de balayer était occupé à arracher les mauvaises herbes dans les parterres de fleurs. Le concierge sommeillait dans sa loge et on ne voyait pas le moindre visiteur.

Mais dans son laboratoire, derrière le bureau, le Pr Glastonberry s'inquiétait pour son paresseux géant.

D'ailleurs il s'inquiétait souvent à ce sujet.

Car, à la vérité, le squelette n'était pas entier. Presque, mais pas totalement. Il manquait une côte. La troisième sur le flanc gauche.

Le Pr Glastonberry avait moulé une fausse côte avec du plâtre de Paris, et maintenant qu'il la glissait précautionneusement dans le sternum, tout était pour le mieux.

En tout cas, c'était l'impression qu'on pouvait avoir si on ne savait pas que...

Le problème était que le professeur savait, lui.

Il considéra son travail pendant quelques instants. Le paresseux, sur son socle de métal, semblait occuper la pièce entière à lui tout seul.

Il reprit la côte. La remit en place. Et poussa un soupir. Non, c'était tricher que d'en mettre une fausse.

En même temps, l'absence de cette côte faisait désordre.

C'est à ce moment-là qu'il entendit le grincement des portes à tambour. Il jeta un coup d'œil et reconnut les deux personnes qui venaient d'entrer dans le musée. C'était cette grande femme maigre qui s'était intéressée à la collection de Bernard Taverner et l'écolière qui l'accompagnait. Une jeune fille avec des cheveux noirs épais et un regard intelligent.

Il sortit de son bureau et les salua.

La grande femme lui sourit et parut immédiatement moins inquiétante.

« Je vous présente Maia, dit-elle. Elle est venue faire des dessins d'ailes d'oiseaux. Est-ce que je pourrais la laisser travailler seule ici quelques instants ? Je reviendrai la chercher à trois heures. Elle ne vous causera aucun problème.

– J'en suis sûr, répondit le professeur qui tenait toujours la côte dans une main et paraissait très distrait.

– Quelle grande côte ! remarqua Mlle Minton.

– Oui, fit-il en reprenant sa respiration et en leur exposant le problème de la côte manquante. Personne ne se rendrait compte que ce n'est pas la vraie côte », dit-il.

Mlle Minton lui lança un regard sévère.

« Non, mais vous, vous le sauriez », répondit-elle.

Le professeur poussa un soupir.

« C'est ce que disait Taverner.

– Est-ce qu'on pourrait le voir, le paresseux ? demanda Maia.

– Mais bien sûr. »

Il les fit traverser son bureau pour les mener jusqu'au laboratoire.

« Il n'est pas à l'envers ? dit Maia. Je croyais que les paresseux étaient toujours pendus aux branches.

– Pas les paresseux géants. Ils feraient tomber n'importe quel arbre auquel ils essaieraient de s'accrocher. Celui-là pesait environ trois tonnes, mais l'espèce a disparu depuis des milliers d'années. »

Encore une fois, le professeur remit la côte à sa place avant de la retirer.

« Qu'est-ce que vous en pensez ?

– Je pense que vous devriez aller rechercher l'os qui manque », répondit Mlle Minton.

Le professeur la regarda fixement. Elle ne pouvait quand même pas parler sérieusement...

« Malheureusement, c'est impossible, dit-il. Le squelette provient d'une grotte près de la rivière Xanti, à des kilomètres d'ici, au nord. Et je suis maintenant trop vieux pour me lancer dans des expéditions.

– Ne dites pas de bêtises, rétorqua Mlle Minton, si vous êtes capable de marcher, vous êtes capable de partir en expédition. »

Puis elle prit congé. Maia dit bonjour au pékinois empaillé avant de s'installer à une table près de la vitrine des « oiseaux en vol » et se mit à dessiner. C'était agréable de se retrouver à nouveau au musée, loin des Carter. Tous les objets qui l'entouraient étaient comme de vieux amis, non seulement le pékinois mais aussi la grande limace amazonienne, le gros lamantin, la tête réduite, et bien sûr la collection Taverner qu'elle considérait maintenant avec un regard neuf. Tout en dessinant, Maia s'interrogeait sur sa gouvernante.

Maia avait dit à Mlle Minton que Clovis vivait en toute sécurité en compagnie de ce jeune Indien. Mlle Minton avait hoché la tête sans en demander plus. C'était étrange, tout de même, elle ne posait jamais de questions à Maia sur ses allées et venues alors qu'elle pointait un doigt accusateur vers la moindre mèche de cheveux mal peignée ou le moindre ongle sale. Puis lorsque Maia lui avait dit qu'elle avait besoin de retourner au musée pour finir son projet sur les oiseaux de la forêt tropicale, Minty s'était contentée de relever un sourcil et avait tout arrangé. Elle avait même persuadé Mme Carter de leur prêter le bateau destiné aux livraisons pour qu'elles aient plus de temps à Manaus.

Et pourquoi Finn voulait-il connaître le prénom de Mlle Minton ?

Mais elle n'était pas au musée pour songer à Minty, ni même pour dessiner des oiseaux. Finn lui avait demandé d'accomplir une mission et dès qu'elle eut la certitude qu'il n'y avait personne d'autre dans le musée, elle se dirigea vers une porte sur laquelle était accroché un panneau « privé » et frappa.

Le Pr Glastonberry sortit immédiatement. Il était vraiment très sympathique avec son visage rond et rose, et sa frange.

« Je suis désolée de vous déranger encore une fois, dit Maia, mais je dois vous transmettre un message. »

Et elle lui tendit le mot qu'avait écrit Finn dans sa cabane. Après l'avoir lu, le professeur la regarda droit dans les yeux. Elle avait donc retrouvé Finn et s'était liée d'amitié avec lui. En plus, elle voulait lui venir en aide.

« Oui, dit-il, je vois. Tu es un messager en qui on peut avoir confiance. Entre. »

Il la mena dans son bureau et ferma la porte à clef. Maia n'avait jamais vu une pièce comme celle-ci. Il n'y avait pas un centimètre qui ne fût encombré par quelque objet : des moules, des peaux de serpents, des ossements empilés... et des livres partout, même par terre. Mais c'était un désordre accueillant, qui ne ressemblait en rien à la pagaille qui régnait dans le bureau de M. Carter.

« Assieds-toi », dit-il en enlevant un ouistiti empaillé d'une chaise branlante. Puis il lut le message encore une fois.

« Pourquoi pas, après tout, si c'est juste pour une nuit. Oui, vraiment... pourquoi pas.

– Il m'a dit que vous connaissiez une bonne cachette. Il m'a dit que vous la lui aviez montrée. »

Le Pr Glastonberry sourit. Il devait approcher de la soixantaine mais on eût dit à ce moment-là un gros bébé rose satisfait.

« Ah, alors comme ça, il s'en est souvenu ? Bien, viens avec moi. Si Finn dit qu'on peut te faire confiance, je suis sûr que c'est vrai. »

Il l'emmena dans le laboratoire, et pour la deuxième fois, Maia se retrouva devant le paresseux géant. Mais cette fois, le professeur poussa avec l'épaule le lourd socle de métal qui se déplaça sur le côté. Maia distingua sur le sol de bois un carré d'une teinte un peu plus sombre, au milieu duquel était attaché un anneau de métal.

« C'est une trappe qui mène à une cave transformée en réserve, expliqua-t-il, mais l'endroit est bien aéré. Il y a une fenêtre tout en haut du mur. On avait l'habitude de dire que c'était la meilleure cachette de Manaus. Finn aimait y jouer quand il était petit, pendant que son père m'aidait dans mon travail. »

Maia regardait les escaliers qui s'enfonçaient dans l'obscurité.

« Est-ce que tu veux descendre ? demanda le professeur.

– Je peux ?

– Bien sûr, mais tu ferais bien d'emporter une lanterne, il n'y a pas d'électricité, en bas. »

Il apporta une lampe-tempête et elle descendit. C'était une immense cave voûtée avec un renfoncement plein de caisses. Entre les caisses, on apercevait des objets que le professeur n'avait pas eu le temps d'exposer. Ou qui attendaient d'être restaurés. Un rayon de lumière tombait sur les yeux rouges d'un puma dévoré par les mites. On voyait encore des arcs sans corde et des boucliers peints, et un aigle perché sur un nid de guingois. Dans un coin s'empilaient des objets sphériques qui ressemblaient à des noix de coco, mais qui auraient aussi bien pu être des têtes réduites. Le sol était sec et la fenêtre à l'autre extrémité laissait passer une faible lumière.

« C'est merveilleux, dit Maia en remontant les marches. On ne pourrait jamais retrouver quelqu'un là-dedans, à moins d'être au courant de l'existence de cette cachette. »

Le professeur repoussa le socle sur la trappe.

« Parfois, c'est là que je mets Bill quand les donateurs viennent inspecter le musée. Ils n'aiment pas tellement voir des pékinois empaillés dans un musée sérieux.

– Il y a juste un autre détail, dit Maia comme le professeur la faisait ressortir du laboratoire. Finn a pensé que nous devrions, ou plutôt que je devrais voler le double de la clef pour que personne n'ait d'ennuis. Vos employés ou vous-même... si tout ne marchait pas selon le plan.

– Je ne crois pas que je risque grand-chose, dit le Pr Glastonberry, mais c'est vrai que je ne voudrais pas qu'on fasse de reproches aux femmes de ménage ou au concierge.

– Le problème, dit Maia en le regardant dans les yeux, c'est que je n'ai encore jamais rien volé.

– Il y a toujours une première fois, dit le professeur gaiement. Le double des clefs est accroché à ce présentoir là-bas. Et je dois m'absenter dans une demi-heure pour aller déjeuner. »

« Le voilà », dit M. Trapwood en regardant par la fenêtre de la pension Maria. Il venait d'apercevoir la cheminée bleue et élancée du HMS *Évêque*, la réplique du *Cardinal* qui venait d'arriver au port. Le bateau devait rester quatre jours dans le bassin, pendant que les marins nettoieraient le pont, embarqueraient les provisions pour le prochain voyage et prendraient un peu de temps libre à terre. Puis le lundi matin, il appareillerait à nouveau jusqu'à l'embouchure de l'Amazone et traverserait l'Atlantique pour rejoindre l'Angleterre.

Les corbeaux étaient tellement sûrs de trouver le fils de Taverner qu'ils avaient réservé une cabine pour trois.

Mais ils commençaient à perdre tout espoir. Car il devenait évident que ce fichu gamin se cachait pour leur échapper. Au début, les gens avaient même nié que Taverner ait eu un fils. Maintenant ils riaient sous cape, et comme le jour du départ approchait pour les détectives, on commençait à murmurer dans leur dos que le garçon s'était montré plus fort qu'eux.

Mais pourquoi ? Les corbeaux étaient vexés. Ils étaient venus apporter de bonnes nouvelles, sortir un jeune sauvageon de sa jungle et le ramener dans le grand domaine dont il venait d'hériter. On leur avait demandé de l'initier progressivement à la société des gens civilisés, lui apprendre par exemple au cours du voyage à se servir d'un couteau et d'une fourchette. Sir Aubrey leur avait même donné de l'argent pour acheter des vêtements, au cas où il aurait vécu toute sa vie avec un pagne.

Ils avaient espéré des marques de gratitude en retour. Quoi de plus naturel ?

Le garçon leur aurait pris la main et aurait dit : « Merci, M. Low », puis « Merci, M. Trapwood, vous m'avez arraché à une vie de dur labeur et d'obscurantisme. »

Au lieu de ça, il se cachait et tout le monde à Manaus s'était fait son complice.

« Il nous reste trois jours, ça devrait nous permettre de le débusquer, dit M. Trapwood.

– ... et de le traîner à bord, de force si nécessaire.

– Pour recevoir la prime offerte par Sir Aubrey. »

C'était encore ça, le plus important. Sir Aubrey leur avait promis cent livres à chacun s'ils ramenaient son petit-fils à la maison, sain et sauf.

« Je continue à penser qu'il y avait quelque chose de bizarre dans l'attitude de cette fille avec les couettes chez les Carter. »

M. Low approuva.

« Elle a l'air sournoise. Il faudra la surveiller de près. »

Les corbeaux avaient l'air plutôt en mauvais état après leurs récentes épreuves. Leurs costumes noirs étaient poussiéreux et déchirés par endroits, la bonne de la pension Maria avait brûlé toutes leurs chemises en les repassant. Le visage de M. Trapwood était couvert de pustules, là où les piqûres de mouches s'étaient infectées, et leurs estomacs transformés en grottes bouillonnantes leur infligeaient d'épouvantables douleurs.

« Mais nous pouvons encore réussir, déclara M. Trapwood en frappant du poing sur la table. Nous explorerons la rivière en aval, près de ces villages de pêcheurs. Les gens m'ont l'air d'y être assez pauvres pour se laisser tenter par la récompense. »

M. Low hocha la tête et se dirigea subrepticement vers la porte de la chambre.

« Si vous croyez que vous allez aller aux toilettes avant moi, vous vous trompez, dit M. Trapwood, c'est moi en premier.

– Non, c'est moi, je ne peux plus attendre !

– Et moi donc ! »

Les deux détectives partirent à toute vitesse le long du couloir en se bousculant et en jouant des coudes.

Le Pr Glastonberry remontait la rue vers le café où il prenait habituellement son déjeuner, et comme chaque jour, il marqua une pause devant la librairie sur la place. Le libraire faisait venir des livres de tout le Brésil et se spécialisait dans les ouvrages d'histoire naturelle.

Il vit dans la vitrine un exemplaire de *Voyages en Amazonie* d'Alfred Russell Wallace, ouvert sur une gravure magnifique représentant un village indien.

Il était plongé dans la contemplation de cette illustration quand il remarqua que la grande femme qui regardait elle aussi la vitrine était celle qui avait accompagné Maia au musée.

« Très beau livre », remarqua-t-il, en soulevant son chapeau.

Elle poussa un soupir.

« Oui, mais malheureusement, très au-dessus de mes moyens.

– Ce n'est pas une édition originale, dit-il, vous pourriez l'obtenir pour un prix raisonnable. Je connais le libraire, il accepterait peut-être de vous le mettre de côté pour un moment.

– Merci, mais il devrait me le mettre de côté jusqu'à la fin de mes jours. Mon salaire n'est pas... royal. Et même pas régulier. »

Ils admirèrent tous deux le livre encore quelques instants. Puis Mlle Minton fit son sourire pincé.

« Un jour, j'ai été renvoyée parce que je lisais, dit-elle.

– Vraiment ? »

Le professeur attendait la suite, mais elle n'en dit pas plus.

« Maia travaillait avec beaucoup d'application quand je l'ai laissée, dit-il. Le concierge m'a promis de la surveiller pour qu'il ne lui arrive rien. »

Sait-elle ce que fait vraiment Maia dans ce musée ? se demanda-t-il. Probablement pas, pourtant on voyait bien qu'elle ne se laissait pas facilement embobiner.

« Permettez », dit-il comme elle se penchait pour ramasser le panier contenant les achats que lui avait demandés Mme Carter. Elle secoua la tête.

« Merci, mais ce n'est pas lourd. »

Puis ils prirent la direction de la rue principale bordée de cafés et de magasins.

« J'ai réfléchi à ce que vous me disiez, à propos de l'os manquant. Du *Megatherium*. Je veux dire du paresseux géant.

– Vous avez décidé de partir à sa recherche.

– Non, non. Mais Taverner s'opposait lui aussi à l'idée de rajouter une fausse côte. C'était quelqu'un de bien et un très bon naturaliste.

– Oui, je l'imagine sans peine. C'est lui qui a trouvé le squelette ?

– Non, il a été découvert il y a de nombreuses années. On l'a transporté dans un musée à Rio. C'était une découverte trop importante pour un musée comme le mien. Mais personne n'a pris le temps de l'assembler, alors ils me l'ont envoyé. Mais Taverner savait d'où il venait. Et ce n'est pas tout... Sa femme était originaire de cet endroit. C'était une contrée encore pratiquement inexplorée.

– Vous connaissiez sa femme ?

– Oui. Elle était belle et très douce. Elle est morte en couches, parce que le médecin anglais ne voulait pas se déranger au milieu de la nuit pour une Indienne. Vous imaginez qu'après ça, Taverner avait encore moins envie de retourner en Angleterre. »

Ils firent quelques pas sans parler. Puis le professeur, rougissant légèrement car il était timide, demanda à Mlle Minton si elle accepterait de se joindre à lui pour le déjeuner.

« C'est juste un petit café, mais on y mange assez bien. »

Comme il s'y attendait, elle refusa.

« Merci, mais j'ai des sandwichs. »

Toutefois, en arrivant à la porte du café, Mlle Minton fut assaillie par l'odeur délicieuse et puissante d'un vrai café brésilien.

« Peut-être juste une tasse de café », dit-elle.

L'endroit était accueillant et bon marché, et Mlle Minton dut faire un véritable effort sur elle-même pour ne pas accepter le plat de poulet au riz que le professeur se proposait de lui offrir.

« Je déjeune ici la plupart du temps, dit-il, depuis la mort de ma femme.

– Il y a de ça longtemps ?

– Oui. Dix ans. C'est ma faute. Le climat ne lui convenait pas. J'aurais dû la ramener en Angleterre. »

Mlle Minton plissa le front. Elle n'aimait pas que les gens se fassent des reproches pour ce qui était arrivé.

« Est-ce qu'il est difficile d'atteindre ces grottes ? Celles dans lesquelles on a trouvé le paresseux ? demanda-t-elle.

– Oui, c'est difficile, mais ce n'est pas impossible.

– Est-ce que Taverner pensait qu'on y trouverait encore des vestiges ? Des ossements, je veux dire.

– Il disait que c'était probable. Mais de toute manière, quelle différence ? J'aurai cinquante-huit ans l'année prochaine, je suis déjà un vieillard.

– Je n'apprécie pas du tout ce genre de remarque », fit sèchement Mlle Minton en portant sa tasse de café à ses lèvres.

À son retour du musée, Maia trouva les jumelles de plus mauvaise humeur encore que d'habitude.

« Qu'est-ce que c'est censé représenter ? demanda Béatrice d'un ton méprisant en tournant les croquis de Maia dans tous les sens. Je n'y comprends rien du tout.

– Je sais... fit Maia avec un soupir. Mais c'est vraiment difficile de dessiner des oiseaux.

– Alors pourquoi est-ce que tu te sens obligée d'aller faire la maligne comme ça au musée ? C'est parce que tu veux que tout le monde dise que tu es très intelligente !

– Et tu as une piqûre de moustique sur le front, ajouta Gwendolyn ; ça m'a l'air d'être le genre de piqûre qui s'infecte.

– Et tu as dû attraper des poux sur ce bateau indien. Tu ferais mieux de ne pas t'approcher. »

Maia ne répondit pas et se retira dans sa chambre. Elle avait renoncé à se demander ce qu'elle avait fait pour s'attirer ainsi leur antipathie. Mais en vérité, les pauvres jumelles venaient d'apprendre quelque chose qui les avait beaucoup chagrinées et elles l'avaient appris de leur mère.

« Nous n'aimons pas Maia, maman, avaient-elles dit, c'est une prétentieuse.

– Regarde comme elle répète au piano alors qu'elle n'est même pas obligée !

– Et elle flirte avec les garçons à la leçon de danse, et elle fait tout le temps l'intéressante.

– Et elle est prétentieuse avec ses cheveux aussi, elle n'arrête pas de les brosser.

– Et elle file en cachette pour aller parler avec les domestiques. »

Mme Carter poussa un soupir.

« Nous la détestons, dit Béatrice.

– Quand est-ce qu'elle s'en va ? geignit Gwendolyn.

– Surtout pas ! s'exclama Mme Carter en se trahissant tout d'un coup. Il n'est pas question qu'elle reparte. Si Maia s'en va, nous sommes perdus. »

Les jumelles la regardèrent fixement, leurs petites bouches rondes ouvertes.

Mme Carter essaya de se ressaisir.

« Non, non, ce n'est pas aussi grave que ça. Mais votre père... certaines difficultés se sont présentées en raison du cours du caoutchouc... sans parler de toutes les autres complications... et nous avons absolument besoin de l'argent qu'envoie le tuteur de Maia pour payer les factures.

– Tu veux dire qu'elle va rester pour toujours ? demanda Béatrice. Simplement parce qu'elle est riche et que nous sommes pauvres ?

– C'est pas juste.

– Allons, allons, les filles, s'il vous plaît. Je suis sûre que votre père trouvera une solution, après nous pourrons la renvoyer. Mais pour le moment, je vous en supplie, essayez d'être gentilles avec Maia. »

Les jumelles lui lancèrent un regard furieux.

« Il faudra qu'on trouve quelque chose, dit Béatrice quand elles se retrouvèrent seules.

– Et on y arrivera, ajouta Gwendolyn.

– Mais si on se débarrasse d'elle, on ne pourra plus s'acheter de nouveaux habits.

– À moins qu'on ne mette la main sur la récompense pour la capture du fils Taverner.

– Alors là, on n'aurait plus jamais besoin de voir Maia, fit Béatrice en gloussant.

– Je continue à croire qu'elle sait quelque chose. Je vais l'épier nuit et jour.

– Et moi aussi. »

Quand elle avait vu la cabane de Finn pour la première fois sur le lagon, Maia s'était dit qu'il n'y avait pas de plus bel endroit au monde.

Clovis n'avait pas été du tout du même avis. Il aimait bien l'intérieur de la cabane, surtout à l'heure des repas, mais il trouvait la jungle tout autour des plus inquiétantes. Le tapir qui descendait comme un gros tank gris jusqu'au bord de l'eau pour se désaltérer l'avait fait fuir à toute vitesse, et la nuit, les bavardages des singes dans les arbres l'empêchaient de dormir.

Finn l'obligeait à accomplir toutes sortes de corvées. Clovis devait nettoyer la cabane, laver les casseroles, et l'aider à préparer l'*Arabella* pour son grand voyage. Clovis aimait bien les colibris et remplissait leurs bouteilles avec de l'eau sucrée, et il n'avait aucune objection à repeindre le bateau – il avait l'habitude de peindre des décors – mais il n'appréciait pas du tout de devoir enterrer les restes de leurs repas et de laver la cale.

Toutefois, si Clovis n'était pas très compétent pour accomplir les travaux les plus rudes, il faisait preuve d'un talent exceptionnel pour apprendre ses leçons par cœur. Tous les matins et tous les après-midi, il s'asseyait devant le vieux carnet rouge dans lequel Finn avait noté tout ce que lui avait dit son père au sujet de Westwood, et lorsque Finn l'avait interrogé, il n'avait pas pu le prendre en faute une seule fois.

« Il n'y a pas grand-chose à retenir, avait dit Finn au début, parce que mon père me parlait de Westwood aussi rarement que possible. Et rappelle-toi qu'ils penseront sûrement que tu ne sais rien du tout. Ils s'imaginent sans doute que tu as été élevé comme un sauvage. Si tu veux y rester une semaine ou deux avant d'être découvert, autant que tu sois un peu au courant. »

Clovis s'était donc assis à la table dans la cabane et, enroulant une boucle de cheveux autour de son doigt, avait étudié le contenu du carnet. À peu près toutes les heures, Finn venait l'interroger.

« À quoi ressemble la façade de la maison ?

– Elle a été construite par Sir John Vanbrugh. Il y a deux ailes, à l'est et à l'ouest. Le centre est composé d'un bâtiment imposant avec six colonnes, où se trouvent les pièces principales.

– Et les statues ?

– Il y a une statue d'Hercule étranglant un serpent devant l'aile ouest, et une de saint George, embrochant un dragon devant l'aile est.

– Maintenant, nous entrons par la porte principale. Imagine que tu reviens sur les lieux où ton père a grandi.

Imagine que tu es le fils de Bernard Taverner, dit Finn en se détournant, car il se rappelait comme il avait été bon d'être le fils de Bernard Taverner et à quel point il lui manquait.

– On entre dans un grand hall toujours glacial, avec des dalles sur le sol et un grand coffre en chêne dans lequel Dudley avait enfermé ton père pendant une nuit entière quand il n'avait que trois ans… Clovis s'interrompit avant de demander : Dudley est bien mort, hein ?

– Bien sûr qu'il est mort, répondit Finn avec impatience. C'est la source de tous nos problèmes. Continuons. Tu arrives à l'étage.

– Il y a un long couloir avec l'armure d'un chevalier, très grande et qui brille dans l'obscurité. Un jour Dudley a revêtu l'armure et levé les bras devant une femme de chambre qui s'est évanouie. Il y a un portrait d'un ancêtre Taverner qui était parti en croisade, avec la tête d'un Turc empalée sur sa lance. »

Clovis poussa un soupir. Westwood n'était visiblement pas un endroit très douillet.

« Et Joan, demanda Finn. Rappelle-toi qu'elle est ta tante Joan. Où se trouvait sa chambre ?

– À l'étage supérieur, elle donnait sur les écuries. Les murs étaient complètement couverts de rosettes remportées dans des concours d'équitation, des rouges, des jaunes, des bleues et au-dessus de son lit, elle avait accroché une queue de renard couverte de sang séché.

– Et quel était son surnom ?

– La Frappeuse. Parce qu'elle frappait tout le monde, répondit Clovis en lançant un regard inquiet à Finn. Mais elle ne vit plus là, hein ? Tu me l'as promis !

– Non, bien sûr que non. Elle a épousé un homme qui s'appelle Smith et elle a quatre filles. »

Mais il se rendait bien compte que Clovis était loin d'être rassuré et il sauta quelques pages dans le carnet pour arriver au chapitre de ce que Bernard avait aimé à Westwood.

« Et le bois des jacinthes ?

– Il est de l'autre côté du lac, à l'opposé de l'endroit où Joan lui a maintenu la tête sous l'eau. Sur la pente qui mène à la rivière. Il y avait là un nid de pics-verts et un terrier de blaireau.

– Et le jardin ?

– Il y avait un jardin potager entouré d'un mur et le jardinier était très gentil. Il autorisait ton père à cueillir des fraises, mais il bégayait et Dudley l'imitait tout le temps.

– Peu importe Dudley, dit Finn en l'interrompant immédiatement. Il est mort. Et les autres domestiques ?

– Le majordome s'appelait Young, il avait des taches brunes sur les mains et terrorisait tout le monde. Il avait fait renvoyer une domestique parce qu'elle lisait dans la bibliothèque... celle qui avait aidé ton père.

– Et la salle à manger ? »

Clovis passa en revue tous les détails de la salle à manger. Il retrouvait toujours sa bonne humeur à l'évocation de la nourriture et des repas en Angleterre.

Mais s'il était souvent débordant de courage et prêt à aller de l'avant, il lui arrivait aussi fréquemment de déclarer à Finn qu'il avait trop peur et qu'il serait incapable de mener ce projet à bien.

« J'aimerais tellement que Maia vienne », disait-il, ce qui agaçait Finn prodigieusement. Lui aussi voulait voir Maia. Tant qu'elle n'était pas là, ils ne pouvaient pas savoir ce qui s'était passé dans le musée et si leur plan avait marché.

Mais quand elle arriva le lendemain, ils comprirent immédiatement que tout s'était bien passé.

Maia avait dû insister lourdement sur ses spasmes pulmonaires pour échapper aux Carter. Elle en avait eu un après le petit déjeuner, qui l'avait fait siffler et se tordre dans tous les sens, puis un autre dans le salon tandis qu'elle était penchée sur sa broderie. Elle trouvait ses spasmes plutôt convaincants, mais il en avait fallu un troisième juste avant l'heure du thé pour que Mme Carter déclare d'un ton glacial que si ses poumons lui étaient tellement douloureux, elle ferait bien de sortir s'aérer.

Comme il pleuvait, une de ces averses sombres et denses qui tombaient si souvent l'après-midi, elle avait pensé que Maia refuserait, mais celle-ci était sortie de la maison en moins d'une minute.

Dieu merci, Furo était dans sa case, prêt à l'emmener chez Finn.

Cette fois, le chien l'accueillit comme une amie, et posa son museau froid contre sa main, et elle prit soudain conscience de tout le bonheur que lui apportaient ces visites.

« Tout est arrangé, dit-elle. Le professeur a été merveilleux, il m'a tout montré. Et j'ai volé la clef, ajouta-t-elle fièrement. Je ne sais pas si on peut le dire comme ça parce qu'il m'a montré où elle se trouvait. C'est pour ça que je ne suis pas vraiment sûre que ce soit du vol. »

Elle tendit la clef à Finn, espérant recevoir un compliment, mais visiblement, il n'avait pas douté un seul instant de son succès.

« Bien. On aura peut-être quelques difficultés à soulever la trappe, il vaut mieux emporter de l'huile. Elle est toujours sous le paresseux ?

– Oui, et le professeur est toujours inquiet à cause de la côte manquante. Comment va Clovis ?

– Il se lave les cheveux. Il passe sa vie à ça, dit Finn sombrement. Je me disais même que tu pourrais les lui couper.

– Mais je n'ai encore jamais coupé les cheveux de personne.

– Il y a toujours une première fois. »

Clovis sortit de la cabane à ce moment-là, une serviette autour de la tête. Il était très content de voir Maia.

« Elle a réussi, déclara Finn. La cachette est prête, et elle a la clef. Le bateau appareille samedi à l'aube, il faudra donc que tu ailles t'installer vendredi. Il nous faudra des couvertures, une lampe, de la nourriture. Je vais faire croire à tout le monde que c'est moi qui me cache là-bas, même les Indiens le penseront, ce sera plus sûr. Je leur dirai que les corbeaux ont entendu parler du lagon. »

Mais Clovis avait pris une teinte verdâtre.

« Je devrai rester combien de temps dans cette cave ? demanda-t-il avec crainte.

– Même pas une nuit entière. Les corbeaux doivent revenir le vendredi après-midi. Ils iront te chercher immédiatement. Tu feras en sorte que ça marche.

– Franchement, Clovis, c'est la meilleure solution, dit Maia. Les Goodley ont été repoussés à la frontière et on les a enfermés jusqu'à ce qu'on vende leurs biens pour payer leurs dettes. Ils pensent que tu t'es installé avec moi chez les Carter et ils ne s'inquiéteront plus de toi.

– Je pourrais peut-être vivre ici ? suggéra Clovis sans vraiment y croire lui-même, après avoir lancé un regard circulaire sur la cabane.

– Non, c'est impossible. Je ne serai plus là, je te l'ai déjà dit. Je vais partir sur l'*Arabella*. »

Puis se tournant vers Maia, il ajouta :

« Viens voir, on a beaucoup travaillé. »

Maia le suivit sur l'embarcation. La pluie avait cessé. Finn avait repeint le pont et réparé l'auvent.

« Elle est presque prête, dit-il.

– Et tu es sûr que tu pourras naviguer tout seul ? Il faudra que tu ramasses du bois en chemin, et tout ça ?

– Oui. Je ne pourrais pas t'emmener avec moi, de toute façon. (Il avait parfaitement compris où elle voulait en venir.) Tu es...

– Tais-toi, dit Maia furieuse. Je t'interdis de dire que je suis une fille. »

Finn haussa les épaules.

« Bon, bon, d'accord. Mais ça pourrait être dangereux. Et je ne veux entraîner personne dans cette affaire. »

Il lança un regard vers la cabane où Clovis se séchait les cheveux.

« Il est nul quand il s'agit d'accomplir des corvées, mais il a une mémoire incroyable. Il doit déjà tout savoir sur Westwood. On a parlé de Sir Aubrey, ce matin, de ses moustaches, de ses yeux. On aurait tort de mépriser une formation d'acteur. Tu as combien de temps devant toi ?

– Assez longtemps pour t'aider à faire briller la cheminée », dit Maia en se saisissant d'un torchon.

Chapitre 11

Au bout de trois jours dans la cabane de Finn, Clovis connaissait Westwood par cœur. Il pouvait monter et descendre les escaliers, aller dans le grenier où Bella, la domestique, avait caché les économies secrètes de Bernard et s'éclipser dans la cave où il s'était lié d'amitié avec les chauves-souris. Il connaissait la remise où Bernard avait son rat familier et l'arbre du parc auquel Joan et Dudley avaient attaché une petite fille du village et l'avait frappée avec des branches de saule parce qu'elle était entrée dans la propriété et s'était promenée au bord du lac sans permission.

Il était en plus capable d'imiter n'importe quel accent.

« Au bout d'une semaine, il parlera comme Sir Aubrey ou il aboiera comme Joan », confia Finn à Maia.

Les Goodley lui avaient enseigné l'escrime et il avait joué tant de rôles dans des pièces où l'action se déroulait dans de grandes demeures qu'il savait très bien se tenir à table. S'il arrivait jusqu'à Westwood, Finn était sûr qu'il saurait faire illusion assez longtemps. Finn avait montré à Clovis une carte du nord de l'Angleterre et celui-ci s'était rendu compte que le village où vivait sa mère adoptive n'était qu'à une quarantaine de kilomètres, ce qui avait largement contribué à lui remonter le moral.

« Mais il est tellement lâche », déclara Finn à Maia tandis qu'ils étaient en train de gratter la vieille couche de peinture sur le pont de l'*Arabella*, un travail que Clovis n'appréciait pas du tout.

« Il n'y a rien de lâche à avoir peur de se cacher dans une cave sombre en attendant de se faire prendre par deux horribles corbeaux », dit Maia.

Finn fronça les sourcils.

« Tu prends toujours sa défense, dit-il furieux.

– Il est seul au monde.

– Moi aussi, je suis seul au monde, répondit Finn.

– Ce n'est pas vrai. Tu as Lila qui t'adore, et le Pr Glastonberry et le chef de la police, et tous les Indiens qui vivent ici. Et quand tu arriveras chez les Xantis tu te découvriras sans doute de nombreux parents. Des tantes, des oncles et des cousins, et peut-être même des grands-parents. Une immense famille...

– Tu crois vraiment ? Je n'avais jamais vu les choses comme ça. »

Toutefois, Finn ne paraissait pas particulièrement heureux.

Maia hocha la tête.

« C'est même certain. Alors que Clovis et moi, nous n'avons personne.

– Tu as Mlle Minton. »

Cette fois-ci, ce fut Maia qui resta stupéfaite. Il y a encore trois mois, elle ignorait jusqu'à l'existence de Mlle Minton. Quand elle l'avait vue pour la première fois, elle avait cru avoir affaire à une épouvantable sorcière. Mais maintenant...

Il y eut un silence, puis il ajouta.

« Et il y a moi, tu peux compter sur moi. »

Maia releva la tête et lui sourit. Elle éprouva alors un immense bonheur, puis ses yeux se posèrent sur les mains de Finn qui tenait le gouvernail.

« Oui, mais toi, tu vas t'en aller.

– Oui, répondit-il. C'est vrai. Je vais m'en aller. »

Un peu plus tard, dans la soirée, alors que Maia était rentrée chez les Carter et que Finn faisait frire quelques œufs apportés par Furo, Clovis se tourna vers son protecteur.

« Je voulais te poser une question. Quand j'ai essayé de retrouver Maia la première fois, j'ai demandé où se trouvait un endroit du nom de *Tapherini*, ou Maison du Repos. Maia m'avait dit que c'était son adresse et que Mme Carter l'avait mis en en-tête sur son papier à lettres. Mais personne n'en avait entendu parler et quand j'essayais de me renseigner, on me regardait... d'une drôle de façon. Ensuite, le capitaine du bateau a refusé de m'amener jusqu'au débarcadère des Carter. Il a déclaré que c'était un lieu maudit. Qu'est-ce qu'il voulait dire ? »

Finn s'assit sur ses talons. On voyait qu'il hésitait à répondre. Puis il dit :

« Je vais t'expliquer, mais tu dois me promettre de ne pas le répéter à Maia. »

Il raconta alors les événements qui s'étaient déroulés juste après l'arrivée des Carter en Amazonie.

« Ils ont trouvé une grande maison indienne au bord de la rivière avec quelques cases couvertes de chaume dans la jungle. La terre et les maisons appartenaient aux Tapuris, la tribu dont Furo et Tapi sont originaires. Mais la plupart des Indiens étaient partis pour trouver du travail en ville, et les aînés de la tribu se mirent d'accord pour vendre la terre et les maisons aux Carter.

« Ils convinrent d'un prix devant témoins. Puis on organisa une cérémonie au cours de laquelle M. Carter signa l'acte de vente et le vieux chef apposa sa marque. Les Tapuris demandèrent à ce que la Maison du Repos, qui était le nom qu'ils donnaient au long bâtiment, ne soit pas détruite, car un vieil homme-médecine y était mort, son esprit vivait encore dans ce lieu et il ne fallait pas le déranger.

« M. Carter donna son accord à tout ce qu'on lui demandait. Il n'était pas facile de trouver de bonnes terres en bordure de la rivière depuis que les Européens étaient venus si nombreux à Manaus pour faire fortune, et les arbres à caoutchouc tout autour de ce terrain étaient très nombreux.

« Les Indiens devaient être payés en trois fois. M. Carter régla immédiatement le premier tiers en pièces d'or qu'il avait fait venir de la banque. Le chef des Tapuris le remercia et emmena son peuple plus en aval pour construire de nouveaux logements.

« Un mois plus tard, le messager du chef se présenta chez M. Carter pour demander le deuxième paiement. Il fut renvoyé et on lui fit savoir que M. Carter attendait une livraison de pièces d'or qui devait arriver d'Angleterre sur un bateau spécial.

« Le messager retourna dans la jungle et revint un mois plus tard pour s'entendre dire que le bateau avait coulé avec l'or au milieu d'une tempête.

« Et ainsi de suite. Les Indiens qui s'étaient d'abord montrés polis commençaient à agiter le poing à la vue de Carter. Les Européens qui avaient compris ce qui se passait allèrent voir le chef de la police. Ce dernier essaya d'obliger Carter à payer ce qu'il devait encore. Mais Carter trouvait toujours une bonne excuse pour se dérober. Non seulement ça, mais il alla jusqu'à briser la promesse qu'il avait faite aux Indiens, il détruisit toutes les cases, y compris le long bâtiment sacré à l'emplacement duquel il fit construire son bungalow.

« Mme Carter avait peut-être fait écrire *Tapherini* ou Maison du Repos sur son papier à lettres parce qu'elle trouvait ce nom joli, mais personne d'autre ne l'employait à Manaus, de même que les Indiens refusaient toujours d'aller jusqu'au débarcadère des Carter et préféraient s'arrêter avant, comme le capitaine de bateau qui t'a emmené. Les nombreux Européens honnêtes qui étaient au courant de l'affaire évitaient autant que possible tout contact avec les Carter.

« Par la suite, peu d'Indiens se sont présentés afin de travailler pour cette famille. Ceux qui restaient y étaient obligés pour diverses raisons personnelles : Lila parce qu'elle voulait vivre à proximité de mon père et moi. Furo parce qu'il était son neveu, Conchita parce qu'elle avait un frère infirme à Manaus qu'elle devait entretenir. Quand ils travaillent dans la maison, ils se montrent sombres et rancuniers et pensent sincèrement qu'un jour, l'esprit du vieux chaman qu'on a troublé et humilié se dressera contre les Carter et que cette famille subira un juste châtiment. »

Clovis avait écouté le récit de Finn avec inquiétude.

« Mais c'est comme une malédiction. Maia ne devrait pas vivre dans une maison maudite.

– Je sais, mais personne n'a jeté de sort à Maia. Personne au monde ne ferait une chose pareille. Et puis Furo et les autres m'ont promis de s'occuper d'elle. Ils me l'ont juré.

– Et tu ne vas pas en parler à Maia ?

– Non. Certainement pas. Elle a déjà assez de problèmes avec ces horribles jumelles. »

Mme Carter avait enfin organisé des cours de piano pour Maia avec le père de Netta, M. Haltmann. Maia se rendait chez lui avant le cours de danse pendant que les jumelles faisaient des courses avec leur mère, ce qui permettait à Maia de prendre un réel plaisir à ses leçons et de ne pas avoir à faire semblant de s'ennuyer quand elle était au piano. Car s'il était une chose que les jumelles ne pouvaient pas supporter, c'était de voir Maia prendre du plaisir à quoi que ce soit.

M. Haltmann venait de Vienne. C'était un musicien exceptionnel. Il ne se contentait pas d'enseigner le piano à Maia, il avait compris son désir d'apprendre les chansons qu'elle entendait partout autour d'elle, dans les rues de Manaus, sur les bateaux qui remontaient la rivière, dans les cases des ouvriers.

« C'est un pays très riche musicalement. Toutes les influences se mêlent, on peut entendre dans une même composition le rythme africain, la poésie portugaise et la mélancolie indienne. »

Il lui promit de jeter un coup d'œil aux chansons qu'elle avait composées. Et il lui suggéra de prendre des leçons de chant. Mais elle refusa.

« Ma mère était chanteuse, elle était merveilleuse, et je ne veux pas essayer de l'imiter », expliqua-t-elle.

Les visites chez les Haltmann avaient aussi permis à Maia de se lier d'amitié avec Netta. La jeune Autrichienne l'accueillait toujours chaleureusement. Elle lui montra une portée de chatons dans un panier, elle avait également un basset avec de grands yeux tristes, et un petit frère tout dodu qui n'était encore qu'un bébé. Netta l'accompagnait à la leçon de danse, et si Maia oubliait de prendre une expression lugubre en voyant les jumelles assises sur un banc les jambes tendues en attendant qu'on leur mette leurs chaussons, les ennuis commençaient.

« Qu'est-ce qui te fait tellement ricaner ? demandait Béatrice. Tu dois attendre que Sergei t'invite à danser. »

Les plans des jumelles pour se débarrasser de Maia ne rencontraient pas le succès escompté. Elles s'étaient glissées dans sa chambre pour fouiller dans ses affaires, mais Mlle Minton les avait entendues, et comme elles-mêmes ne sortaient jamais, il leur était difficile d'espionner Maia correctement. On voyait toujours sur les panneaux l'affiche offrant une récompense pour la capture du fils Taverner, mais le temps allait manquer. M. Low et M. Trapwood devaient voguer sur l'*Évêque* dans trois jours.

Sergei invita effectivement Maia à danser. Mais il l'invita en plus à une fête.

« C'est vendredi soir... pour l'anniversaire d'Olga. Je sais que je te préviens un peu tard, mais mon père doit partir à Belem le lendemain et on voulait qu'il soit là. »

Maia hésitait. C'était le soir où Clovis devait se cacher dans le musée. Si elle devait trahir Clovis devant les jumelles, il aurait été idéal de se trouver à Manaus. Mais seulement si les jumelles étaient là, elles aussi.

« J'adorerais, dit-elle. Mais je ne crois pas que je pourrai venir sans Béatrice et Gwendolyn. Je suis un peu leur hôte... tu comprends la situation. »

Sergei prit un air renfrogné.

« Elles sont épouvantables. Je les déteste. Mais évidemment, si tu ne peux pas venir sans elles, je demanderai à Olga de les inviter. »

Olga n'aimait pas les jumelles elle non plus, mais comme Sergei, elle répondit que si Maia ne pouvait pas faire autrement, elle n'avait qu'à les amener.

« Si Mlle Minton vient aussi, ça devrait aller, dit Sergei. Elle les obligera à bien se tenir, et elle s'entend avec Mlle Lille. Il n'y aura pas de problème pour te ramener à la maison. Mon père fera en sorte qu'on te raccompagne dans un de nos bateaux. »

Les Keminsky étaient une des familles les plus riches de Manaus. Le père de Sergei, le comte Keminsky, possédait d'immenses plantations d'arbres à caoutchouc, il traitait bien ses employés et l'argent rentrait en abondance. Il ne provenait d'ailleurs pas seulement du caoutchouc, mais aussi des bois précieux et de la culture de la canne à sucre et du café. Maia était déjà passée devant leur maison. Une grande villa aux murs roses avec des volets bleus et un jardin plein d'arbres en fleurs. On ne pouvait rêver mieux pour organiser une fête.

Si les jumelles étaient heureuses d'être invitées, elles ne le montrèrent pas. En revanche, les yeux de Mme Carter se mirent à briller. Elle détestait cette famille de Russes, mais un comte restait un comte, et on ne pouvait pas savoir ce qu'il pourrait en ressortir pour ses filles.

Le chien de Finn s'appelait Rob, mais on n'utilisait pas souvent son nom. Avec son intelligence, sa confiance et sa fidélité, il possédait toutes les qualités du chien. S'il savait chasser sa propre nourriture et se déplacer dans le canoë pour le maintenir en équilibre avec son poids, il comprenait aussi que lorsque les êtres humains étaient tristes, il fallait savoir s'asseoir sans bouger pendant qu'ils vous caressaient les oreilles, ou posaient leurs joues sur votre dos, ou même s'ils pleuraient sur votre épaule. Un chien qui se laisse faire dans de tels moments vaut de l'or.

Il avait été le chien de Bernard Taverner avant de devenir celui de Finn. Et personne d'autre ne l'intéressait vraiment. Mais il se montrait toujours poli avec Maia, et quand elle le caressa en disant « je ne sais pas comment je vais pouvoir amener les jumelles à faire ce que je veux », il perçut de l'inquiétude dans sa voix, et il resta auprès d'elle bien qu'il eût entendu des bruits plutôt intrigants dans le sous-bois derrière la cabane.

« C'est facile, dit Clovis, et Maia releva brusquement la tête, étonnée, car Clovis n'avait pas l'habitude de trouver les choses faciles. Il suffit de jouer la comédie, ajouta-t-il.

– Mais je ne sais pas jouer.

– N'importe qui sait jouer. Il suffit de connaître quelques trucs. Ils appellent ça des techniques, mais en fait ce sont des trucs. »

Ils venaient de finir le goûter dans la cabane, le repas préféré de Clovis, et lorsqu'ils eurent fini de débarrasser, il s'exclama :

« Regarde-moi, je vais te montrer. »

Il se dirigea vers la fenêtre et lança un regard à l'extérieur. Il se donnait l'air d'être très intéressé par ce qu'il voyait. Puis il revint s'asseoir. Au bout d'un moment, il répéta son manège. La troisième fois, Maia se leva et l'accompagna à la fenêtre.

« Tu vois, dit Clovis, si tu vas à la fenêtre deux fois de suite, la troisième fois, les gens te suivront. C'est la même chose quand tu veux faire croire que tu essayes d'échapper à quelqu'un alors que tu souhaites que cette personne te suive. Ne t'arrête pas pour lancer des regards furtifs par-dessus ton épaule, contente-toi d'accélérer et de ralentir le pas alternativement. Parfois tu traînes, puis tout d'un coup tu te mets à courir... »

Et pendant que Finn faisait une liste de tout ce dont Clovis aurait besoin pendant la nuit qu'il passerait au musée, Clovis enseigna à Maia à se conduire comme si elle cachait un terrible secret.

« Parce qu'elles ne doivent pas penser que tu veux trahir Finn. Elles savent que tu n'agirais jamais ainsi. Elles doivent se dire que c'est une erreur de ta part. »

Juste avant que Furo n'arrive pour emmener Maia, Finn la prit à part et sortit un objet de la poche de son pantalon.

« Regarde », dit-il en lui tendant une superbe montre de gousset au bout d'une longue chaîne. Il ouvrit le couvercle et lui montra les initiales « BT » gravées à l'intérieur.

« C'était la montre de ton père ?

– Oui. Il me l'a donnée pour mon dernier anniversaire. C'était la seule chose qu'il avait emportée de Westwood. Je crois que je devrais la donner à Clovis. Comme ça, ils seraient absolument certains d'avoir trouvé le fils Taverner.

– Mais ton père voulait que tu la gardes.

– Oui, dit Finn d'un air peiné. Mais si ça peut être utile à notre projet... »

Puis en secouant la tête, il ajouta :

« Ça ne fait rien, c'est à moi de décider. »

Le canoë de Furo apparut entre les roseaux, alors Maia serra Clovis dans ses bras et lui dit au revoir. Si tout se passait comme prévu, Clovis serait sur le bateau le surlendemain et elle était triste de le quitter.

« Mais tu viendras sûrement en Angleterre, non ? » dit Clovis.

Il lui avait donné l'adresse de sa mère adoptive.

« J'aimerais tellement que tu viennes maintenant », dit-il, tandis que ses yeux s'emplissaient de larmes.

Alors que Finn aidait Maia à monter dans l'embarcation, il se pencha en avant et lui murmura à l'oreille.

« Ne t'inquiète pas pour Clovis, dit-il. Je ferai en sorte que tout aille bien et qu'il n'ait pas trop peur. C'est promis. »

Maia hocha la tête, monta dans le canoë et se laissa emporter.

« C'est décidé cette fois, déclara M. Trapwood. Nous retournons à la pension. Et nous faisons nos valises. Nous embarquons sur l'*Évêque* demain, dès l'aube. Sir Aubrey n'aura qu'à engager quelqu'un d'autre. Rien ne pourrait me convaincre de passer un jour de plus dans cet enfer. »

M. Low ne répondit pas. Il souffrait d'un violent accès de fièvre et était allongé au fond d'un canoë appartenant aux frères de la mission de São Gabriel qui avaient fait en sorte que l'on ramène les corbeaux à Manaus. Il avait les yeux fermés et son esprit vagabondait, il marmonnait quelques paroles au sujet d'un jeune garçon dont les cheveux étaient de la même couleur que le ventre du crapaud doré, perché sur les feuilles de nénuphar de la rivière Mamari.

Ils n'avaient évidemment pas vu de garçon à la chevelure dorée, ils n'avaient d'ailleurs pas vu le moindre garçon. Ils n'avaient trouvé qu'une colonie de lépreux dirigée par les frères de Saint-Patrick, des missionnaires irlandais auxquels on leur avait conseillé de s'adresser.

« Ce sont des gens bien, ces frères, leur avait dit un homme sur les docks comme ils partaient pour leur dernière étape à la recherche du fils Taverner. Ils accueillent toutes sortes de vagabonds, des orphelins, des enfants sans foyer. Si quelqu'un sait où est le petit Taverner, ce sera eux. »

Puis il avait craché joyeusement dans la rivière, car il était un complice du chef de la police et aimait bien l'idée d'envoyer M. Low et M. Trapwood faire un petit séjour chez les frères qui étaient des gens très pieux, dormaient à même le sol, mangeaient une sorte de bouillie à base de racines de manioc et se levaient quatre fois par nuit pour prier.

La mission était au cœur d'une région marécageuse très malsaine, mais les frères ne pensaient qu'à Dieu et à venir en aide à leurs semblables. Ils accueillirent M. Low et M. Trapwood et les invitèrent à aller voir dans la colonie s'ils trouvaient le jeune garçon qu'ils cherchaient.

« Ils forment une joyeuse bande, ces lépreux, leur dit le père Liam. Les gens qui ont autant souffert ne perdent pas de temps à se plaindre. »

Mais les corbeaux, qui étaient devenus verdâtres, se dirent que c'était inutile. Même s'ils trouvaient un garçon dont l'âge correspondait à celui du fils Taverner, Sir Aubrey penserait sûrement qu'on ne pouvait pas laisser la marche d'un domaine comme Westwood à un lépreux.

Un peu plus tard, un groupe de pèlerins arriva à la mission, ils étaient venus à pied des Andes, en chemin vers un reliquaire sur la rivière Madeira. Les frères se mirent à genoux devant eux et leur lavèrent les pieds.

« Nous sommes sûrs que vous serez fiers de partager votre case avec nos amis », dirent-ils à M. Low et à M. Trapwood. Les corbeaux passèrent donc la nuit entourés de douze personnes qui ronflaient et grognaient, et quand ils se réveillèrent, ils virent, juste devant la porte, deux gros vautours visiblement affamés.

À leur retour à Manaus, les corbeaux étaient défaits. Peu leur importaient le fils Taverner ou Sir Aubrey ou même les cent livres de récompense qu'ils venaient de perdre. Ils ne voulaient qu'une chose, s'embarquer sur l'*Évêque* et partir à toute vapeur.

Chapitre 12

« Reste ici, dit Finn à son chien. Reste ici et garde la cabane. »

Le chien lui lança un regard désespéré et poussa un glapissement.

« Tu m'as entendu, dit Finn. Reste là. »

Un second glapissement, puis le chien se retourna et alla s'allonger à l'entrée de la cabane.

« Tu crois qu'il ne va pas bouger ?

– Bien sûr. Je serai vite de retour. »

Finn allait accompagner Clovis dans sa cachette dans le musée, l'aider à s'installer pour la nuit, et revenir rapidement dans le lagon.

La nuit était presque impénétrable mais Finn connaissait les cours d'eau qui menaient à Manaus comme sa poche. Il emmènerait Clovis par le même chemin qu'il avait suivi avec Maia. Ils avaient largement le temps, la fête chez Sergei ne démarrerait pas avant une heure ou deux. Et Maia attendrait que la soirée batte son plein avant d'attirer les jumelles dans le piège.

Finn s'était à nouveau teint les cheveux en noir, il portait son bandeau autour du front et un bracelet de perles autour du bras. Clovis arborait la casquette et le blazer des élèves de l'école Saint-Joseph à Manaus. Bernard Taverner avait essayé d'y envoyer son fils, mais celui-ci était rentré au bout d'une semaine en déclarant à son père que s'il voulait qu'il y retourne, il faudrait lui passer les menottes et le ramener en le tirant par les cheveux.

Quiconque les aurait croisés dans les rues étroites de Manaus alors qu'ils se dirigeaient vers le musée aurait cru voir un collégien accompagné à l'école par son domestique indien.

« Bien, je crois que j'ai tout. Les clefs, une lampe, ton sac, l'argent pour que tu puisses retourner chez ta mère adoptive. Ah, non, attends, il y a encore autre chose. Finn plongea la main dans sa poche. Voilà, je veux que tu prennes ça. » Et il lui tendit la montre de Bernard Taverner au bout de sa chaîne d'argent.

Clovis la regardait avec étonnement et la retournait dans tous les sens.

« Mais je ne peux pas accepter ça. C'est la montre de ton père, non ?

– Oui, mais si tu dois prendre ma place, il vaut mieux que tu la gardes », répondit Finn. Puis il se détourna rapidement car il était plus pénible qu'il ne l'avait pensé de donner ainsi la montre qu'il avait vue si souvent dans la main de son père.

Ils poussèrent le canoë sur l'eau et Finn se mit à pagayer pour traverser le lagon. Le chien aboya une dernière fois mais ne fit pas mine de bouger. Ils traversèrent alors les roseaux, ils étaient en route.

Le voyage se fit en silence ; s'ils avaient quelque chose à dire, ils le faisaient à voix basse. Finn s'arrêta à l'endroit où il avait laissé Maia lors de leur première rencontre, et attacha le canoë à un arbre. Il repartirait dès qu'il aurait installé Clovis dans sa cachette.

Ils attendirent une demi-heure que l'obscurité soit complète. La lune était cachée derrière les nuages et il n'y avait pas de lampadaires dans les petites rues à travers lesquelles Finn entraînait Clovis.

Comme ils arrivaient devant la porte dérobée du musée, ils entendirent de la musique qui s'échappait de la maison des Keminsky.

La fête avait commencé.

Cette fois, Maia n'avait plus l'impression d'être Cendrillon. Elle avait été invitée au même titre que les jumelles, et en s'habillant, elle en oubliait presque la mission qu'elle aurait à accomplir une fois qu'elle serait chez Sergei. Elle portait une très jolie robe neuve, celle que la directrice de l'école avait achetée avec elle à Londres juste avant son départ. Elle était coupée dans une soie bleu sombre, sur un modèle Renaissance, avec une jupe ample et une rangée de petites perles en travers de la poitrine. Minty avait brossé sa chevelure qui ondulait librement jusqu'à sa taille. Les jumelles ne parurent pas très contentes de la voir.

« Tu es trop maigre pour porter un décolleté.

– Et tes cheveux vont être tout décoiffés.

– Est-ce que je dois faire des tresses ? » avait demandé Maia à Mlle Minton, et sa gouvernante, pinçant les lèvres, avait répondu : « Non. »

Les jumelles avaient revêtu leurs robes roses préférées, d'un rose chair peu seyant car leurs cous dodus émergeant d'un double jabot en dentelle les faisaient ressembler à ces jambons que l'on voit aux étals des charcuteries à la période de Noël. Elles portaient plusieurs bracelets qui tintaient à chaque pas, et un incident s'était produit avec le parfum de leur mère. Béatrice s'en était mis quelques gouttes derrière les oreilles, puis Gwendolyn avait essayé de lui arracher le flacon, faisant sauter le bouchon. En conséquence, elles empestaient toutes deux « Passion nocturne ».

Mme Carter n'avait pas eu l'intention de rester dans son bungalow. Elle s'était donc invitée à une partie de bridge au club de Manaus. M. Carter était sorti de son bureau pour leur dire au revoir, tenant à la main une boîte refermant les yeux d'un assassin qui avait été pendu à la prison de Pentonville. Ils étaient arrivés le matin même, et il en était très excité.

« Très jolie, dit-il distraitement en regardant la robe de Maia, ce qui lui valut un regard furieux de sa femme. Et les jumelles aussi... très élégantes », ajouta-t-il avant de retourner en toute hâte dans son domaine.

Il était neuf heures quand la calèche des Carter s'arrêta devant la maison des Keminsky. Des lanternes chinoises avaient été accrochées aux arbres, un parfum de fleur d'oranger flottait dans l'air et la musique s'échappait par les fenêtres ouvertes.

C'était la première fois que Maia se retrouvait dans une maison aussi somptueuse. De riches tapisseries ornaient les murs ainsi que des icônes de saints russes dans des cadres dorés. De grands vases pleins de lys et de poinsettias écarlates étaient disposés le long du grand escalier, et des centaines de bougies scintillaient dans les chandeliers de cristal.

Sergei et Olga vinrent les accueillir en courant.

« Dans cette robe et coiffée comme ça, tu ressembles à une magnifique vague », déclara Olga en touchant l'étoffe de soie bleue. Sergei lui dit de se dépêcher parce qu'on allait jouer une polonaise.

« Et nous sommes très forts en polonaises, n'est-ce pas ? »

Puis le comte et la comtesse sortirent du salon pour les saluer. Le comte ressemblait à une illustration dans un livre sur les steppes, il portait une chemise brodée à col montant, avait des yeux sombres au regard intelligent et une barbe noire. La comtesse était une belle femme à l'allure un peu négligée qui portait un collier hors de prix légèrement de travers sur sa robe. Elle embrassa Maia chaleureusement.

« Les enfants m'ont tellement parlé de toi », dit-elle, en tendant les bras vers les jumelles qui battirent en retraite. Elles n'aimaient pas qu'on les embrasse, leur attitude le disait d'emblée, très clairement.

Mlle Lille vint à la rencontre de Mlle Minton, et très vite la fête battit son plein. Quelle merveilleuse soirée elle aurait pu passer, songea Maia par la suite, si elle n'avait été qu'une invitée comme les autres avec pour seul souci de s'amuser. Les Keminsky étaient des hôtes d'une incroyable générosité. On avait servi aux danseurs de l'eau parfumée à la rose dans des gobelets de cristal, la nourriture disposée sur une nappe blanche était digne d'un conte de fées : des pirojkis russes, des fruits brésiliens et un gâteau à trois étages pour l'anniversaire d'Olga. Le comte avait fait venir un authentique orchestre tzigane.

Mais Maia devait s'en tenir à son emploi du temps. À dix heures, Clovis serait dans le musée. Les corbeaux devaient déjà être de retour à la pension Maria. Entre dix heures ce soir-là et le lendemain à l'aube, lorsque l'*Évêque* lèverait l'ancre, elle devrait trahir Clovis devant les jumelles.

Et faire en sorte qu'elles agissent en conséquence.

Si seulement tous ces gens n'avaient pas été aussi attentionnés avec elle ! Ils l'invitaient à danser, lui offraient de la limonade, l'emmenaient dans le jardin. Et pas seulement Sergei, mais aussi Olga et Netta. Tout le monde ! Au moins il était facile de ne pas perdre la trace des jumelles. Si elle ne les voyait plus dans leurs robes rose chair ou si elle n'entendait plus le tintement de leurs bracelets, elle pouvait toujours sentir leur présence, car elles se déplaçaient encore dans des effluves de « Passion nocturne ».

L'horloge de grand-père dans l'entrée sonna dix heures. Il était temps de passer à l'action.

Maia refusa la danse suivante et se dirigea vers la grande fenêtre qui donnait sur les docks.

Les jumelles, qui ne dansaient pas, se mirent à l'observer.

Maia revint, dansa une valse avec un jeune Brésilien, puis s'arrêta et retourna à la fenêtre, toujours sous le regard des jumelles. *Oh, mon Dieu ! Faites que Clovis ne se soit pas trompé,* se dit-elle.

Elle retourna à la fenêtre une troisième fois et vit en effet que Clovis avait dit vrai : les jumelles l'avaient suivie.

« Qu'est-ce que tu regardes ? »

Maia se retourna tout d'un coup.

« Rien... je veux dire... Je me demandais simplement quand l'*Évêque* allait appareiller. C'est bien demain ? Ils n'ont pas repoussé le départ ?

– Non, mais pourquoi est-ce que ça t'intéresse tant ?

– Pour rien... je me posais la question, c'est tout. M. Low et M. Trapwood doivent s'embarquer sur ce bateau, non ? Ils rentrent bien en Angleterre et définitivement ? »

Les jumelles échangèrent un regard.

« Qu'est-ce que ça peut te faire, à toi ?

– Rien. (Maia rougit et prit l'air coupable.) Rien du tout », dit-elle.

Elle se dirigea lentement vers la porte et quitta la pièce en ne s'autorisant qu'un seul coup d'œil inquiet en direction des jumelles. Ne te retourne pas tout le temps, avait dit Clovis. Il ne faut pas trop insister.

Béatrice et Gwendolyn avaient maintenant de sérieux soupçons.

« Tu crois qu'elle sait où est le fils Taverner, après tout ?

– Pourquoi est-ce qu'elle serait aussi nerveuse, sinon ?

– Nous avons encore le temps de toucher cette récompense.

– Je ne vais pas la quitter des yeux, dit Béatrice.

– Moi non plus », dit Gwendolyn.

Maia s'était arrêtée sur le palier où les Keminsky avaient accroché une icône. Une image pieuse avec une bougie qui brûlait au-dessous.

Elle représentait saint Théodose, un saint très maigre avec de grands yeux noirs. Maia n'avait encore jamais adressé ses prières à un saint russe, mais en entendant les jumelles qui approchaient, elle se mit immédiatement à genoux.

« Je vous en supplie, fit-elle à haute voix. Protégez-le. Faites que les corbeaux ne le trouvent pas avant son départ. Je vous en supplie. »

Béatrice et Gwendolyn s'étaient arrêtées dans l'escalier pour écouter. Maia s'était relevée et les jumelles la suivirent au rez-de-chaussée jusque dans une pièce où les enfants avaient laissé leurs manteaux.

En prenant bien soin de ne pas se retourner, Maia alla chercher son sac. Elle y avait mis, en plus de sa brosse à cheveux et de ses chaussures, un paquet de noix et un sandwich soigneusement emballé. Elle les sortit à ce moment-là.

« C'est pour qui ? »

Béatrice venait de surgir derrière elle. Elle lui prit le bras violemment et Maia laissa tomber les noix.

« Tu ferais mieux de nous le dire.

– Pour personne... c'est pour moi. » Maia était de plus en plus rouge.

« Ne sois pas idiote. Il y a plein de choses à manger dans cette maison. Tu allais les apporter à quelqu'un. À ce garçon que tu caches.

– Non, non. Oh, s'il vous plaît... »

Béatrice avait saisi le bras de Maia et le tordait dans son dos.

« Tu me fais mal. Arrête. »

Elle n'avait plus besoin de jouer la comédie maintenant. Béatrice lui faisait vraiment mal. Gwendolyn lui prit alors l'autre bras et tira à son tour.

« Lâchez-moi !

– Quand tu nous auras dit où il est. Quand tu auras avoué que tu le sais. »

Des larmes coulèrent le long des joues de Maia.

« C'est seulement... oh, je vous en supplie... vous ne voudriez pas qu'il se fasse prendre. Il ne veut pas retourner en Angleterre, c'est tout. Ce n'est qu'un jeune garçon et il a tellement peur. »

Les jumelles poussèrent des grognements de satisfaction. Elle avait avoué !

Encore deux coups sur les bras puis Gwendolyn prit la chevelure de Maia à pleine main et tira de toutes ses forces.

« Vite, où est-il ? Si tu ne nous le dis pas, on va vraiment te faire mal.

– On va te griffer le visage et te laisser des marques telles que ton cher Sergei ne voudra même plus te regarder. »

Maia renifla, avala sa salive. Quand elles étaient d'aussi méchante humeur, les jumelles faisaient preuve d'une force étonnante.

« Si je vous le dis, vous allez me lâcher ?

– Oui. Sauf si tu nous mens.

– Il se cache dans le musée... dans le musée d'Histoire naturelle, mais je vous en supplie, ne le dénoncez pas. Il n'a rien fait de mal et...

– Où, dans le musée ? »

La porte s'ouvrit tout d'un coup et Sergei entra.

« Qu'est-ce que vous faites là ? Comment osez-vous ? Lâchez-la ! »

Les jumelles libérèrent Maia puis partirent en courant, passant devant Sergei et le laissant seul avec Maia.

« Ces filles sont des monstres ! dit-il en mettant un bras autour des épaules de Maia. Que s'est-il passé ?

– Je ne peux pas te le dire, Sergei. Mais tout va bien. Je t'assure que tout va très bien.

– Je les tuerai, marmonna Sergei entre ses dents. Je pourrais vraiment les tuer. »

Mais lorsqu'il partit à la recherche des jumelles, il ne les trouva nulle part.

Chapitre 13

Les jumelles dans leurs robes de bal rose chair et leurs chaussures en satin étaient sorties au pas de course. Elles traversèrent la place en soufflant, prirent une rue adjacente et tout en courant continuèrent à se disputer.

« On ne peut pas aller voir ces hommes sans maman, dit Gwendolyn.

– Bien sûr que si. Je sais où est la pension Maria. C'est tout près.

– Mais c'est dans le quartier des docks. Il y a des tas d'hommes dangereux là-bas. Je n'y vais pas sans maman, dit Gwendolyn d'un air buté.

– Très bien, allons la chercher. Mais il ne faudra pas venir se plaindre à moi si elle essaie d'empocher la moitié de la récompense.

– Mais non, on ne la laissera pas faire. C'est pour nous et pour personne d'autre. »

Un homme sortit de sa maison et s'arrêta à la porte de son jardin.

« Tu vois, il veut nous enlever pour la traite des Blanches », dit Gwendolyn en essayant d'aller plus vite.

L'homme qui sortait son chien traversa tranquillement la rue, mais les jumelles, paniquées, ne s'arrêtèrent pas tant qu'elles n'eurent pas atteint le club où leur mère jouait au bridge.

« Bien, cette fois c'est bon, dit M. Trapwood en refermant sa valise. Dans deux heures environ nous serons à bord. »

Il regarda avec envie les lumières du bateau, prêt à appareiller à l'aube. Un bateau si propre, si beau, si anglais...

M. Low vint le rejoindre à la fenêtre.

« Des lits confortables, une excellente nourriture et des gens qui parlent notre langue. Ça paraît presque incroyable. »

Mais malgré le soulagement d'être à la veille de leur retour, les corbeaux se sentaient défaits. M. Low avait encore de la fièvre, les piqûres d'insectes dont souffrait M. Trapwood s'étaient infectées pour former des croûtes purulentes sur son visage et son cou. Ni l'un ni l'autre n'arrivaient à digérer ce qu'ils mangeaient.

Toutefois, ce n'était pas leur état de santé qui les inquiétait le plus. Mais l'échec qu'ils venaient d'essuyer. Ils allaient repartir avec une place vide dans leur cabine et apportaient une triste nouvelle à Sir Aubrey.

« Il va sans doute embaucher deux autres détectives et les envoyer à notre place, il n'abandonnera pas la partie aussi facilement.

– C'est dans le sang, répartit M. Trapwood sombrement. Les aristos sont comme ça, quand il s'agit d'une affaire de sang. »

Au rez-de-chaussée, la sonnette de la pension tinta bruyamment. Puis la domestique monta l'escalier et frappa.

« Trois dames désirent vous voir », dit-elle.

Avant que les corbeaux aient eu le temps de demander de plus amples informations, la porte s'ouvrit violemment et Gwendolyn et Béatrice entrèrent dans la pièce, suivies de leur mère, dans un terrible état d'excitation.

« Nous savons où il est ! Nous savons où se cache le jeune Taverner.

– Nous en sommes certaines. »

Les corbeaux qui étaient avachis sur leurs lits se relevèrent tout d'un coup. Leurs yeux brillaient. Ce n'était plus les mêmes hommes.

« Où ça ? Où ça ?

– Si on vous le dit, demanda Béatrice, est-ce que nous serons sûres de toucher la récompense ? Dès que vous l'aurez trouvé ?

– Bien sûr.

– Toute la récompense ?

– Oui, oui...

– Il est là, dans le musée. Le musée d'Histoire naturelle. Juste au bout de la rue. »

M. Low remonta ses bretelles et alla chercher un rouleau de corde. M. Trapwood mettait son pistolet sous sa veste. Ils n'étaient pas vraiment étonnés, ils avaient soupçonné Glastonberry depuis le début.

« Nous voulons être là quand vous le capturerez.

– Non, fit Mme Carter en s'adressant aux filles sur un ton catégorique. On risquerait d'assister à une bagarre. À des scènes de violence.

– Très vrai, firent les corbeaux en boutonnant leurs vestes. Rentrez chez vous et nous ferons en sorte que vous receviez cet argent.

– Notre adresse est *Tapherini*, Rio Negro. Je vais vous le noter sur un bout de papier, dit Mme Carter.

– Mais adressez votre envoi à Mlle Béatrice et Mlle Gwendolyn, dit Béatrice. C'est à nous qu'il faut l'envoyer.

– On l'adressera au commissariat, et c'est là que vous irez le chercher, dit M. Trapwood en tapotant la bosse que formait son arme sous sa veste. Comment savez-vous qu'il est au musée ?

– Maia nous l'a dit. On l'a obligée. On lui a tordu le bras pour la faire parler. On savait qu'elle avait un secret. »

Les corbeaux hochèrent la tête. La petite brune avec les couettes. Ils l'avaient trouvée bizarre depuis le début.

« Et maintenant mesdames, si vous voulez bien rentrer chez vous, nous nous occupons de tout, et je vous assure que vous n'avez aucune inquiétude à vous faire pour la récompense. »

Le musée était évidemment fermé à clef, mais ils n'eurent aucune difficulté à trouver la maison du

Pr Glastonberry, un modeste bungalow dans une rue calme bordée de palmiers. Les corbeaux sonnèrent à la porte, puis frappèrent de toutes leurs forces contre le battant et sonnèrent encore une fois.

Au bout d'un long moment, on vint leur ouvrir. Une vieille femme les observait à travers l'embrasure.

« Nous voulons voir le Pr Glastonberry. Immédiatement. Allez le chercher.

– *Nada*, répondit-elle. Rien. Pas ici.

– Bien sûr que si. Vous nous mentez. »

Les corbeaux la repoussèrent et entrèrent. La maison du professeur se composait d'un petit bureau, d'un salon et d'une chambre à coucher dans laquelle le lit était vide.

« Où est-il ? Dites-le-nous immédiatement, firent-ils en la secouant. Où ?

– Est à Obidos. Allé chercher *bichos* pour musée.

– Alors trouvez ses clefs.

– Pas clefs.

– Ne nous mentez pas. »

Les corbeaux commençaient à s'impatienter.

« Moi pas mentir, dit-elle. Professeur emporté clefs.

– Nous perdons notre temps, dit Trapwood. Allons à la police. Ils défonceront la porte. »

On n'apercevait qu'une vague lumière s'échappant des fenêtres du commissariat. Les corbeaux frappèrent bruyamment à la porte, crièrent, tapèrent au carreau.

Finalement, un très jeune homme dans un uniforme débraillé sortit en bâillant.

« Vous devez nous ouvrir le musée immédiatement, cria M. Trapwood. Le jeune Taverner est caché à l'intérieur.

– Hein ?

– Le musée ! Vous devez l'ouvrir le plus vite possible », grogna M. Low.

Le policier secoua la tête.

« Colonel Da Silva pas ici. »

Il bâilla à nouveau et s'apprêta à retourner dans son bureau, quand les corbeaux le repoussèrent.

« Montrez-nous où se trouvent vos outils. Pour pénétrer dans un bâtiment.

– Quoi outils ? » demanda le jeune homme encore à moitié endormi.

Mais les corbeaux étaient déjà occupés à fouiller le commissariat, ils ouvraient tous les tiroirs et cherchaient dans tous les placards.

« Là, voilà, ça fera l'affaire. Un pied de biche, un maillet et cette barre de métal. On s'en servira comme bélier.

– Parfait. »

Sans prêter la moindre attention au jeune policier qui criait en agitant les bras, les corbeaux ressortirent dans la rue en courant.

La porte principale du musée d'Histoire naturelle était énorme, mais les corbeaux n'étaient plus les hommes malades et affaiblis qu'ils avaient été à peine une heure auparavant. Ils se sentaient des muscles d'acier maintenant que le succès était à portée de la main.

Ils frappèrent, tapèrent, jurèrent et suèrent, jusqu'à ce que les gonds cèdent et ils se ruèrent à l'intérieur.

« Allumez la lumière », ordonna Trapwood.

M. Low se cogna à un anaconda, trébucha sur une vitrine pleine de coatis et trouva l'interrupteur. Tout l'univers de la forêt amazonienne apparut devant eux, des serpents lovés sur eux-mêmes, des singes accroupis, d'immenses caïmans qui montraient leurs dents. Tout paraissait différent la nuit.

« Il peut se trouver n'importe où. »

Ils se mirent à chercher.

« Montrez-vous, Taverner, nous savons que vous êtes là.

– Le jeu a assez duré, mon garçon, nous ne vous ferons pas de mal.

– Tout se passera bien avec nous. »

Ils continuèrent à crier et à fouiller dans tous les coins, derrière une vitrine, sous un banc où était posé un aquarium plein de piranhas, au sommet d'une armoire renfermant des fourrures...

Rien.

Ils entrèrent dans la deuxième pièce, puis la troisième. Puis ils montèrent l'escalier pour se retrouver au milieu des javelots et des colliers de dents...

Toujours rien.

Ils redescendirent, pénétrèrent dans le bureau du professeur puis dans son laboratoire.

« Allons chercher cette fille. Celle avec les couettes. On l'obligera à parler.

– Très bien. »

M. Low se dirigea vers la sortie.

Un jaguar rugissant fixait M. Trapwood de ses yeux jaunes. Il n'aimait pas beaucoup l'idée de se retrouver seul dans le musée.

« Non, attendez, je vous accompagne. On aura peut-être besoin de la ramener de force. »

Le comportement de Mlle Minton paraissait soudain étrange. Elle n'avait pas essayé de suivre les jumelles et avait empêché Sergei de se lancer à leur poursuite. Elle se contentait d'observer Maia qui faisait semblant de prendre plaisir à la fête, mais sans se montrer très convaincante. Maia avait les joues toutes rouges et il était évident que quelque chose la troublait. Cependant, Mlle Minton se contenta de l'observer de loin.

Elle l'observait depuis maintenant plusieurs jours.

Les enfants ne dansaient plus. Ils s'étaient rués sur la nourriture. Maia faisait de son mieux pour manger, elle n'avait jamais vu autant de plats exotiques, mais elle était incapable d'avaler quoi que ce soit. Que se passait-il dans le musée ? Sergei avait interrompu les jumelles avant qu'elle ait eu le temps de leur parler de la trappe sous le paresseux. Ce pauvre Sergei voulait seulement lui venir en aide et il la regardait maintenant, furieux et perplexe. Il n'arrivait plus à participer à la fête.

Que se passait-il ? Avaient-ils trouvé Clovis ?

On entendit une agitation dans le hall d'entrée. Une des domestiques discutait avec deux personnages vêtus de noir aux mines sinistres.

« Nous voulons la fille avec des couettes qui vit chez les Carter.

– Elle s'appelle Maia. »

Ils ouvrirent les portes de plusieurs pièces, malgré les efforts des domestiques pour les en empêcher. Puis ils ouvrirent la porte de la salle à manger...

La seule fille portant des couettes était une petite blonde assise sur les genoux de sa gouvernante pour être à hauteur de la table. Maia était penchée au-dessus de son assiette. Elle se dissimulait en partie derrière ses longs cheveux, mais en vain. Les corbeaux la reconnurent immédiatement.

« La voilà ! Là-bas. Toi, là, viens avec nous.

– Non ! »

Maia s'était levée et s'agrippait à la table.

« Si tu n'obéis pas, nous aurons recours à la force. »

Sergei se leva, prêt au combat. C'est alors qu'une main osseuse se posa sur l'épaule de Maia.

« Je crois que tu ferais mieux d'accompagner ces messieurs et de leur dire ce qu'ils veulent savoir », dit Mlle Minton. Elle se tourna vers les corbeaux.

« Et bien sûr, je vais t'accompagner.

– Non, Minty, je vous en supplie. Je peux faire ça toute seule.

– C'est à moi d'en décider. Viens, Maia. »

Une fois au musée, Maia n'eut même pas à faire semblant de céder à la panique. Comment expliquer toute cette histoire à sa gouvernante ? Si Mlle Minton révélait aux corbeaux que Clovis n'était pas Finn Taverner, tout son travail n'aurait servi à rien. Si seulement elle trouvait un moment pour lui faire comprendre la situation, avant que l'on ne soulève la trappe.

Mais c'était impossible.

« Bien. Et maintenant, où est ce garçon ? »

Maia s'était remise à jouer la comédie.

« Ne m'obligez pas à vous le dire, je vous en supplie. C'est mon ami. Et il m'a imploré de tout faire pour que vous ne l'emmeniez pas. »

Mlle Minton ne disait pas un mot. Maia ne l'avait jamais vu aussi sombre. Inutile d'espérer de l'aide de ce côté-là.

« Écoutez, nous n'avons pas de temps à perdre. Et nous sommes armés », fit M. Trapwood en se tapotant la poitrine.

« Alors tuez-moi, dit Maia. Je préfère mourir plutôt que de trahir...

– Ça suffit, Maia. Tu te conduis comme une folle. Dis à ces messieurs ce qu'ils veulent savoir et nous rentrerons ensuite à la maison.

– Je ne veux pas que Finn...

– Finn ? C'est donc comme cela qu'il s'appelle, dit M. Trapwood. Oui, ça me paraît juste. La lettre était signée F. Taverner. Allez, allez !

– Il est dans la cave, fit Maia à voix basse, puis elle détourna la tête.

– Et où est la cave ? Comment est-ce qu'on y descend ?

– Il y a une trappe. Sous le paresseux géant. Le squelette, dans le laboratoire. »

Les corbeaux se ruèrent en avant, en tirant Maia par le bras, suivis par Mlle Minton. Et toujours pas moyen de prévenir sa gouvernante.

Ils arrivèrent devant le paresseux géant.

« Là, regardez, on voit la poignée », dit M. Low.

M. Trapwood le poussa de côté et saisit le coin de la stèle.

Le squelette se fracassa par terre.

Mlle Minton et Maia poussèrent un cri en voyant les os éparpillés sur le sol.

« C'est là ! Allez-y ! Tirez ! »

M. Trapwood tira. La trappe grinça en se soulevant vers le haut... Mais au lieu d'un garçon craintif recroquevillé sur lui-même, on vit sortir de ce trou noir un diable furieux s'agitant dans tous les sens. Un jeune garçon aux cheveux noirs avec un bandeau sur le front qui chargea les deux hommes en poussant des hurlements dans son dialecte indien. Les corbeaux essayèrent de lui saisir le bras sans y parvenir. Le jeune Indien passa en courant devant M. Low, mais M. Trapwood lui fit un croche-pied, il tomba en avant en poussant des jurons incompréhensibles, rugissant comme un animal pris au piège.

Maia se mit à gémir désespérément, la main devant la bouche. Qu'est-ce que Finn faisait là ? Que s'était-il passé pour en être arrivé à cette catastrophe ? Et où était Clovis ?

Les corbeaux se débattaient avec Finn. Deux contre un, un pistolet contre un garçon luttant à mains nues. Mais tout en essayant de le maîtriser et de le clouer au sol, ils le considéraient avec consternation.

C'était donc cela, l'héritier de Westwood, un sauvage qui baragouinait dans une langue impensable ? Pas étonnant qu'il ait été tellement effrayé à l'idée de reprendre la place qui était la sienne en Angleterre ! Il vivait sûrement dans un arbre.

Maia ne quittait pas Finn des yeux. Elle voyait bien qu'il espérait encore leur échapper. Dans la rue, il aurait peut-être eu une chance, mais pas ici. Il se battait comme un démon. Il réussit même à se libérer brièvement, mais M. Low lui attrapa une jambe tandis que M. Trapwood lui assénait un coup sur la tempe.

« Allons, allons, mon garçon. Nous ne voulons pas te faire de mal. »

Le jeune sauvage ne comprenait pas. Il continuait à donner des coups de pied et des coups de poing et à crier dans son infernal sabir. Ils allaient devoir le ligoter pour l'emmener sur le bateau. Et que dirait Sir Aubrey ? On pouvait difficilement dire que c'était une victoire.

Pendant tout ce temps, Mlle Minton était restée parfaitement immobile, et observait le jeune Indien avec une étrange expression sur le visage. Elle s'avança alors prudemment jusqu'au bord de la trappe et regarda les marches qui s'enfonçaient dans l'obscurité.

Mlle Minton attendit. Elle regardait fixement les caisses empilées au fond de la cave.

Alors, d'une voix claire et puissante, elle déclara :

« Sortez de là, Finn Taverner. Conduisez-vous comme un homme ! »

On perçut un mouvement au milieu des caisses. Un faible rayon de lumière éclaira une chevelure blonde. Puis on vit un garçon se redresser.

Mlle Minton essayait toujours de percer l'obscurité du regard.

« Vous m'avez entendu, Finn ? dit-elle et les corbeaux se tournèrent vers elle, stupéfaits. Les devoirs des Taverner pèsent désormais sur vos épaules. Il est temps de faire face à votre destin. »

Clovis releva la tête et vit la silhouette de Mlle Minton qui le dominait de toute sa hauteur. Il s'était toujours senti courageux en sa présence, et il en oubliait qu'une heure auparavant, anéanti par la peur, il avait imploré Finn de ne pas le livrer aux corbeaux.

Clovis reprit sa respiration, bomba le torse. Il rejeta la mèche de cheveux qui lui tombait sur le front, puis lentement, avec une grande dignité, il remonta les marches.

« Veuillez libérer mon domestique, je vous prie, ordonna-t-il aux corbeaux. Comme vous le voyez, Finn Taverner, c'est moi. »

Les corbeaux relâchèrent l'Indien. Ils regardaient fixement le jeune homme blond qui venait d'apparaître. Chacun de ses gestes reflétait sa bonne éducation, on était sans aucun doute possible face à un authentique aristocrate. Le sang de Sir Aubrey avait parlé et ils en éprouvaient une immense joie.

Le garçon s'adressa alors à son domestique.

« Tu m'as servi avec loyauté, Kumari, dit-il avec une élocution irréprochable, comme un parfait gentleman anglais s'adressant à un étranger. Je te rends maintenant ta liberté. Ainsi que ce témoignage de ma reconnaissance. »

Il sortit une montre de sa poche et la tendit à l'Indien.

« Mais monsieur, dit Trapwood qui venait d'apercevoir l'éclat de l'argent. Vous êtes sûr que...

– Je suis un Taverner, répondit Clovis, et personne ne dira jamais que je ne sais pas exprimer ma gratitude envers ceux qui m'ont servi loyalement. Et maintenant messieurs, je suis prêt. J'imagine que vous m'avez réservé une cabine en première classe ?

– Euh... », fit M. Low.

M. Trapwood lui donna un coup de pied dans le tibia.

« Nous arrangerons ça. Nous nous occuperons de tout.

– Bien. J'aimerais me rendre à bord immédiatement.

– Oui, monsieur, bien entendu. Si vous voulez bien vous donner la peine de nous suivre. »

Clovis s'inclina devant Mlle Minton, puis devant Maia. Il avait les yeux secs et faisait preuve d'une dignité sans égale.

Puis il suivit les corbeaux et quitta le musée.

Chapitre 14

« Venez voir, dit Finn. Venez voir celle à qui l'on a donné votre nom. »

Il monta dans le canoë aux côtés de Maia et de Mlle Minton et pagaya jusqu'à l'*Arabella* pour que Mlle Minton puisse voir son nom peint sur la proue.

Mlle Minton suivi le contour des lettres de son long doigt osseux et garda le silence pendant quelques instants. Puis elle dit :

« Ce nom convient mieux à un bateau qu'à une gouvernante. Ou une domestique. »

Elle renifla et chercha son mouchoir, le même qu'elle avait passé à Maia dans la calèche avec un A brodé dans le coin, et Maia songea une fois de plus qu'elle avait été vraiment idiote de ne pas avoir deviné ce que Finn avait tout de suite compris.

« Il avait dit que s'il réussissait à s'enfuir et s'il faisait l'acquisition d'un bateau, il lui donnerait mon nom, ajouta Mlle Minton. Je ne l'ai pas aidé tant que ça. Il y serait arrivé de toute manière. Mais il tenait toujours ses promesses. »

Ils étaient dans le lagon. C'était le lendemain du départ de Clovis sur l'*Évêque.* Les jumelles et Mme Carter étaient parties à l'église. Mais lorsque Mlle Minton avait montré à Mme Carter la présence d'hématomes mystérieux sur les bras de Maia, elle avait obtenu sans peine la permission de rester à la maison avec elle... et dès le départ des trois autres, Furo était venu les chercher.

De retour dans la cabane, Finn se mit à interroger Mlle Minton.

« Comment le saviez-vous ? Comment saviez-vous qui j'étais en me voyant sortir de la trappe au musée ?

– Tu ressembles tellement à ton père. Tes yeux, ta voix... Il n'était pas beaucoup plus âgé que toi maintenant quand il s'est enfui de Westwood. Et je savais qu'il avait épousé une Indienne et qu'ils avaient eu un fils. Nous étions restés en contact. Quand j'ai vu que les corbeaux t'avaient attrapé, j'ai compris que votre plan était en train d'échouer.

– Vous voulez dire que vous saviez que nous avions manigancé quelque chose ? demanda Maia, qui ne semblait pas du tout réjouie par cette révélation.

– Plus ou moins. Tes talents d'actrice laissent à désirer, dit Mlle Minton. Et pour ce qui est d'être une menteuse, tu serais sans doute la dernière de la classe. Je me suis liée d'amitié avec la vieille Lila, et quand elle a appris que je connaissais Bernard, elle m'a parlé de cet endroit. Mais comme vous aviez l'air de savoir ce que vous faisiez, je ne m'en suis pas mêlée.

– Oui, nous savions ce que nous faisions, répondit Finn. Mais Clovis a perdu la tête en arrivant dans la cave. Quelques crânes sont tombés d'une caisse et quand il a vu ces orbites qui le regardaient fixement... Puis il a trébuché sur une lance, et la lampe s'éteignait tout le temps. On a aussi entendu un drôle de bruit, comme un gémissement. Ce n'était que la tuyauterie, mais à ce moment-là, il est devenu complètement fou, il m'a dit qu'il se sentait mal, qu'il ne pourrait plus aller jusqu'au bout, j'imagine qu'il éprouvait une sorte de trac. Il pensait vraiment que les corbeaux allaient lui faire du mal. J'avais promis à Maia que je ne l'abandonnerais pas s'il avait trop peur, alors je suis resté. J'avais l'intention de m'enfuir quand les corbeaux ouvriraient la trappe et de les entraîner dans ma fuite. Quand le paresseux est tombé, il a cru que c'était une bombe !

– Pauvre Clovis, dit Maia.

– Elle prend tout le temps sa défense, dit Finn.

– En tout cas, il faut reconnaître qu'il a très bien joué son rôle à la fin », ajouta Mlle Minton.

Ils lui posèrent ensuite des questions sur sa vie à Westwood.

« Je n'étais qu'une femme de chambre, expliqua-t-elle. Personne ne m'appelait Arabella. Le majordome n'aurait autorisé personne à m'appeler par un nom aussi distingué. Il fallait dire Bella. Il n'y avait que Bernard pour désobéir à cette règle. »

Elle leur raconta alors ce qui s'était passé après le départ de Bernard.

« Vous n'imaginez pas le scandale ! Tout le monde criait et trépignait. Remarquez, ils n'étaient pas tristes, seulement très en colère. C'est peu après que le majordome m'a surprise en train de lire dans la bibliothèque. Personne ne lisait à Westwood. J'étais censée épousseter les livres, pas les lire. Et j'ai été renvoyée. C'est ce qui m'est arrivé de mieux. Je me suis souvenue de ce que m'avait dit Bernard. Que je devais entreprendre des études. Il m'avait dit qu'il existait des collèges où l'on pouvait étudier le soir, ce qui permettait de gagner sa vie pendant la journée. Je suis donc partie pour Londres, et c'est exactement ce que j'ai fait. Il m'a fallu six ans pour obtenir mon diplôme. Mais j'y suis arrivée. »

Mlle Minton détourna les yeux et s'autorisa un sourire. Car elle avait en plus obtenu une mention « Très bien », ce que personne n'avait réussi avant elle dans ce collège.

« Et vous êtes donc devenue gouvernante, dit Maia.

– Oui. Mais Bernard m'a écrit, et ses lettres me donnaient envie de voir le pays qui le rendait si heureux. Je faisais beaucoup d'efforts pour économiser assez afin de me payer un billet, mais c'était impossible. C'est là qu'on m'a proposé cet emploi chez les Carter. Deux semaines après avoir accepté, j'ai appris la mort de Bernard. Ma lettre m'était revenue avec une grande croix bleue tracée sur l'enveloppe et la mention "décédé". Ce fut un choc terrible. Puis quand je suis arrivée ici, et quand j'ai deviné ce que mijotaient les corbeaux, j'ai ouvert l'œil. Je savais ce que Bernard ressentait à l'égard de Westwood et qu'il ne supporterait pas l'idée qu'on y ramène son fils contre son gré.

– Dieu merci, vous avez réagi comme ça ! » s'exclama Finn.

Mais maintenant Mlle Minton désirait voir les animaux dont Bernard lui avait parlé dans ses lettres.

« Est-ce que le tapir vient toujours par ici ? demanda-t-elle. Et le singe capucin ? » Finn lui répondit que c'était effectivement le cas et il lui montra tout ce qu'elle voulait, la bouteille pour le colibri, l'endroit où la tortue se hissait hors de l'eau, tandis que le chien s'ébrouait dans le lagon.

« Je comprends maintenant pourquoi il était si heureux ici, dit-elle. C'est un endroit merveilleux.

– Oui, mais Finn va s'en aller sur l'*Arabella*, dit Maia. Il part pour un très très long voyage. (Minty fronça les sourcils en percevant toute la tristesse dans la voix de Maia.) Et il ne veut pas m'emmener.

– Bien sûr que non, répondit Mlle Minton. C'est absolument impossible. »

Maia la regarda droit dans les yeux.

« Vous n'aimeriez pas faire un grand voyage ? Pour découvrir des terres inconnues ?

– Ce que j'aimerais faire n'a rien à voir avec la question. Je dois gagner ma vie, et tu dois poursuivre tes études. »

Même si elle savait que Finn ne l'emmènerait pas, Maia était avide de connaître tous les détails de son expédition.

« Et s'ils ne sont plus là ? demanda-t-elle. Les Xantis ?

– Alors je continuerai mon chemin jusqu'à ce que je les trouve, répondit Finn. Ils doivent bien se trouver quelque part. »

Mlle Minton gardait le silence. Elle savait que ce qu'il venait de dire n'était pas forcément vrai. On avait entendu parler de tribus décimées par les maladies, les guerres ou les enlèvements. Elle n'aimait pas du tout l'idée de voir un garçon aussi jeune s'embarquer tout seul dans une telle aventure, mais elle n'avait aucun moyen d'empêcher Finn de mener sa vie comme il l'entendait. Quant à Maia, c'était une autre affaire. Elle était sous sa responsabilité et il était hors de question de la laisser partir.

Tandis qu'elles quittaient le lagon dans le canoë de Furo, Mlle Minton lui demanda tout d'un coup d'arrêter l'embarcation. Le vent s'était levé, agitant les larges feuilles d'un grand arbre, et elle venait de voir un immense papillon aux couleurs éblouissantes sur le tronc.

Mlle Minton n'avait pas l'habitude de courir après les papillons, mais celui-ci était si gros et si beau, parfaitement immobile, qu'elle quitta le canoë pour aller voir de plus près.

« Mon Dieu ! » s'exclama-t-elle.

Si le papillon restait immobile, c'était tout simplement parce qu'il était mort. Mort et préservé dans la toile d'une énorme araignée qui l'avait abandonné là momentanément et qui reviendrait sans doute un peu plus tard pour le manger.

Avec une extrême précaution, Mlle Minton détacha le papillon du tronc d'arbre, en se servant de son mouchoir pour ne pas le toucher, et elle l'emporta.

« Oh ! s'écria Maia. Je n'ai jamais rien vu de tel ! » Et même Furo secoua la tête.

Les ailes d'un jaune éclatant strié de noir s'achevaient sur deux longues queues semblables à celles des hirondelles.

« Ça doit être un papillon très spécial, dit Maia. Le Pr Glastonberry saura sûrement comment il s'appelle. »

Mlle Minton hocha la tête en essayant de dissimuler son excitation.

« Je serais très étonnée si c'était une espèce rare », commenta-t-elle, mais Maia remarqua qu'elle n'arrivait pas à quitter des yeux l'insecte qu'elle venait de poser sur ses genoux.

À Manaus, la nouvelle que Finn Taverner, trahi par les sœurs Carter et capturé par les corbeaux avait été emmené sur l'*Évêque* se répandit comme une traînée de poudre.

Pratiquement tout le monde en éprouva une terrible colère, dirigée à la fois contre les corbeaux et les jumelles.

Le colonel Da Silva était tout particulièrement troublé. Tous ses efforts pour envoyer les corbeaux sur la mauvaise piste n'avaient servi à rien. Il avait aussi le sentiment de ne pas avoir été à la hauteur pour son ami Bernard, et en plus Finn allait lui manquer.

« Je ferais mieux d'aller voir ce qu'il faut faire avec l'*Arabella,* dit-il à son lieutenant. Et toutes les affaires de Taverner. J'imagine que le chien va devenir fou. Quoiqu'il saura sûrement se débrouiller tout seul, ajouta-t-il avec un soupir. J'irai la semaine prochaine. Les Indiens s'assureront que personne ne vient voler quoi que ce soit. Et si ces épouvantables jumelles Carter se présentent à nouveau pour leur récompense, envoyez-les sur les roses. Il n'y a pas trois jours que ce pauvre garçon est parti. Horribles petits vers de terre cupides ! »

Et il se tourna pour cracher par la fenêtre, ce qu'il n'avait pas fait depuis l'époque où il était encore un jeune officier et qu'il pensait qu'il était très chic de cracher.

Le Pr Glastonberry avait eu toutes sortes d'ennuis avec les objets qu'il était parti chercher à Obidos et, en conséquence, il était rentré plus tard que prévu. Aussi, presque une semaine entière s'était écoulée avant qu'il ne retourne au musée, et la première visite qu'il y reçut fut celle de Mlle Minton.

Elle avait été bouleversée en voyant le paresseux géant tomber par terre, et même si elles avaient pu redresser le squelette avant de partir, elles n'avaient pas eu le temps de l'examiner en détail.

Elle frappa à la porte du laboratoire et se trouva face au professeur qui considérait le squelette d'un air anxieux.

« Je suis venue vous demander s'il avait été sérieusement endommagé. Je n'aurais jamais pensé que les corbeaux feraient preuve d'une telle violence.

– Non. Aucun des os n'est cassé, la colonne vertébrale s'est déboîtée, mais je pourrai arranger ça. »

Il s'empressa d'aller fermer la porte du laboratoire et celle de son bureau. Puis il demanda :

« Je ne crois pas avoir bien compris ce qui s'est passé. On entend dire partout que Finn a été capturé et emmené à Westwood. Mais Maia n'a sûrement pas révélé l'endroit où il se cachait ?

– Non, ça ne s'est pas passé comme ça. Du moins, pas tout à fait. »

Et elle lui raconta toute l'histoire : le plan mis sur pied par les enfants, les péripéties qui faillirent tout faire échouer et la fin heureuse de l'aventure.

Le professeur était ravi.

« Excellent ! Excellent ! Alors Finn est en sécurité. Et j'aurais dû deviner que vous étiez Bella, évidemment. Bernard m'a beaucoup parlé de vous, il me disait que vous étiez sa seule amie d'enfance. Et vous dites que Finn se tient à l'écart ?

– Pour le moment. Jusqu'à ce que Clovis soit au milieu de l'océan. Après, il partira sur l'*Arabella*. Je suis un peu inquiète pour Maia, elle va être très triste. Elle a très envie de vivre une aventure.

– Et vous ? Vous avez envie de vivre une aventure ?

– Bien sûr, comme tout le monde ! » fit Mlle Minton avec un haussement d'épaules.

Puis elle sortit la boîte dans laquelle elle avait rangé le papillon.

« Je me demandais si vous connaissiez cette espèce. »

Le professeur enleva les couches de coton avec mille précautions.

« Bonté divine ! Ne me dites pas que vous avez trouvé un hahnet à queue d'hirondelle ! »

Il emporta la boîte jusqu'à la fenêtre.

« Mais si ! Et parfaitement conservé en plus ! »

Mlle Minton lui expliqua qu'elle l'avait trouvé dans une toile d'araignée.

« Je pourrais vous en obtenir un bon prix si vous vouliez le vendre. Ils sont très rares et je connais un collectionneur à Manaus qui en cherche un depuis un moment. Ou je pourrais vous l'acheter pour le musée. Mais il vous le paierait plus cher.

– Quel genre de prix ?

– En devise anglaise, environ quatre-vingts livres. »

Mlle Minton le regarda fixement.

« Mais ça représente six mois de mon salaire !

– Hé bien, c'est ce que ça vaut. Et on vous en donnerait plus encore si vous l'envoyiez en Angleterre. Après tout, Taverner vivait en collectionnant et en vendant ce qu'il trouvait, et il n'est pas le seul. »

Mlle Minton ne disait rien, elle considérait l'avenir. Se pouvait-il qu'une porte vienne de s'ouvrir devant elle ? Elle n'abandonnerait jamais Maia, mais un jour...

Pourrait-elle échapper à cette vie morne qui l'obligeait à enseigner à des enfants tels que les jumelles ?

Le professeur qui l'observait décida qu'il fallait battre le fer tant qu'il était chaud.

« Il faut que j'aille déjeuner, dit-il. Je sais que vous n'aimez pas la cuisine exotique, mais si vous voulez je pourrais vous donner une liste de ce que recherchent les collectionneurs. Certaines résines de plantes ont beaucoup de valeur. Et vous n'êtes pas obligée de leur courir après avec un filet !

– J'ai dit que je n'aimais pas la cuisine exotique, moi ? fit Mlle Minton d'un air vexé et impatient. Je ne crois pas avoir dit ça. Je suis même sûre de n'avoir jamais dit ça. »

Dans leur bungalow, les jumelles n'avaient qu'une idée en tête : la récompense. Quand arriverait-elle ? Qu'allaient-elles en faire ? Et comment empêcher leurs parents d'en empocher une partie ? Maia les entendait en discuter à voix basse dans leurs lits. Parfois, elles élevaient le ton et on avait l'impression qu'elles allaient se disputer, mais elles se raccommodaient bien vite car elles se sentaient seules face au monde.

« Et dès que nous aurons cet argent, nous pourrons nous débarrasser de Maia. »

C'était là l'autre sujet de leurs conciliabules. Elles avaient réussi à se défaire de Mlle Porterhouse en l'accusant de voler des objets dans la maison, et elles avaient obtenu le même résultat avec Mlle Chisholm en rapportant à leur père qu'elle avait été vue à Manaus avec des hommes !

Il faudrait trouver autre chose pour Maia, mais elles étaient sûres d'y parvenir, puis, après le départ de Maia, Mlle Minton suivrait et elles seraient enfin libres.

Pendant que les jumelles se chamaillaient à propos de la récompense, M. et Mme Carter se livraient à un débat animé au sujet de l'argent qu'ils touchaient pour la pension de Maia.

« Je te dis que j'en ai besoin ce mois-ci, fit M. Carter. Alors inutile de tout garder comme tu l'as fait le mois dernier.

– Figure-toi que c'est impossible. Les jumelles ont besoin de nouvelles ballerines et le dentiste m'affirme qu'il leur faudrait un appareil. Tu sais ce que ça coûte ! Tu ne voudrais tout de même pas que tes filles aient les dents de travers ?

– Si je n'avais à me soucier que des dents de mes filles, je serais un homme heureux. Cette crapule de Lima m'a laissé tomber. Et s'il s'acoquine avec Gonzales, je suis fini.

– Peut-être que si tu ne dépensais pas tout ton argent pour ces yeux de verre ridicules, on n'aurait pas de telles difficultés.

– Permets-moi de te dire que ma collection est ce qu'il y a de plus précieux dans cette maison.

– Alors pourquoi est-ce que tu ne la vends pas pour payer tes dettes ? Tu sais très bien que j'étais d'accord pour accueillir Maia seulement à cause de l'argent qu'elle apportait. Et c'est moi qui dois la supporter, pas toi. Toi, tu la vois à peine, d'ailleurs tu vois à peine tes propres filles. Et de toute manière, j'ai commandé un nouvel insecticide contre les cafards. Le surplus militaire doit me l'envoyer depuis Londres et ça coûte très cher.

– Un insecticide contre les cafards ! Je n'ai jamais rien entendu d'aussi ridicule. Tu n'as qu'à leur jeter de l'essence et y mettre le feu !

– Franchement, Clifford ! Pas étonnant que tu sois aussi incompétent dans les affaires. De l'essence ! Il faudra que j'écrive à M. Murray et que je lui demande d'envoyer plus d'argent. Pour ce qu'on touche, ça ne vaut vraiment pas la peine de s'occuper de cette petite... »

Elle s'interrompit car Maia venait d'entrer la pièce, ses ballerines à la main, pour les informer que le bateau était prêt à partir pour Manaus.

Maia avait entendu la dispute. Leurs voix avaient résonné dans tout le bungalow. Il y avait longtemps qu'elle avait compris que les Carter ne l'accueillaient pas par affection, mais la perspective de continuer à vivre chez ces gens après le départ de Finn lui devenait insupportable.

Deux heures plus tard, elle était au piano chez M. Haltmann et avait oublié tous ses chagrins. Elle progressait rapidement, mais elle préférait encore la leçon de chant, après les exercices au piano. Toutefois, elle ne voulait rien savoir quand il suggérait qu'elle poursuive dans cette voie. En revanche, elle lui avait posé toutes sortes de questions sur la musique des tribus indiennes.

Avait-on rassemblé leurs chants, pouvait-on obtenir un exemplaire de ces retranscriptions ?

« Je veux parler des Indiens qui vivent en tribu dans la jungle, pas de ceux qui habitent à proximité des villes.

– On a rassemblé quelques chants, répondit-il. Mais il y en a très peu. Il y a encore beaucoup de travail à faire dans ce domaine. Cependant leur musique est extrêmement difficile à retranscrire.

– Mais ce serait possible ?

– Oui... avec de la patience et une bonne oreille, répondit-il en souriant devant l'expression enthousiaste de Maia. Et je crois bien que tu possèdes ces deux qualités. »

À la leçon de danse, tous les élèves avaient appris que Finn Taverner avait été capturé par les corbeaux, que les jumelles leur avaient révélé sa cachette et qu'il voguait vers l'effroyable Westwood.

Tout le monde était très triste pour lui et personne n'adressait la parole aux jumelles. Toutefois, celles-ci le remarquaient à peine. Même avant d'apprendre qu'elles toucheraient une récompense, elles avaient vécu dans un monde qui n'appartenait qu'à elles.

Sergei était absent. Son père l'avait emmené en tournée en amont du fleuve, mais Mlle Lille était venue avec Olga.

La gouvernante des Keminsky avait les yeux tout rouges, car elle venait d'apprendre que son père était mort en France, et elle devait s'embarquer sur le prochain bateau pour l'Europe.

« Je me disais, fit-elle à l'oreille de Mlle Minton tout en observant les enfants qui dansaient, que vous pourriez reprendre ma place. Les Keminsky sont d'excellents patrons… comme vous l'avez vu.

– Oui, on ne pourrait pas rêver mieux, dit Mlle Minton Mais il m'est impossible d'abandonner Maia.

– Peut-être qu'ils accepteraient d'accueillir Maia. Les enfants l'aiment beaucoup. Sergei en particulier.

– Quand partez-vous ?

– Dans quinze jours. Ma pauvre mère est effondrée.

– Je vais y réfléchir. Merci pour la proposition », répondit Mlle Minton.

Mais elle aurait été très étonnée de voir Mme Carter donner sa permission pour que Maia aille vivre au sein d'une famille de Russes que l'on connaissait à peine. Elle n'en parlerait pas à Maia. Inutile de lui causer une fausse joie.

Même si Finn avait dit clairement qu'il n'emmènerait pas Maia, elle ne pouvait pas s'empêcher de rêver. Rien n'aurait été plus beau que de voyager sans fin sur l'*Arabella*… Se réveiller à l'aube et préparer le petit déjeuner sur un réchaud à pétrole, regarder les hérons et les cormorans plonger dans l'eau pour attraper des poissons… mettre les bûches dans la chaudière et sentir l'odeur de bois brûlé… puis remonter cette eau calme et sombre, à l'ombre des arbres, ou fendre la surface laiteuse des lagons dans la lumière du soleil.

C'était ce qu'elle avait imaginé ce soir-là, dans la bibliothèque de l'école, assise en haut de l'échelle, occupée à lire ces livres sur les trésors que l'Amazone offrait à tous ceux qui n'en avaient pas peur.

Mais elle n'avait pas imaginé Finn alors. Finn était têtu, il pouvait même être colérique et blessant, et il était beaucoup trop imbu de lui-même... Mais elle était devenue son amie comme d'autres filles à l'école, plus sentimentales, tombaient amoureuses.

Et maintenant il s'en allait. Clovis était déjà parti, et elle resterait seule avec les jumelles.

Au début, croyant que Finn changerait d'avis et accepterait de l'avoir comme compagnon de voyage, elle avait travaillé à la préparation de l'*Arabella* en redoublant d'efforts, mais au bout d'un moment elle fut tellement prise par le travail qu'elle s'y adonna sans arrière-pensées.

« Vous avez des livres sur les bateaux ? demanda-t-elle à Minty.

– Ce n'est pas dans les livres qu'on apprend ce qu'il faut savoir sur les bateaux », répondit Mlle Minton. Elle trouva néanmoins un manuel d'entretien des barques à vapeur dans la librairie d'occasion de Manaus.

« À ton avis, ils seront comment les Xantis ? demanda Maia à Finn qui haussa les épaules.

– Mon père disait qu'il n'y avait pas de gens plus doux. Et ils savent tout ce qu'il faut savoir pour guérir les maladies. J'aimerais bien qu'ils me transmettent cette science. Après tout, les trois quarts des remèdes que nous utilisons viennent des plantes. Et la plupart de ces plantes poussent dans la jungle. »

Il hésita avant d'ajouter :

« Je pensais qu'un jour, je pourrais devenir médecin, mais pas comme ceux qui se contentent de donner des médicaments aux gens. »

Maia hocha la tête, elle n'avait aucun mal à se dire que Finn ferait un bon médecin.

« Est-ce qu'il t'a dit s'ils avaient des chansons ?

– Oh ça ! Sûrement ! Tous les Indiens chantent. Surtout quand ils voyagent. »

Maia poussa un soupir. Elle aurait aimé étudier ces chants, comme Finn voulait étudier les plantes.

Mais c'était sans espoir. Finn lui répondrait tout simplement : « C'est trop dangereux. » Et on en resterait là. Elle essaya de ne plus y penser, mais c'était impossible. Elle avait connu des filles à l'école qui voulaient faire de l'équitation, d'autres qui voulaient être actrices, et il y en avait une autre qui avait fait des scènes épouvantables jusqu'à ce qu'on lui donne la permission d'apprendre le hautbois. Pas la flûte, pas la clarinette, le hautbois et rien d'autre. Elles savaient qu'elles étaient faites pour ces choses-là. Et Maia savait qu'elle était faite pour les bateaux. Et les voyages qui se prolongent indéfiniment, sans que l'on n'arrive jamais à destination, à moins qu'on ne le désire vraiment.

Quand il ne travaillait pas sur le bateau, Finn l'emmenait dans la forêt. Il lui montrait les noix qu'il fallait cueillir et celles qu'elle devait éviter, comment faire tomber un fruit accroché aux hautes branches et comment marcher sans faire de bruit, en levant les pieds plus haut que d'habitude et en les reposant doucement. Un jour, il transperça un paca d'une flèche.

« Ils sont bons à manger, dit-il. Il faut parfois savoir tuer pour se nourrir. »

Il s'attendait à ce qu'elle en fasse toute une histoire, mais même si elle pâlit légèrement en voyant le petit rongeur s'agiter au bout de la flèche, elle ne dit pas un mot. Il lui montra comment se peindre le corps avec des baies d'urucu, et comment puiser de l'eau à la rivière sans mettre de l'écume dans le seau. Plus elle en apprenait, plus elle avait envie d'en savoir davantage, et plus elle redoutait le jour de son départ.

Mais il n'était pas encore parti. Pas tout à fait du moins. Elle l'entendait toujours siffloter quand il s'adonnait à ses tâches, lors de ses visites dans le lagon. Et elle aurait été très étonnée d'apprendre que Finn craignait lui aussi ce départ et cette séparation, car il n'avait pas très envie de faire le voyage tout seul.

Deux semaines après l'appareillage, l'*Évêque* avait atteint l'embouchure de l'Amazone et sortait du labyrinthe du cours d'eau pour se lancer sur l'océan. Même si Clovis avait été démasqué à ce moment-là, il aurait été impossible de le renvoyer avant qu'il arrive en Angleterre.

« Inutile d'attendre plus longtemps, dit Finn. Le bateau est prêt, il suffit de dégager les herbes tout autour, et on pourra partir. »

On pourra partir ? songea amèrement Maia. De toute évidence, il voulait son aide pour dégager le passage à travers le lagon, puis il lui ferait un petit geste d'adieu et elle ne le reverrait jamais.

« Si j'avais été à ta place, moi je t'aurais emmené, dit-elle.

– Parce que tu t'imagines peut-être que c'est facile pour moi de prendre cette décision ? dit Finn, furieux.

– Et pourquoi voudrais-tu que ce soit facile ? » répondit Maia avant de s'éloigner à grands pas.

Mais Finn ne prit pas le départ immédiatement. On aurait presque pu croire que l'*Arabella* hésitait à entreprendre un voyage aussi aventureux après son paisible séjour dans le lagon. D'abord, ils découvrirent une petite fuite dans la quille, sous le plancher, puis Finn fit tomber le joint pour la valve qui régulait l'arrivée de vapeur dans la chaudière et qui coula dans les profondeurs du lac. Malgré leurs efforts, ils n'arrivèrent pas à le retrouver. Furo se rendit à Manaus pour commander une pièce de rechange, mais une autre semaine s'écoula avant qu'on puisse la mettre en place.

Il était plus difficile pour Mlle Minton de s'échapper et de se rendre dans le lagon. Quand elle y parvenait, elle infligeait à Finn la traduction de *La Guerre des Gaules* de Jules César.

« À ce train-là, les légions n'arriveront jamais à traverser ce pont », disait-elle en jetant un coup d'œil sur le livre toujours ouvert à la page cinquante-sept. Mais quand elle avait fini de faire la morale à Finn sur l'importance du latin pour quelqu'un qui veut être botaniste, elle lui donnait un coup de main et astiquait le sol de la cabane jusqu'à ce qu'il soit d'une blancheur immaculée.

« Il est toujours utile d'avoir été domestique », disait-elle.

Un après-midi, alors qu'ils étaient seuls, les enfants virent que les aras sur l'arbre qui marquait l'entrée du lagon avaient pris leur envol en piaillant.

Mais ce n'était pas Furo qui venait chercher Maia. Ils virent le colonel Da Silva avec son premier lieutenant qui avaient l'intention de récupérer les biens de Bernard Taverner.

« *Dios !* s'exclama le colonel comme il arrivait à proximité de la cabane sur sa pirogue. Qu'est-ce que c'est que ça ? »

Finn expliqua alors ce qui s'était passé, et quand il eut fini, le colonel éclata de rire, sans pouvoir se retenir. On crut même qu'il allait tomber dans l'eau à force de se tordre. Les corbeaux ramenaient à Westwood un acteur sans le sou... il y avait longtemps qu'il n'avait pas entendu quelque chose d'aussi drôle.

« Et vous *senhorita*, dit-il en s'adressant à Maia, vous êtes une véritable héroïne. »

Il leur rapporta qu'on avait télégraphié l'ordre de payer la récompense depuis l'*Évêque*, ce qui signifiait qu'ils n'avaient aucun soupçon sur l'identité du garçon.

Puis vint le jour que Maia redoutait tant. Les provisions avaient été embarquées sur l'*Arabella* : de la farine de manioc, des haricots séchés, du pétrole pour le réchaud et des présents pour les Indiens.

Cette nuit-là, Finn alla dire au revoir à Furo et aux autres.

« Occupez-vous de Maia, leur dit-il. Promettez-moi qu'il ne lui arrivera rien. »

Et Furo, qui jusque-là avait boudé parce que lui aussi voulait partir avec Finn, lui donna sa parole, ainsi que Tapi et Conchita. Seule la vieille Lila était inconsolable, elle pleurait en se balançant d'avant en arrière et déclarait qu'elle mourrait avant son retour.

Maia qui observait la scène depuis sa fenêtre le vit sortir de la case de Lila, et elle crut un instant qu'il partirait sans lui faire ses adieux. Mais il traversa la cour et vint se placer sous sa fenêtre. Elle entendit alors qu'il sifflait ce même air qui lui était parvenu le soir de son arrivée.

Blow the wind southerly, southerly, southerly
Blow the wind south o'er the bonny blue sea

Elle courut à l'extérieur et le serra dans ses bras, elle lui souhaita bonne chance, et elle ne pleura pas.

« Ne lui gâche pas son départ », avait dit Minty, et Maia avait obéi.

Mais un peu plus tard, elle resta un long moment à la fenêtre, en essayant de se rappeler les paroles de la chanson. On y implorait le vent de ramener quelqu'un parti en bateau, mais elle avait l'impression que cette ballade se finissait mal.

Comment en serait-il autrement ? Pourquoi le vent se soucierait-il de ses retrouvailles avec Finn ?

Chapitre 15

Sir Aubrey avait envoyé la calèche à la gare, il avait décidé qu'il attendrait la venue de son petit-fils dans le salon.

Si c'était bien son petit-fils.

Clovis était assis entre M. Trapwood et M. Low. Les corbeaux avaient décidé de le livrer à son grand-père en personne avant de retourner en ville.

Il faisait frais. Il faisait en fait très frais, le vent d'est soufflait sur la lande de Westwood, et Clovis respirait cet air avec soulagement. Pas de chaleur moite, pas d'insectes. Il était enfin de retour en Angleterre.

Depuis au moins vingt minutes, ils remontaient une allée bordée de tilleuls, et Clovis apercevait les reflets du soleil sur une surface d'eau dans le lointain. Sans doute était-ce le lac où la Frappeuse avait maintenu la tête de Bernard sous l'eau.

Soudain, la voiture suivit une courbe et Westwood apparut devant lui.

La maison était telle que Finn l'avait décrite : une aile est, une aile ouest et un grand bâtiment entre les deux. Mais c'était immense, beaucoup plus vaste que tout ce qu'il avait imaginé.

Clovis sentit son estomac se serrer. Il n'était pas difficile de rouler les corbeaux : ils l'avaient soigné pendant tout le voyage, passant leur peu de temps libre au bar. Mais il était certain que le grand-père de Finn le démasquerait immédiatement.

Ils passèrent devant la fontaine sur laquelle Hercule étranglait un serpent. Apparemment il avait perdu la tête, ce qui était très dommage. Puis la voiture s'arrêta devant la grande porte.

Clovis vit alors toutes sortes de gens alignés en haut des marches de pierre qui menaient à la maison. Des femmes dans des tabliers bleus, d'autres dans des robes noires, des hommes en livrée, en bleu de travail et en queue de pie.

Bien sûr ! Les domestiques étaient alignés pour l'accueillir.

Clovis se mit à paniquer. Il n'aurait jamais deviné qu'on pouvait avoir autant de domestiques. Puis il se souvint que la même chose arrivait dans *Le Petit Lord Fauntleroy*, quand Cédric revenait d'Amérique, et aussi dans une autre pièce qui s'appelait *Le Jeune Maître*, quand l'héritier perdu de vue rentrait chez lui.

Le cocher ouvrit la porte ; M. Low et M. Trapwood attendaient respectueusement qu'il sorte le premier.

Clovis se redressa, reprit sa respiration comme chaque fois qu'il entrait en scène et descendit.

À l'étage, dans le salon, Sir Aubrey l'observa à travers sa longue-vue.

Quand le bateau avait accosté à Liverpool, les corbeaux s'étaient arrêtés chez un tailleur et avaient acheté une casquette et un costume en tweed pour Clovis, ils avaient choisi ce qu'il y avait de mieux dans le magasin. Sir Aubrey voyait maintenant à travers sa longue vue un beau garçon, bien bâti, aux yeux bleus, qui avait le maintien d'un prince. Le garçon avait serré la main du majordome, de l'intendante et de la cuisinière, respectant parfaitement le protocole, puis arrivé en haut du perron, il s'était retourné pour saluer les domestiques des ordres inférieurs et les avait remerciés pour leur accueil avant de suivre le majordome à l'intérieur de la maison.

Sir Aubrey sentit son cœur faire un bond. Il avait été inquiet, inutile de se le cacher. On pouvait attendre tout et n'importe quoi de la part du fils de Bernard, mais ce garçon lui semblait parfait. Il ne serait pas du genre à bavarder avec les domestiques, comme l'avait fait son père, il était aimable mais il gardait ses distances.

Dans l'entrée, l'intendant attendait de faire entrer M. Low et M. Trapwood dans le bureau. Les corbeaux espéraient qu'on les inviterait à dîner, mais Sir Aubrey n'avait pas l'habitude de prendre ses repas en compagnie de simples détectives. On les paya, on leur donna leur prime et on leur offrit même un verre de bière, puis ils firent leurs adieux à Clovis et on les raccompagna à la gare où ils devaient prendre le prochain train pour Londres. Le majordome (qui n'était plus celui qui avait renvoyé Bella mais un homme plus jeune avec des cheveux très noirs) indiqua le chemin à Clovis, il le fit passer devant le coffre où Dudley avait enfermé Bernard, puis devant l'armure dans laquelle Dudley s'était camouflé pour effrayer la servante. Clovis vit ensuite le portrait de l'homme qui tenait la tête d'un Turc au bout de sa lance. Puis le majordome frappa à une lourde porte de chêne et déclara : « L'héritier Taverner, monsieur. » Enfin il se retira.

Sir Aubrey Taverner et Clovis échangèrent un regard de part et d'autre d'un épais tapis sombre qui semblait couvrir des hectares de plancher. Clovis était face à un homme épais et rougeaud avec une grosse moustache blanche et des sourcils broussailleux. Il s'appuyait sur une canne et Clovis songea qu'il devait avoir la goutte ; dans les pièces qu'il avait jouées, toute personne ayant plus de cinquante ans souffrait de la goutte. Il décida donc d'être très prudent et de ne pas le bousculer.

De son côté, Sir Aubrey avait devant lui le petit-fils de ses rêves. Clovis avait les yeux très bleus, des cheveux très épais et dorés ; il s'inclina profondément en serrant la main qu'on lui tendait. (Les Goodley avaient toujours insisté sur l'importance des courbettes.)

« Alors, mon garçon, te voici enfin de retour. Qu'est-ce qui a bien pu te donner envie de te cacher aussi longtemps ? »

Clovis avait préparé sa réponse à l'avance.

« Je craignais... de ne pas être à la hauteur de mon rôle. »

Il regarda Sir Aubrey pour voir s'il n'en avait pas trop fait, apparemment tout allait bien.

« C'est absurde. Tu apprendras très vite, mon garçon. »

Puis il ajouta :

« Tu ne ressembles pas du tout à ton père. Pas du tout. En tout cas, tu me rappelles quelqu'un. Qui ça peut-il bien être ? »

Clovis attendit avec une certaine inquiétude.

Puis Sir Aubrey s'exclama :

« Ça y est, je sais ! Ton arrière grand-oncle Alwin. Il était amiral dans la flotte de Nelson. Il est mort quand son bateau a coulé à la bataille d'Alexandrie. Il y a un portrait de lui dans la galerie. Je te le montrerai tout à l'heure. »

Clovis demanda alors ce qui était arrivé à la tête de l'étrangleur de serpents, et Sir Aubrey lui répondit que Dudley l'avait fait sauter avec une décharge de chevrotine.

« Il essayait de tirer sur des braconniers, dit-il. (Puis il garda le silence quelques instants et parut plongé dans une grande tristesse.) Un type épatant ce Dudley. Tout le monde te le dira. »

Clovis répondit que son père lui avait vanté la force de Dudley puis il essaya de se souvenir d'une parole aimable à son sujet, en vain. Tandis que Sir Aubrey paraissait très troublé, le majordome vint annoncer l'arrivée de Mme Smith et de ses trois filles aînées. La plus jeune, Prudence, portait encore des couches et ne sortait pas dîner.

Cette fois encore, Clovis n'eut aucun mal à reconnaître Mme Smith, mieux connue sous le surnom de la Frappeuse, ainsi que ses filles qui, selon Sir Aubrey, ne servaient à rien, précisément parce qu'elles étaient des filles.

« Comment allez-vous tante Joan ? » demanda Clovis avec un sourire charmeur, en espérant que la Frappeuse se soit un peu assagie depuis son mariage.

« Eh bien, tu nous en as fait voir ! » aboya Joan avant de présenter ses filles.

Elles étaient très maigres et graciles avec des cheveux blonds et des yeux mélancoliques. On aurait dit des elfes. Hope, âgée de onze ans, avait les dents en avant. Faith, âgée de neuf ans, avait du mal à respirer par le nez, et Charity était tellement terrifiée par sa mère qu'elle bégayait, mais elles n'en étaient pas moins des jeunes filles très charmantes.

Toutes trois regardaient Clovis avec inquiétude. Leur mère leur avait déclaré que l'une d'elles devrait un jour l'épouser pour que le domaine de Westwood revienne en partie dans la famille. Les filles savaient que son père Bernard était fou et qu'il s'était enfui, qu'il parlait aux servantes et aux rats, et l'idée d'épouser le fils paraissait terrifiante. Mais maintenant que Clovis leur souriait en leur serrant la main, elles se sentaient tout à fait rassurées. Il n'avait pas l'air du genre à fuguer ou à s'entretenir avec les domestiques.

Le majordome annonça alors que le dîner était servi. Clovis offrit son bras à la Frappeuse (il savait que ça se faisait grâce à toutes les pièces dans lesquelles il avait joué et où figuraient des scènes de dîner), ils traversèrent alors la galerie, et descendirent le grand escalier pour arriver dans la salle à manger.

Dès qu'il vit la table couverte d'une nappe blanche comme neige et qu'il sentit l'arôme léger du pain frais et de la viande rôtie, Clovis sut que tout irait pour le mieux. Il se rappela l'hôtel Paradiso et tous ces autres endroits où il avait dû avaler une nourriture épouvantable ! Un sourire radieux vint alors embellir considérablement ses traits. Même sa mère adoptive n'aurait pu préparer un meilleur repas. Le velouté d'asperges était délicieux et crémeux, le rosbif était cuit à point, un peu rose au centre, les patates fondaient dans la bouche. Pour le dessert, ils eurent un magnifique gâteau à la crème.

Clovis mangea et décida par la même occasion qu'il pourrait sans doute tenir une semaine, ou même deux, avant d'avouer la supercherie. Finn serait content du délai supplémentaire, et il serait dommage de rater d'autres bonnes choses en partant : le gâteau au gingembre, le mouton bouilli aux câpres, peut-être... et on pouvait être certain que la graisse du rôti de porc serait parfaitement croquante.

Quant aux elfes, elles aussi étaient très satisfaites à leur retour à la maison.

« Ça ne me dérangerait pas, moi, de l'épouser, déclara Hope, l'aînée.

– Moi non plus, renchérit Faith.

– Ni moi, déclara Charity. Ça ne me dé-dé-dérangerait pas du tout. »

Puis elles poussèrent un soupir toutes en même temps.

« Maman nous dira à qui il est destiné, déclara Hope. Pourvu que ce ne soit pas Prudence. »

Prudence portait encore des couches et était beaucoup trop petite pour être dans la course. Mais elle avait des cheveux bouclés et des fossettes et ses sœurs ne pouvaient pas la supporter.

Clovis, de son côté, était confortablement installé entre des draps de lin frais et d'une propreté irréprochable. Pas de moustiquaire, pas de papier tue-mouches, pas de cafards... Oui, il pouvait sans problème rester toute une semaine. Il en avait fait la promesse à Finn et il s'y tiendrait.

Mais Sir Aubrey n'était pas encore couché. Il s'était rendu jusque dans la galerie de portraits en boitillant et était resté un long moment à contempler le portrait d'Alwin Taverner dans son uniforme d'officier de marine.

La ressemblance était vraiment frappante. Le nez, les yeux, la façon dont les cheveux retombaient sur le front, on retrouvait tous ces traits chez le garçon.

Il arrive que ce type de ressemblance saute une génération et réapparaisse à la suivante de façon spectaculaire, songea Sir Aubrey. C'était cela, le plus stupéfiant, dans les liens du sang.

Chapitre 16

Finn était parti depuis trois jours et la vie au bungalow était plus sinistre encore.

Mlle Minton assurait toujours ses leçons mais, même si Maia travaillait avec autant d'application et peut-être même plus, c'était toujours sans en éprouver la moindre joie. Elle en avait assez de lire toutes sortes de choses sur la faune et la flore, elle voulait voir les animaux et cueillir les plantes. Elle voulait désormais être là-bas, dans la forêt, commencer une vraie vie, et même si Mlle Minton adorait les livres, elle ne pouvait s'empêcher de comprendre Maia.

La température montait comme on approchait de la saison sèche. Dans sa chambre, Mlle Minton enleva son corset et le remit. Ce n'était pas qu'elle avait peur de Mme Carter, mais elle savait qu'une femme anglaise ne devait pas se défaire de ses sous-vêtements, et puis elle avait dit à Maia de ne pas faire toute une histoire au sujet du départ de Finn. Si Maia tenait le coup face à cette séparation, elle pouvait de son côté supporter l'allergie à la chaleur qui se propageait le long de son dos.

En même temps, elle surveillait Maia de près car il était maintenant évident que le comportement des Carter devenait très bizarre. Alors que ses affaires périclitaient, M. Carter passait de plus en plus de temps dans son bureau, à admirer ses yeux de verre. Et comme personne dans sa famille ne s'y intéressait, il les montrait à Maia.

« Regarde-moi celui-ci, lui dit-il. C'est l'œil gauche d'un clochard qu'on a retrouvé mort dans le fossé à Wimbledon. Regarde un peu comme on a peint les veines. On imagine mal comment un clochard a pu se payer ça.

– Peut-être que c'était quelqu'un de très important qui est devenu clochard par la suite », suggéra Maia. Mais ces yeux commençaient à hanter ses rêves.

Mme Carter avait organisé ce qu'elle appelait le garde-manger dans une armoire placée au milieu de l'entrée. Mais il n'y avait pas de nourriture dans ce garde-manger. Au lieu de conserves de prunes ou de mottes de beurre, on avait mis sur les étagères des bouteilles sur lesquelles on pouvait lire « Poison », des masques de protection et des gants en caoutchouc. Il y avait des bocaux en verre contenant de l'hydrate de chlore, des sprays et une très grosse bouteille avec une étiquette sur laquelle on pouvait lire : « Anti-cafards. Ne pas mettre à proximité d'une flamme. »

« On sera tranquilles maintenant, dit-elle aux filles. Plus d'insectes autour de nous. »

Elle s'était aussi mise à parler au portrait de Lady Parsons, accroché au mur du salon.

Maia l'entendit déclarer au visage rougeaud de cette grande dame :

« Vous aviez raison, Lady Parsons. J'aurais dû laisser Clifford aller en prison au lieu de l'amener ici. Regardez où nous en sommes maintenant ! »

Un jour, Maia entra dans le salon et trouva le portrait décoré de rubans rouges.

« J'espère que vous n'avez pas oublié que c'est aujourd'hui l'anniversaire de Lady Parsons, dit Mme Carter aux jumelles. Vous vous rappelez le jour où elle a eu la bonté de partager son gâteau avec vous ?

– Oui, maman, nous n'oublierons jamais.

– C'était quel gâteau ? » demanda Maia.

Elle avait parlé sans réfléchir, juste pour se montrer polie. Rien ne l'intéressait moins que le gâteau qu'avait partagé Lady Parsons avec Béatrice et Gwendolyn quand elles étaient encore en Angleterre.

Les jumelles lui lancèrent un regard furieux. Lady Parsons n'appartenait qu'à elles ! Et rien de tout cela ne regardait Maia.

« C'était une brioche avec du sucre glace rose.

– Non, maman, le sucre glace était blanc, dit Béatrice.

– Pas du tout. Il était couvert de pâte d'amande et de chocolat », dit Gwendolyn.

La conversation se poursuivit ainsi, mais Maia avait déjà oublié le gâteau et pensait à Finn.

Où était-il maintenant ? Avait-il assez de bois pour la chaudière ? Ses cartes étaient-elles suffisamment précises ? Est-ce qu'elle lui manquait ?

Elle lui manquait, en effet, beaucoup plus qu'elle n'aurait pu le deviner. Il n'avait jamais parcouru de longues distances seul sur l'*Arabella* et ce n'était pas aussi facile qu'il l'avait espéré. Quand il naviguait, tout allait bien, en revanche quand il s'agissait d'accoster pour la nuit ou de repartir le lendemain à l'aube, il aurait donné n'importe quoi pour un coup de main. Mais pas de n'importe qui, un coup de main de Maia. Elle était une équipière hors pair, vive et intelligente, et il en était venu à lui faire totalement confiance.

Et puis elle était gentille. Elle comprenait la plaisanterie et s'intéressait à tout, elle posait toutes sortes de questions sur les oiseaux et les plantes. Le matin même, il s'était surpris à dire : « Regarde Maia ! » en voyant un céphaloptère posé sur une branche, et quand il s'était rendu compte qu'elle n'était pas là, cette créature exotique avec son ombrelle de plumes avait perdu tout son intérêt. Finalement, quoi de plus normal que de souhaiter partager ce genre d'émotions. Il entendait encore la voix de son père qui lui disait au moins dix fois par jour : « Regarde Finn, regarde par là. »

Mais son père était mort, lui avait quitté Maia, et cette solitude qu'il avait toujours appréciée devenait pesante.

Il s'était arrêté au bord d'une étendue de sable, un endroit magnifique, abrité par des palmiers à larges feuilles et avait trouvé un nid de tortues. Un banc de poissons striés de noir passa le long du bateau. Il en avait attrapé quelques-uns un peu plus tôt, en utilisant des petits morceaux de banane comme appâts, et ils lui avaient fourni un délicieux dîner. Il avait à peine entamé ses provisions, et l'*Arabella* suivait son chemin sans poser de problèmes.

Qu'est-ce qui m'arrive ? songea Finn.

Il faisait exactement ce que lui avait conseillé son père. Il partait retrouver les Xantis, mais il se demandait s'il avait bien raison. Il y avait autant de chances pour qu'ils le transpercent d'une flèche que pour qu'ils l'accueillent à bras ouverts.

Le chien qui dormait recroquevillé à l'avant du bateau frappa le plancher de sa queue se mit sur ses pattes, puis vint lui offrir une caresse de son museau pour lui apporter un peu de réconfort.

« C'est bon, c'est bon, dit Finn à son chien. Ça va aller, Rob. »

Mais il n'y avait pas que la solitude qui lui pesait. Il savait qu'il n'aurait pas pu emmener Maia, il n'avait aucune idée de ce que serait l'issue de cette expédition, et de toute manière, Mlle Minton ne l'aurait jamais autorisée à partir.

Mais quand même... il avait le sentiment qu'il n'aurait pas dû la laisser.

Les paroles de Clovis lui revinrent en mémoire :

« Maia ne devrait pas vivre dans une maison qui a été maudite. »

Oh, ce n'étaient que des bêtises, bien sûr... Il avait demandé à Furo et aux autres de veiller sur elle, et ils le lui avaient promis.

Cependant l'autre aspect de sa personnalité, son côté indien, l'incitait à croire à des idioties comme les prémonitions et les intuitions, tous ces sentiments qui vous assaillent sans qu'on en comprenne la raison. Tout d'un coup, furieux contre lui-même, il alla jusqu'à son sac à dos, alluma la lampe à pétrole et se plongea dans la lecture de *La Guerre des Gaules* de César.

« Après avoir traversé le pays des Menapis », traduisit-il. Il redevint alors un écolier anglais comme les autres, en train de faire ses devoirs.

Une semaine environ après le départ de Finn, le grand événement que les jumelles avaient attendu avec une telle impatience se produisit enfin. Le colonel Da Silva se présenta chez elles, dans le bateau de la police, apportant la récompense pour la capture du fils de Bernard Taverner.

Comme il l'avait promis, cette récompense leur était versée en devise brésilienne afin de pouvoir être partagée en deux parts égales, mais il conseilla aux jumelles de placer cet argent à la banque dès que possible.

« Si vous n'avez pas de compte, vos parents pourront l'encaisser pour vous. »

Mais les jumelles n'avaient pas du tout l'intention d'agir de la sorte. Da Silva était à peine reparti qu'elles comptaient déjà leurs liasses respectives sur la table de la salle à manger.

Vingt mille *milreis*... chacune !

Pendant quelques instants, le bonheur de Béatrice et Gwendolyn fut complet.

Mlle Minton et le Pr Glastonberry s'étaient liés d'amitié. Il avait montré le papillon qu'elle avait trouvé au collectionneur à Manaus qui l'avait acheté. Il lui avait aussi prêté une boîte spéciale pour les échantillons et un liquide pour les préserver. Même si elle n'avait rien trouvé depuis qui vaille la peine d'être vendu, elle était secrètement très fière d'être devenue botaniste.

Comme Maia déjeunait désormais chez les Haltmann après ses leçons de musique, Mlle Minton retrouvait le professeur dans le petit café qu'il lui avait montré. Mais on pouvait se lier d'amitié sans pour autant déballer d'un coup tous ses problèmes, et Mlle Minton avait longtemps hésité avant de partager avec le professeur ses inquiétudes quant à Maia. Ce ne fut que lorsqu'il lui demanda lui-même de ses nouvelles qu'elle s'autorisa à dire :

« Je n'aime pas tellement la façon dont la situation évolue chez les Carter. Les jumelles persécutent Maia ouvertement et leur mère semble vivre dans un monde imaginaire. Elle parle au portrait de Lady Parsons et parfois je crains qu'elle ne... »

Mais Mlle Minton en resta là, car elle ne voulait pas admettre que son employeur était peut-être en train de perdre la tête.

« Les affaires de M. Carter doivent leur créer toutes sortes d'angoisses, dit le professeur. J'ai cru comprendre que Gonzales réclame son dû à cor et à cri. Et je crois qu'ils lui doivent une énorme somme d'argent. Vous ne pourriez pas emmener Maia ailleurs ? »

Mlle Minton marqua un temps d'hésitation. Elle préférait ne pas révéler ses projets, même au professeur, avant d'avoir la certitude de pouvoir les mener à bien. Elle se contenta donc de répondre :

« J'ai écrit à M. Murray. »

Puis elle s'enquit du travail du professeur et il poussa un long soupir.

« Carruthers est mort », dit-il et son grand front rose se plissa comme le visage d'un bulldog attristé.

Mlle Minton attendait de plus amples explications. Il ne lui semblait pas avoir encore entendu parler de Carruthers.

« C'était un homme exceptionnel. Il en savait plus sur les espèces disparues que n'importe quelle autre personne que j'ai rencontrée, mais ils l'ont persécuté sans relâche.

– Qui l'a persécuté ?

– Les "vrais" scientifiques. Vous auriez dû voir ce qu'ils ont écrit à son sujet dans leurs revues. *"Un rêveur, un utopiste, un homme qui se laissait égarer par toutes sortes de mythes et de légendes, toujours à la recherche de l'introuvable..."*

– Et qu'est-ce qu'il recherchait ? »

Le professeur reposa sa fourchette. Il regarda dans le lointain. Puis il répondit :

« Le paresseux géant.

– Les os, vous voulez dire ? Le squelette ? Comme votre côte ?

– Non, l'animal lui-même. Il était convaincu que l'espèce ne s'est pas entièrement éteinte. Les indigènes racontent toutes sortes d'histoires sur cet animal, ils l'appellent le *Maupugari*, une immense créature au poil roux qui marche sur ses griffes recourbées. On l'aperçoit de temps à autre, rarement, dit-il avec un soupir. C'est grâce à Carruthers que je me suis intéressé aux paresseux, nous étions camarades à Cambridge. Et maintenant...

– De quoi est-il mort ? »

Le professeur haussa les épaules.

« Il menait des recherches quelque part dans le Matto Grosso et il a attrapé la fièvre. On meurt facilement dans cette région. Mon avis personnel, c'est qu'ils lui ont brisé le cœur. »

Mlle Minton attendit patiemment tandis qu'il essuyait ses larmes avec un mouchoir. Puis elle ajouta :

« Ce n'est peut-être pas la pire des fins. Il travaillait encore... il se consacrait à ses recherches... C'est mieux que de mourir dans un hôpital entouré d'inconnus.

– Oui, oui, vous avez raison, mais j'aurais tant aimé... »

Tout d'un coup, une idée se forma dans l'esprit de Mlle Minton.

« Et vous ? Vous pensez qu'il avait raison ? Qu'il existe encore des paresseux géants ? Est-ce que vous êtes d'accord avec lui ? »

Le professeur devint tout rouge.

« Non, non, dit-il. C'est très improbable. »

Mais il n'osa pas croiser son regard.

Mlle Minton rassembla alors ses affaires.

« Je dois aller chercher Maia, elle a dû finir sa leçon de piano », dit-elle.

Mais elle ne se rendit pas directement chez les Haltmann après avoir quitté le restaurant. Elle traversa la place, descendit la rue qui menait jusqu'à la maison des Keminsky et demanda à s'entretenir avec la comtesse.

Le professeur ne s'était pas trompé sur Gonzales. Il se présenta chez les Carter le lendemain, accompagné de deux personnages à la mine patibulaire.

Gonzales était un Brésilien qui faisait du commerce le long de l'Amazone depuis des années. Ce n'était pas quelqu'un de très sympathique, mais il était honnête en affaires et avait perdu patience avec M. Carter.

Ce dernier le fit entrer dans son bureau, mais les murs n'étaient pas très épais et il était impossible de ne pas entendre leur conversation.

« Ça commence à suffire, dit-il en portugais, soit vous me payez entièrement ce que vous me devez, soit je vous traîne devant les tribunaux. »

On entendit alors la voix geignarde de Carter qui lui répondait :

« Donnez-moi encore quelques semaines, pas plus. On me livre une cargaison de caoutchouc en provenance du Nord, dont je devrais tirer un bon prix.

– Ce n'est pas ce que j'ai entendu dire », rétorqua Gonzales.

On entendit leurs voix pendant quelque temps encore : Gonzales criait et Carter marmonnait. Puis Gonzales ouvrit violemment la porte, s'inclina devant Mme Carter, fit signe à ses deux gorilles de le suivre, et partit.

Pendant les deux jours qui suivirent la visite de Gonzales, M. Carter essaya de mettre de l'ordre dans ses papiers et ses factures. Il alla même jusqu'à s'aventurer dans la forêt, ce qu'il ne faisait jamais, pour prodiguer ses encouragements aux ouvriers qui ne l'avaient pas encore quitté.

Puis un petit colis arriva d'Angleterre, avec le plus bel objet qu'il eût jamais vu : un double jeu d'yeux bleu marine.

« Ils appartenaient à un capitaine de l'armée française. Il a été déchiqueté au milieu d'une bataille. Regarde comme ils sont bien assortis, c'est incroyable ! »

Et il disparut à nouveau dans son bureau, d'où il ne ressortait plus, sauf pour les repas.

Mme Carter décida de s'adresser à Lady Parsons. Elle cachait ce qu'elle venait d'écrire chaque fois qu'on entrait dans la pièce. Elle fit plusieurs brouillons et les déchira. Quand elle fut enfin satisfaite de ce qu'elle avait écrit, elle alla elle-même poster la lettre à Manaus.

Quant aux jumelles, leur bonheur ne dura pas longtemps. Elles firent d'abord des listes de ce qu'elles allaient acheter : des robes, des chapeaux, des boîtes de chocolat. Si Béatrice décidait de commander une robe à volants en organdi rose, Gwendolyn commandait la même en bleu. Lorsque Béatrice songea qu'elle s'achèterait un vrai parfum, Gwendolyn déclara qu'elle en avait assez de l'eau de lavande et qu'elle ferait la même chose.

« Arrête de me copier », dit Béatrice furieuse. Gwendolyn lui adressa un regard vide. Les jumelles n'avaient jamais rien fait d'autre que se copier mutuellement.

Mme Carter leur demanda de partager une partie de leur argent avec leurs parents.

« Votre père traverse une période très difficile, les filles, je crois qu'il serait généreux de votre part de permettre à toute la famille de bénéficier d'un peu de votre chance », dit-elle.

Mais les jumelles refusèrent catégoriquement.

« Cet argent est à nous et nous en avons besoin. Il ne manquerait plus que Maia ait de l'argent et pas nous. Et nous voulons qu'elle s'en aille. »

Les jumelles devinrent soupçonneuses à partir de ce moment-là. D'abord à l'égard de leur mère, puis des domestiques.

« Ils sont toujours à rôder autour de nous », disaient-elles en s'agitant.

D'ailleurs c'était vrai. Tapi et les autres, se souvenant de la promesse qu'ils avaient faite à Finn, profitaient de toutes les occasions pour s'assurer que Maia allait bien.

En conséquence, les jumelles n'eurent plus qu'une idée en tête : dissimuler leur argent. La nuit, Béatrice cachait ses billets de banque dans un vieux berceau de poupée toujours à proximité de son lit. Gwendolyn mettait les siens sous son matelas.

Elles emmenaient leur argent même aux toilettes, et à la salle à manger pendant les leçons.

Elles avaient renoncé à faire des plans sur la façon dont elles le dépenseraient. Elles se contentaient de le compter et de le recompter en gloussant de plaisir.

Puis après s'être méfiées de tout le monde, les jumelles se méfièrent l'une de l'autre. Elles tirèrent un fil de coton entre leurs lits pour qu'aucune d'entre elles ne puisse se lever la nuit sans que l'autre ne l'entende. Puis quand Béatrice eut une irritation de la gorge qui l'empêcha d'aller à sa leçon de danse, Gwendolyn refusa d'y aller elle aussi, de peur que sa sœur ne lui vole son argent pendant son absence.

Mais ce n'était pas l'attitude des jumelles qui préoccupait Maia. De toute façon, elles lui avaient toujours semblé bizarres. Ce qui l'inquiétait le plus, c'était cette impression que Minty lui cachait quelque chose. Que sa gouvernante avait un secret.

Quelques jours après la visite de Gonzales, elle alla frapper à la porte de Mlle Minton. Elle la surprit à genoux en train de ranger des livres dans une cantine.

Elle releva la tête vivement et referma le couvercle de sa malle, mais pour la première fois, Maia eut le sentiment qu'elle l'interrompait dans des activités qui ne la regardaient pas.

« Je range quelques livres, j'ai trouvé des fourmis dans Shakespeare.

– Ça doit être des fourmis drôlement résistantes pour avoir survécu aux insecticides de Mme Carter, répondit Maia.

– Les fourmis sont effectivement des créatures très résistantes », dit Mlle Minton et elle changea immédiatement de sujet.

Mais Maia se sentait toujours très perturbée, car elle avait le sentiment qu'en vérité, Mlle Minton faisait ses valises !

Oh, Finn, songea Maia, *je sais que je devrais être contente de te savoir libre et heureux, et d'ailleurs j'en suis sincèrement très contente. Seulement, je ne sais plus ce que je dois faire ici.*

Mais Finn n'était pas heureux. Tout allait au ralenti, y compris le bateau, et il n'arrivait pas à se défaire de ce nœud à l'estomac.

Il avait amarré son embarcation à un arbre énorme, l'eau coulait doucement dans ce profond canal. On n'aurait pas pu rêver mieux.

Alors pourquoi était-il dans un tel état ? Il avait dîné de fèves et de maïs grillé, un tas de bûches était empilé sur le pont, le chien était parti à terre pour chercher sa nourriture et était revenu avec un air satisfait et du sang sur les babines.

Tout allait pour le mieux.

Une tribu de singes hurleurs s'agitaient dans les branches des arbres en poussant leurs cris qui ressemblaient parfois à des éclats de rire, mais ils s'interrompirent en voyant arriver l'*Arabella*.

J'aurais peut-être dû aller à Westwood, songea Finn. *Ils m'auraient obligé à me défaire de toutes ces sottises, ces prémonitions de catastrophes...*

Quel désastre pouvait bien s'abattre sur Maia dans le bungalow des Carter ? Le problème, chez les Carter, c'était justement qu'il ne s'y passait jamais rien. Il n'y avait pas maison plus ennuyeuse au monde, et les Indiens lui avaient promis de veiller sur elle. « Il n'arrivera rien de mal à ton amie », lui avait dit Furo.

Alors pourquoi ressentait-il un malaise toujours plus grand ?

Il se rappelait la scène d'adieu. Maia était sortie de la maison dans sa robe de chambre, elle avait couru d'un pas léger, mais quand elle l'avait serré contre elle, il avait été impressionné par sa force.

Non, Maia s'en tirerait sans problème.

« Je ne ferai pas demi-tour », dit Finn à haute voix, et dans les arbres, les singes rejetèrent la tête en arrière et se mirent à hurler de rire.

Chapitre 17

Clovis redoutait par-dessus tout qu'on l'oblige à faire de l'équitation. Il avait vu les chevaux dans les écuries, et ils lui paraissaient très grands et très nerveux. Si Sir Aubrey décidait de le faire monter, Clovis avouerait tout immédiatement et retournerait chez sa mère adoptive en emportant l'argent que lui avait donné Finn.

Mais la semaine de son arrivée à Westwood, Sir Aubrey le convoqua dans son bureau, car il avait de mauvaises nouvelles à lui annoncer.

« Je veux que tu sois courageux, mon garçon. Il faudra faire face à cette décision comme un homme, et comme un Taverner. »

Clovis sentit les battements de son cœur qui s'accéléraient. Est-ce que quelqu'un était mort ? Maia peut-être ? Ou sa mère adoptive ? Et si c'était le cas, comment Sir Aubrey aurait-il pu l'apprendre ? Ou plus simplement, avait-on finalement découvert son imposture ?

« Je ne te cacherai pas que la Frappeuse, ou plutôt ta tante Joan, n'est pas d'accord avec moi sur cette question.

Elle s'apprêtait déjà à te donner des leçons, et elle avait choisi une belle petite jument bien nerveuse pour te faire démarrer. Pas un animal mou ou de second choix, un vrai pur-sang. Tu aurais pu faire du saut d'obstacle au bout de quinze jours à peine. Mais je crois malheureusement que je ne pourrai pas t'y autoriser.

– M'autoriser quoi ? demanda Clovis.

– L'équitation. Je ne peux pas t'autoriser à monter sur un cheval. Tu imagines ce que me coûte cette décision. Les enfants Taverner ont toujours été des cavaliers, dès l'âge de deux ans. Mais après le terrible accident de Dudley... » Sir Aubrey avait les larmes aux yeux et il détourna bien vite la tête. « S'il y avait un autre héritier pour Westwood, je te laisserais courir ce risque, mais maintenant que Bernard et Dudley ont tous deux disparu... » Il posa la main sur l'épaule de Clovis. « Tu encaisses bien cette nouvelle mon garçon. Même très bien. Comme un homme. J'avoue que je m'attendais à des caprices et à des scènes pénibles.

– C'est une déception, en effet », répondit Clovis en se demandant s'il devait s'effondrer tout d'un coup et se mettre à pleurer, ce que des acteurs apprennent à faire à volonté. Mais finalement, il se contenta d'avaler bruyamment sa salive. « Je me faisais une joie, bien sûr, de... » puis il se tourna vers la fenêtre et vit la Frappeuse, qui galopait sur un furieux cheval bai à travers un pré. « Mais je comprends, il faut penser avant tout à Westwood. »

Sir Aubrey hocha la tête.

« Tu es un bon garçon. Personne ne pourra jamais remplacer Dudley, bien sûr mais... »

Il sortit son mouchoir et se moucha furieusement.

« Il y a encore autre chose. À propos de tes études. Bernard était une vraie mauviette dans son école. Mais Bernard était une mauviette dans tous les domaines. En tout cas, je pense que tu es un peu trop âgé pour aller en pensionnat. En général, les garçons quittent la maison à sept ou huit ans, et tu te sentirais un peu à l'écart. Je vais donc engager un précepteur. Il viendra le mois prochain quand tu te seras bien acclimaté.

– Merci, répondit Clovis, avant d'ajouter : je crois que je ne suis malheureusement pas très doué pour les études. »

Sir Aubrey parut choqué.

« Dieu merci, mon garçon ! Il ne me manquerait plus que ça ! Les Taverner n'ont jamais été des rats de bibliothèque, à part ton père, et regarde où ça l'a mené. »

Clovis descendit l'escalier et sortit dans le jardin où les elfes l'attendaient pour jouer au ballon. S'il n'était pas obligé de monter à cheval, il pourrait tenir encore une semaine ou deux avant d'avouer. La perspective de passer aux aveux ne lui plaisait pas du tout, d'abord parce que tout le monde serait furieux, et ensuite parce que Sir Aubrey serait très déçu. Il s'était visiblement beaucoup adouci depuis l'époque où Bernard était un enfant. Clovis savait que ça arrivait aux vieux lords vers la fin de leur vie.

Ce fut au cours du déjeuner que Clovis trouva le moyen d'aller rendre visite à sa mère adoptive dans les jours à venir. Elle saurait ce qu'il fallait faire, et il voulait être sûr qu'elle était encore là, dans son cottage devant la place du village, avant de faire tomber son masque.

Le majordome débarrassa l'assiette à dessert de Clovis et la remplit avec une deuxième part de crumble aux pommes. Dans les cuisines, on se félicitait du plaisir que prenait le jeune héritier à manger. Malheureusement, la cuisinière était fiancée et partirait peu après son mariage.

Mme Bates, la mère adoptive de Clovis, vivait dans le dernier cottage au bout d'une rangée sur la place centrale de Stanton. Son mari était mort avant qu'elle ne recueille Clovis, mais elle était travailleuse et économe, et bien qu'elle fût obligée de passer ses journées à gagner sa vie dans les grandes demeures de la région, sa maison et son jardin étaient parfaitement entretenus.

Clovis était venu en bus. Sir Aubrey lui avait donné un billet de dix shillings pour son argent de poche, et il n'était donc pas nécessaire de dépenser l'argent que lui avait donné Finn.

En traversant la place, Clovis eut l'impression que rien n'avait changé. Le puits était toujours là, près du grand chêne, et quelques garçons couraient après un ballon de football. Cela faisait quatre ans qu'il était parti et ils étaient trop jeunes pour se souvenir de lui.

Mais lorsqu'il frappa à la porte du cottage, et l'ouvrit, Mme Bates devint toute rouge, puis toute pâle et le serra contre elle, les larmes aux yeux.

« Jimmy, répétait-elle, tu es de retour, Jimmy ! Comme tu as grandi. Mon Dieu, comme tu es beau, tu es tellement chic ! Décidément, les Goodley ont fait du bon travail.

– Pas tout à fait. La troupe a fait faillite, alors je suis revenu.

– Et comme tu parles bien ! Je n'arrive pas à y croire. Et moi qui me disais que je ne te reverrais jamais. Assieds-toi mon garçon. Il y a des scones au four, ils seront prêts dans un instant. Et il y a du lait, qui vient juste d'être tiré. »

Tout en discutant avec sa mère adoptive, Clovis observait la pièce. Il avait été Jimmy Bates, puis Clovis King, et maintenant Finn Taverner, mais ici rien n'avait bougé. L'alphabet au point de croix était toujours accroché au-dessus de la cheminée, la bouilloire en cuivre était posée sur la cuisinière, et un géranium rose ornait le rebord de la fenêtre. Mais tout lui paraissait plus petit, et... plus pauvre, en fait. Sa mère adoptive avait-elle connu des temps difficiles ? Son tablier était soigneusement reprisé, mais on avait l'impression qu'il y avait plus de fil que d'étoffe. Et le tapis avait-il toujours été aussi râpé ?

« Comment se sont passées les choses, pour toi, maman ? lui demanda-t-il.

– Oh, ça n'a pas toujours été facile, mais je fais la cuisine pour une ou deux familles dans le village, et je m'en sors, avec l'aide du jardin potager. Oui, je m'en sors plutôt bien. »

Elle se dirigea vers le four et en sortit les scones.

« Voilà, dit-elle en apportant du beurre et de la confiture de fraise faite maison. Raconte-moi tout mon garçon. Depuis le moment où les Goodley t'ont emmené avec eux. Je veux tout savoir. »

Clovis commença alors son récit. Il évoqua les années d'errance qu'il avait connues, l'absence de confort, le salaire misérable qu'il touchait, mais il parla aussi des bons moments, au début, quand il avait été l'enfant chéri des Goodley et qu'il avait du plaisir à être sur scène.

« Je t'ai écrit des cartes postales, mais ils oubliaient toujours de me donner des timbres.

– Je n'en ai reçu qu'une, dit Mme Bates. Oh, tu m'as manqué, mon petit Jimmy.

– Toi aussi tu m'as manqué », dit Clovis en mordant dans un scone.

Les scones à Westwood étaient excellents, mais ceux-ci étaient encore meilleurs.

Puis il lui parla de sa dernière expédition, sur l'Amazone, de sa rencontre avec Maia et Mlle Minton, et du désastre de la représentation du *Petit Lord Fauntleroy*.

Mme Bates avait l'impression d'écouter un conte de fées.

« Continue, continue », disait-elle.

Clovis lui décrivit alors ce qui lui était arrivé avec Finn dans le lagon et le stratagème qu'ils avaient monté pour que Finn puisse être libre et que Clovis rentre en Angleterre.

Mais la pauvre Mme Bates prit cette nouvelle avec inquiétude et perplexité.

« Tu veux dire que tu prétends être quelqu'un d'autre ?

– C'est le propre de l'acteur, répondit Clovis.

– Oui, mais tout le monde sait qu'ils font semblant, les acteurs, rétorqua-t-elle en secouant la tête. Alors comme ça, à Westwood, ils pensent que tu es leur héritier ? Ils le pensent encore maintenant ?

– Oui, mais je sais que je vais devoir avouer la vérité.

– Absolument, Jimmy ! Tu ne peux pas vivre dans le mensonge. Cette maison immense... J'ai entendu dire que c'était magnifique. Il faut que tu leur dises tout, tout de suite. Et bien sûr, tu pourras revenir vivre ici. Les temps sont durs, mais on s'en sortira.

– Merci », dit Clovis.

Il jeta à nouveau un regard circulaire sur le cottage. C'était drôle quand même, comme il était exigu ! Il avait eu tellement envie d'être de retour ici quand il vivait avec les Goodley, mais maintenant...

Il savait pourtant que sa mère adoptive avait raison. Il avouerait la vérité. Et dès le lendemain.

Mais il n'était pas facile de trouver le bon moment. Le lendemain, Sir Aubrey s'était enfermé avec son intendant. Le surlendemain, on l'avait emmené à York pour une visite de routine chez son médecin.

Trois jours après la visite de Clovis chez sa mère adoptive, Sir Aubrey proposa au garçon une petite promenade dans le parc. Il prit sa canne et une paire de jumelles, se coiffa de sa casquette en tweed et ils se mirent en route.

« Il est temps que tu te familiarises avec le domaine », déclara-t-il à Clovis.

Mais avant de traverser la cour, Sir Aubrey marqua une pause devant la statue décapitée. Il toucha le cou avec sa canne puis donna un petit coup sur la tête et le nez ébréchés qui étaient restés à terre.

« Il y a quelque chose que je voudrais te demander, mon garçon, dit-il. C'est à propos de cette statue. Est-ce que tu pourrais laisser la tête comme elle est, quand je ne serai plus là ? Pour Dudley. Ce serait comme un souvenir. »

Il renifla et se moucha.

« Quand vous ne serez plus là ?

– Oui, quand j'aurai cassé ma pipe, quand je mangerai les pissenlits par la racine, quand je serai mort, quoi. Quand tout ça sera à toi. »

Clovis reprit son souffle. C'était le moment. Il ne pouvait continuer à mentir ainsi.

« En vérité, fit-il, j'ai quelque chose à vous dire. »

Il devint écarlate, mais rassembla tout son courage pour continuer. « Vous voyez... » C'est à ce moment-là qu'il fut interrompu par des rugissements féroces. La Frappeuse, montée sur un gigantesque cheval noir venait vers eux au galop en traversant le pré. Les trois elfes suivaient sur leurs poneys, inquiètes et frigorifiées.

« Nous sommes venues inviter ce garçon à prendre le thé, aboya la Frappeuse. Les filles veulent jouer aux devinettes avec lui. »

Ainsi s'acheva la première tentative de Clovis pour confesser son imposture.

Il se retrouva à nouveau seul en compagnie de Sir Aubrey après le dîner, alors qu'ils prenaient leur café au salon.

Le feu brûlait dans la cheminée. Sir Aubrey dormait à moitié et paraissait de très bonne humeur. Peut-être ne se mettrait-il pas dans une terrible fureur.

« Sir Aubrey, j'ai quelque chose à vous dire.

– Grand-père, je t'ai déjà dit de m'appeler grand-père.

– C'est que vous voyez, je crois qu'il y a eu une erreur... une sorte de confusion. Les corbeaux... euh... je veux dire M. Low et M. Trapwood m'ont pris pour quelqu'un d'autre. Et... »

Il raconta son histoire à toute vitesse, les yeux rivés sur le tapis. Quand il eut fini, il releva la tête, s'attendant à des éclats de toutes sortes.

Sir Aubrey était avachi sur sa chaise, un bras pendait mollement sur un accoudoir et un ronflement rauque et satisfait s'échappait de sa poitrine.

Il n'avait pas entendu un traître mot de ce que venait de lui dire Clovis.

Après cet épisode, Clovis faillit abandonner. Seule la pensée de ce que dirait sa mère adoptive s'il ne révélait pas la vérité l'encourageait à persévérer. Il arriva à ses fins au bout de sa troisième semaine à Westwood.

Il se trouvait dans la galerie de portraits avec Sir Aubrey. Le vieillard aimait l'y conduire et il aimait tout particulièrement mettre Clovis à côté du portrait de l'amiral Alwin Taverner coiffé de son bicorne. Il montrait alors au jeune homme toutes les ressemblances qui existaient entre lui et ce personnage.

« Regarde le nez, mon garçon, comme il part en trompette ! Exactement comme le tien. »

Clovis eut le sentiment qu'il ne pourrait pas supporter une telle scène encore une fois, et avant qu'on puisse l'emmener devant le portrait d'un autre de ses arrière-grands-oncles, il reprit sa respiration et commença sa confession.

« Sir Aubrey, je dois vous avouer quelque chose...

– Grand-père, fit le vieillard en l'interrompant. Je t'ai déjà dit de m'appeler grand-père. »

Clovis était au désespoir.

« Oui, mais voyez-vous, vous n'êtes pas vraiment mon grand-père. Il y a eu une erreur. En fait, je suis... » Et cette fois, il parvint à raconter son histoire jusqu'au bout en parlant très vite.

Clovis avait souvent essayé d'imaginer ce qui lui arriverait après avoir avoué la vérité. Il s'imaginait Sir Aubrey dans une rage incontrôlable, ou glacial, ou blessant.

Mais même dans ses pires cauchemars, il n'avait jamais envisagé ce qui arriva alors.

Chapitre 18

Les jumelles n'avaient toujours pas décidé ce qu'elles achèteraient avec leur argent et elles ne l'avaient toujours pas déposé à la banque. Elles avaient cousu deux petits sacs en calicot qu'elles portaient autour du cou, même pendant leurs leçons. Les deux bourses leur tombaient sur l'estomac, et de temps à autre elles les tapotaient pour s'assurer que l'argent était toujours là.

« On dirait des kangourous souffrant d'indigestion », avait dit Maia.

Mais ce qui la perturbait le plus, c'était le comportement de Mlle Minton. Elle avait pris l'habitude de partir toute seule, et lorsque Maia lui demandait où elle allait, elle répondait toujours à côté.

Et Maia se demandait si elle avait effectivement fait sa valise.

Les jumelles, bien sûr, ne rataient jamais une occasion de la narguer.

« Ta chère Minty a un secret, et nous le connaissons, disait Béatrice.

– Mais nous n'allons pas te le dire, renchérissait Gwendolyn.

– Seulement, ne t'imagine pas qu'elle va rester auprès de toi. »

Maia dut attendre que Minty perde patience avec les jumelles pour se rendre compte que la situation se détériorait.

Elles faisaient un exercice d'anglais dans le manuel du Dr Bullman.

« Béatrice, peux-tu me donner un exemple d'allitération ? demanda Mlle Minton.

– Non, je ne sais pas, répondit Béatrice.

– Et toi, Gwendolyn ? »

Gwendolyn secoua la tête.

« Moi non plus. »

Mlle Minton était très gênée par son corset, pourtant, elle parvint à garder son calme.

« Lis la définition qu'en donne le Dr Bullman. Béatrice ! En haut de la page !

– Une alli... té... ra... tion est un ensemble de mots commençant par la même lettre ou contenant la même lettre. »

Elle marqua une pause, donna une petite tape au sac qu'elle portait autour du cou, puis ajouta :

« Je ne sais pas ce que ça veut dire. »

Mlle Minton qui le lui avait déjà expliqué deux fois s'y reprit une troisième fois.

« Imagine que tu dises : "Pour qui sont ces serpents qui sifflent sur nos têtes..." »

C'est ce moment que choisit Mme Carter pour entrer dans la salle à manger.

« Eh bien, Mlle Minton, comment les filles progressent-elles ? Il est temps d'envoyer un rapport au Dr Bullman. J'espère que vous l'avez déjà préparé. »

Mlle Minton regarda Béatrice qui bâillait et Gwendolyn qui se grattait l'oreille.

« Non, Mme Carter, dit-elle, je ne l'ai pas préparé. De plus, je ne me sens pas en mesure d'envoyer un rapport tant que les jumelles ne travailleront pas convenablement. Depuis qu'elles ont touché cette récompense, il est impossible de leur enseigner quoi que ce soit. Je crois que vous feriez mieux de rédiger ce rapport vous-même. »

Et pendant que Mme Carter s'étranglait de rage, Mlle Minton se leva.

« Les leçons sont finies pour aujourd'hui les filles », dit-elle. Et elle quitta la pièce à grandes enjambées, comme si elle oubliait qu'elle n'était qu'une simple gouvernante !

Maia avait tout entendu. Elle ne pouvait pas s'empêcher d'en éprouver une secrète satisfaction, mais elle continuait à être très inquiète. Et si Mme Carter décidait de renvoyer Minty ?

Le lendemain, Mlle Minton avait son après-midi de libre. Mme Carter essaya de l'empêcher de sortir mais elle lui répondit qu'elle devait s'occuper d'affaires importantes à Manaus.

« Vous feriez bien d'être plus prudente, Mlle Minton, j'ai renvoyé des gouvernantes moins insolentes que vous ne l'avez été au cours des derniers jours.

– Il n'était pas dans mon intention d'être insolente », répondit Mlle Minton.

Toutefois, à l'heure du déjeuner, on la vit s'embarquer sur le bateau de la plantation pour aller en ville.

« Tout va bien, Minty ? demanda Maia en la voyant partir.

– Tout va pour le mieux, répondit Mlle Minton. Ou plus exactement tout ira pour le mieux. Essaie d'éviter les jumelles jusqu'à mon retour. »

Mais elle n'avait pas donné d'explication.

Le dîner n'avait jamais été un moment très gai dans la Maison du Repos, mais ce jour-là, on avait l'impression de manger dans un cimetière. Puis, alors qu'on en était à la moitié du repas, Tapi apparut avec une lettre qu'avait apportée un mystérieux messager avant de disparaître dans la nuit.

« Gonzales ! » fit M. Carter à voix basse, et il emporta la lettre dans son bureau.

Le contenu était à la mesure des appréhensions de Carter. Il fallait payer le lendemain. Gonzales donnait rendez-vous à Carter dans son bureau, sur les docks. Si Carter ne pouvait pas payer, Gonzales lui enverrait les huissiers.

« Les huissiers ! s'écria Mme Carter, après avoir entendu son mari lui résumer la situation. Ces gens épouvantables qui emportent tout ce qu'on possède ! Mais c'est impossible !

– Malheureusement, c'est tout à fait possible, dit Carter. Tu ne te rappelles pas à Littleford... »

Mme Carter se mit à sangloter.

« Oh non, pas ça ! Pas ça ! Quelle honte ! »

Elle poussa un cri aigu.

« Le portrait de Lady Parsons. Ils ne peuvent pas me prendre ça. Je le cacherai demain, dès l'aube », s'exclama-t-elle furieusement.

M. Carter lui adressa un étrange regard.

« Il ne vaut pas grand-chose ce tableau. En revanche, ma collection... »

Les jumelles qui entendaient les cris remontèrent le couloir.

« Que se passe-t-il ? Qu'est-il arrivé ? demandèrent-elles.

– Ce n'est rien, les filles, ce n'est rien, allez vous coucher... »

Mme Carter regarda les bourses qu'elles portaient autour du cou.

« Demain, cet argent ira à la banque, un point c'est tout. »

Une fois que cette somme serait déposée à la banque, le directeur l'aiderait à convaincre les jumelles. Il était ridicule qu'elles gardent tout alors que la famille devait faire face à de telles difficultés.

« Et ne dormez pas avec ces machins autour du cou, vous pourriez vous étrangler. »

Maia s'était éclipsée dans sa chambre. Elle alla allumer sa lampe à pétrole mais ne la trouva pas et se rendit compte qu'il ne lui restait qu'un petit bout de chandelle dans un chandelier de cuivre sur sa table de chevet. Elle se rendit dans la chambre des jumelles et, comme elle s'y attendait, elle vit qu'elles avaient « emprunté » sa lampe.

« C'est juste pour cette nuit, dit Béatrice. Nous avons besoin d'une lampe chacune pour ce que nous avons à faire. »

Maia était déjà au lit et essayait de lire à la bougie, quand on frappa à la porte. Tapi entra. Elle portait ses plus beaux habits, pourtant elle paraissait anxieuse.

« Nous allons à un mariage. Un grand mariage où on va danser et manger. On est obligés, sinon le frère de Furo sera très en colère.

– Tu devrais bien t'amuser, Tapi. J'espère que ça te plaira.

– Oui. Nous y allons tous. Ma sœur Conchita et la vieille Lila viennent aussi. Elle, elle ne veut pas, mais elle est obligée. »

Tapi poussa un soupir. Une furieuse dispute avait éclaté un peu plus tôt, quand Lila avait annoncé qu'elle ne pourrait pas les accompagner – et même que personne ne pouvait s'absenter puisqu'ils avaient promis de veiller sur Maia – et Furo avait rétorqué que s'ils ne répondaient pas à cette invitation, son frère leur en voudrait pendant des années.

Finalement, Lila avait cédé, et ils se préparaient tous à embarquer sur le canoë pour remonter le fleuve et arriver à temps au village pour les festivités qui commençaient dès l'aube.

« Mais tu seras très prudente, hein ? Et Mlle Minton reviendra bientôt. Tiens... c'est pour toi. »

Tapi sortit de son panier quelques bananes et une mangue et les posa sur le lit de Maia.

Avec le départ des Indiens, l'atmosphère devint pesante. On n'entendait plus de bruits s'échappant des cases ; ils avaient même emmené leur petit chien.

Maia regarda l'horloge. Le dernier bateau devait bientôt arriver. Elle décida qu'elle attendrait et ne dormirait pas tout de suite pour souhaiter une bonne nuit à Mlle Minton.

Cependant, elle avait dû s'assoupir. Quand elle regarda à nouveau le réveil, il était presque dix heures. Elle n'avait entendu personne, mais Minty pouvait être très silencieuse quand elle le voulait.

Maia se leva. La maison était plongée dans le silence et l'obscurité. Elle prit une chandelle et frappa à la porte de Mlle Minton.

Pas de réponse. Elle frappa à nouveau. Puis elle ouvrit la porte et entra.

La pièce était vide. Le lit de Mlle Minton n'avait pas été défait. Mais il y avait encore autre chose que Maia trouva extrêmement inquiétant : la malle de Mlle Minton avait disparu.

De retour dans sa chambre, Maia essaya de se raisonner, mais elle n'arrivait plus à se libérer de la peur qui s'était emparée d'elle. La malle de Mlle Minton, c'était... c'était comme une partie d'elle-même. Il ne se passait pas un jour sans qu'elle aille en sortir un livre pour en lire un passage à Maia ou lui montrer une illustration. Si la malle était partie, fallait-il en conclure que les jumelles avaient raison et que Minty l'avait abandonnée ?

Plus elle y pensait, plus cette situation lui paraissait probable. Mlle Minton avait été furieuse à l'encontre des jumelles, elle avait tenu tête à Mme Carter et était partie alors qu'on le lui avait interdit.

Minty ne se souciait plus de ce que les Carter pensaient d'elle, parce qu'elle avait décidé de s'en aller.

Maia ne s'était pas sentie aussi seule et misérable depuis le moment où elle avait reçu la nouvelle de la mort de ses parents. Allongée dans l'obscurité, elle essayait de se dire que Minty ne l'abandonnerait pas, mais en vain. Après tout, Finn aussi l'avait laissé tomber. Les gens s'en allaient, c'était ainsi. Ses parents aussi l'avaient quittée. Ils étaient partis pour l'Égypte en la laissant à l'école.

Et maintenant, Minty...

Au bout d'une heure passée à se retourner et à s'agiter dans son lit, elle se leva et alla prendre deux aspirines. Puis une troisième pour faire bonne mesure. Enfin, elle s'endormit d'un profond sommeil.

Une heure plus tard, Béatrice se réveilla puis glissa sa main sous l'oreiller pour s'assurer que la bourse contenant son argent était toujours là. Elle se rappela alors ce que sa mère lui avait dit. Le lendemain, tout partirait à la banque.

Mais Béatrice ne se laisserait pas faire. C'était son argent, à elle. Une fois à la banque, sa mère parviendrait sans doute à mettre la main dessus, ou son père... ou n'importe qui. Et puis tout le monde savait qu'une banque, ça pouvait toujours être dévalisé.

Alors qu'elle dormait encore à moitié, elle gratta une allumette et porta la flamme sur la mèche de sa lampe.

Une forte odeur de paraffine s'en échappa immédiatement. Elle avait décidé de trouver une cachette plus sûre. Tout en tâtonnant, elle prit la bourse et ouvrit le tiroir qui contenait ses sous-vêtements. Si elle cachait l'argent au fond, il serait à l'abri pendant quelque temps. Le tiroir grinçait. Elle pourrait donc l'entendre si quelqu'un essayait de l'ouvrir.

Mais alors qu'elle retournait dans son lit, Gwendolyn se réveilla. À son tour, elle chercha sous son oreiller et poussa un cri aigu :

« Il a disparu ! Mon argent a disparu ! Tu me l'as volé ! »

Béatrice ouvrit à nouveau les yeux.

« Ne sois pas sotte ! »

La lampe de Béatrice brûlait toujours. Gwendolyn alluma alors celle qu'elles avaient prise à Maia et se leva.

« Je me souviens, maintenant, je l'avais mis sous l'horloge. Du moins, c'est ce qu'il me semble. »

Pendant ce temps, Béatrice avait décidé que le tiroir réservé aux sous-vêtements n'était finalement pas une cachette assez sûre. Elle se releva et les deux filles se mirent à tâtonner dans la chambre, encore en proie au sommeil, se cognant à tous les meubles dans leur recherche d'une nouvelle cachette.

C'est alors que Mme Carter se réveilla dans sa chambre au bout du couloir. Elle entendit le bruit que faisaient les deux filles. Que pouvaient-elles bien fabriquer ? Elle enfila ses pantoufles et se dirigea vers la chambre des jumelles. En chemin, elle vit deux gros scarabées qui passèrent à quelques centimètres à peine de ses pieds.

« Des cafards ! » hurla Mme Carter avant de se précipiter dans son « garde-manger » pour y prendre le flacon d'insecticide.

Elle en répandit sur le carrelage où elle avait vu les insectes, et repartit à toute vitesse vers la chambre des jumelles, tenant toujours la boîte de métal dégoulinante d'insecticide.

« Mais que se passe-t-il, ici ? Qu'est-ce que c'est ?

– Je ne trouve plus mon argent, fit Gwendolyn en geignant. Il n'est plus sous l'horloge, Béatrice me l'a volé.

– C'est pas vrai, sale petite menteuse. Tu l'as mis dans ton sac à chaussures.

– Attention à la lampe », cria Mme Carter comme les filles commençaient à se battre.

Elle saisit la lampe posée sur la table de chevet de Béatrice et le couvercle du flacon d'insecticide tomba par terre, libérant des coulées de liquide noir et sirupeux qui se répandirent sur la mèche.

On entendit un bruit d'explosion et les flammes s'élevèrent tout d'un coup. Mme Carter renversa la lampe en essayant de l'éteindre. Elle était déjà trop chaude pour qu'on puisse mettre la main dessus. Une flamme vint lécher les draps du lit de Béatrice. La coulée d'insecticide formait maintenant une traînée de flammes qui se dirigeait vers le deuxième lit.

Béatrice poussa un hurlement quand le bas de sa chemise de nuit prit feu. Mme Carter essayait de maîtriser ce début d'incendie avec un oreiller.

« Dehors les filles... dehors. Pas par la fenêtre ! Par la porte ! Vite ! Vite ! »

Mais la fumée les empêchait de voir, la deuxième lampe avait explosé à son tour et les rideaux flambaient.

« Que se passe-t-il, qu'est-il arrivé ? »

M. Carter venait d'apparaître après avoir remonté le couloir en courant et en toussant. Il ouvrit la porte et le courant d'air attisa les flammes qui montèrent jusqu'au plafond.

« Fais-les sortir par-devant, hurla-t-il. Je vais chercher Maia. »

Il se retourna et s'enfonça en titubant dans le couloir envahi par la fumée. Mais il ne se dirigea pas vers la chambre de Maia, il n'essaya même pas. Il se fraya un chemin jusqu'à son bureau et se mit à ouvrir toutes les armoires.

« Ma collection ! marmonnait-il. Ma collection... »

Il saisit la boîte couverte de velours qui renfermait les yeux de verre et tomba à terre, submergé par la fumée et le feu qui dévorait le bungalow.

Chapitre 19

Mlle Minton se réveilla dans un lit à baldaquin, devant un tableau représentant un noble russe sur un traîneau, poursuivi par les loups.

Elle était dans la chambre d'amis chez les Keminsky. Elle avait mal à la tête, car elle n'avait pas l'habitude de boire du vin, et la veille on en avait consommé en quantité non négligeable pour fêter le départ de Mlle Lille. La gouvernante des Keminsky retournait en France le lendemain et Mlle Minton avait accepté de venir travailler pour cette famille et de se faire la préceptrice d'Olga et de Maia.

Malgré sa migraine, Mlle Minton était très heureuse. Maia pourrait s'épanouir dans l'atmosphère détendue et amicale de ce foyer, elle échapperait ainsi à la méchanceté des jumelles et aux habitudes étranges de leurs parents. Elle n'avait rien dit à Maia tant qu'elle n'avait pas obtenu la permission de M. Murray, mais le télégramme qu'elle attendait était arrivé la veille. Non seulement il avait donné son accord pour que Maia aille vivre chez les Keminsky, mais il avait pris des dispositions pour que son argent soit envoyé directement à Mlle Minton dans une banque différente. Apparemment, le consul britannique avait déjà prévenu le vieil avocat que les Carter avaient de gros ennuis.

Mlle Minton se leva et s'habilla. En bas, dans la pièce réservée au petit déjeuner, la comtesse était assise devant un grand samovar et servait des tasses de thé russe brûlant. Olga était à ses côtés et se leva pour faire la révérence. Quant à Mlle Lille, elle n'avait pas encore quitté sa chambre.

« Elle prend son petit déjeuner au lit. Elle est un peu... fatiguée, après hier soir. »

Mlle Minton sourit. Mlle Lille devait être effectivement très fatiguée. Elle était navrée de devoir quitter les Keminsky et s'était consolée en absorbant des quantités impressionnantes de vin.

On n'aurait pas pu imaginer un petit déjeuner plus différent de ceux qu'on prenait chez les Carter : le luxe de cette maison lumineuse, l'amabilité des domestiques et des Keminsky eux-mêmes. Sergei était déjà parti, il était maintenant élève de l'école militaire de Manaus. Ce serait un vrai plaisir que d'enseigner uniquement à Maia et à Olga.

« Mais je dois me dépêcher de rentrer, déclara Mlle Minton. Je n'aime pas laisser Maia seule trop longtemps avec les jumelles. Le Pr Glastonberry a eu la bonté de garder ma malle, comme ça je pourrai prendre le bateau avec Maia la semaine prochaine.

– Non, non, mon mari enverra un bateau spécialement pour vous », répondit la comtesse.

Mlle Minton n'avait pas prévu de passer la nuit chez les Keminsky. Mlle Lille l'avait priée de rester pour sa fête d'adieu. Mlle Minton n'aurait pas cédé à la tentation si le comte ne lui avait fait remarquer qu'elle pourrait ainsi signer son contrat avec son avocat dès le lendemain matin, et qu'elle deviendrait ainsi officiellement la nouvelle gouvernante.

Comme elle savait qu'on ne pouvait absolument pas faire confiance aux Carter pour transmettre des messages, Mlle Minton avait fait parvenir un mot à Maia par l'intermédiaire de Furo, et on avait demandé à un des domestiques du comte de le porter jusqu'à sa case.

« Bonne nouvelle, avait écrit Mlle Minton. Je te dirai tout dès mon retour. Je passe la nuit chez les Keminsky parce je dois encore m'occuper de quelques affaires demain matin. Dis aux Carter que je serai de retour vers midi. Mais ne leur dis rien d'autre. »

Furo s'assurerait que Maia reçoive la lettre. Minty savait que les Indiens veillaient sur elle depuis le départ de Finn.

Elle était en train de rouler sa serviette quand elle entendit une grande agitation à la porte, et le comte qui avait été occupé à surveiller le chargement d'un de ses bateaux entra en trombe dans la pièce, suivi par le Pr Glastonberry, complètement essoufflé.

Le comte alla droit vers sa femme et lui parla en russe à toute vitesse, mais Mlle Minton qui avait reconnu le mot « Carter » au milieu de ce flot de paroles se leva d'un coup.

« Oh, ma pauvre amie, dit la comtesse en se tournant vers elle. De terribles nouvelles. Il y a eu un incendie chez les Carter. La maison est entièrement détruite mais tout le monde a pu être sauvé, d'après ce que j'ai compris. On les a transférés à l'hôpital municipal. »

Mlle Minton, blême, était déjà à la porte.

« On va vous emmener à l'hôpital dans la calèche du comte », dit le professeur.

Mlle Minton se tourna vers le comte.

« Merci », dit-elle au prix d'un grand effort avant de suivre le professeur dans la rue.

Les jumelles pleuraient. Leurs lits dans le bâtiment C de l'hôpital étaient proches l'un de l'autre car la salle était bondée. Allongées sur le côté, elles se faisaient face.

« Parti en fumée ! Tout est parti en fumée !

– Tout, absolument tout. Il ne reste rien, pas le moindre *milreis.* »

Au début, les infirmières s'étaient montrées très patientes et attentionnées. Aucune des deux filles n'était gravement blessée. Béatrice avait les cheveux brûlés, et souffrait d'une légère brûlure à la jambe. Gwendolyn était tombée sur l'allée couverte de gravier en sortant de la maison. Mais elles étaient tout de même en état de choc et avaient inhalé beaucoup de fumée. Une infirmière était restée à leur chevet pendant un bon moment et avait essayé de les consoler.

« Votre mère est saine et sauve. Elle est dans la chambre d'à côté. Vous pouvez aller la voir si vous voulez. »

Mais les jumelles ne s'inquiétaient pas du sort de leur mère.

« C'est notre argent, fit Béatrice en pleurnichant.

– L'argent de la récompense. Vingt mille *milreis* chacune. Et tout a brûlé !

– Vous serez peut-être remboursées par l'assurance. »

Évidemment, les Carter n'étaient pas assurés. Et les jumelles continuèrent à geindre jusqu'à ce que l'infirmière, à bout de patience, quittât la salle.

Mme Carter était dans la salle voisine. Elle avait un pansement autour du bras, et avait été intoxiquée par la fumée. Elle trouva quand même le moyen de se plaindre quant à la façon dont l'hôpital était tenu, de l'absence d'hygiène, et des enfants des patients qui couraient à travers toute la salle pendant les visites.

« Et il y a une mouche dans ma carafe d'eau, dit-elle. Il y en a même deux. »

Elle était encore à gémir quand un Anglais, élégamment vêtu, se présenta à son chevet. C'était le secrétaire du consul britannique.

« Mme Carter, le consul souhaiterait savoir comment nous pourrions vous aider à retourner en Angleterre. Votre avenir ici me paraît compromis.

– Vous voulez dire que vous êtes prêts à payer les billets ?

– Oui, pour vous et vos filles. Connaissez-vous quelqu'un qui vous accueillerait en Angleterre ? »

Mme Carter fronça les sourcils. En fait, elle n'avait pas d'amis. Puis son visage s'éclaira.

« Lady Parsons à Littleford. Je suis sûre qu'elle nous accueillera. C'est une cousine de ma mère... enfin presque. Voici son adresse : Grey Gables, The Promenade, Littleford on Sea. »

Le jeune homme en prit note, puis sans oser la regarder dans les yeux, déclara :

« Malheureusement, votre mari ne pourra pas vous suivre en Angleterre. Pas pour le moment. »

Puis il lui expliqua avec autant de tact que possible qu'avant son arrivée à l'hôpital, M. Carter avait été mis en accusation par le tribunal pour fraude et détournement de fonds. Il avait eu recours aux mêmes pratiques malhonnêtes avec la banque de Manaus qu'avec celle d'Angleterre. Il avait contracté des dettes qu'il ne pourrait jamais espérer rembourser, et pas seulement auprès de Gonzales.

Mlle Minton monta en courant les marches qui menaient à la porte de l'hôpital, suivie par le professeur qui s'épongeait le front.

« La famille Carter, dit-elle au bureau d'accueil. Les filles qui étaient dans l'incendie. Où sont-elles ?

– Salle C », répondit le concierge et ils montèrent encore deux étages en courant.

Les jumelles pleurnichaient toujours, mais elles s'arrêtèrent immédiatement en voyant Mlle Minton.

« J'ai cru comprendre que vous n'étiez pas gravement blessées, dit-elle. J'espère que vous ne souffrez pas trop.

– Notre argent est parti en fumée, fit Béatrice en reniflant.

– Oui. Mais vous auriez pu perdre la vie. » Puis elle ajouta : « Où est Maia ? »

Les jumelles haussèrent les épaules.

« Papa est retourné la chercher au milieu des flammes, mais nous ne savons pas où elle est. Elle n'est pas arrivée avec nous à l'hôpital. »

Mlle Minton sentit son cœur battre à toute vitesse. Le professeur posa une main sur son bras.

« Je vais aller demander à l'infirmière », dit-il.

Il se rendit au fond du couloir et revint avec un visage sombre.

« Elle m'a dit qu'il n'y avait que deux filles et leurs parents dans l'ambulance. Elle ne savait pas qu'il y en avait une troisième. »

Mlle Minton reprit son souffle et essaya de retrouver ses esprits.

« Mais M. Carter est retourné la chercher, d'après ce que disent les jumelles, elle doit forcément se trouver ici. »

L'infirmière était sortie du bureau pour venir à leur rencontre. Ils se dirigèrent tous vers la salle réservée aux hommes.

M. Carter avait été gravement brûlé. Ses cheveux et ses sourcils avaient disparu, il avait le visage boursouflé et les deux bras bandés. Il était allongé sur le dos, les yeux fermés. Mais Minty ne prit pas le temps de s'inquiéter pour lui.

« M. Carter, où est Maia ? Vos filles ont dit que vous aviez essayé de la sortir de la maison. L'avez-vous arrachée aux flammes ?

– J'ai... j'ai essayé, mentit M. Carter ; je suis retourné à la porte de la chambre. mais c'était impossible... Un véritable enfer... »

Mlle Minton se sentit défaillir.

« Je ne suis pas du genre à m'évanouir », dit-elle à l'infirmière qui s'était approchée.

Mais cette fois, elle se trompait.

Chapitre 20

Pendant quelques heures, le bungalow avait offert un spectacle magnifique. Des flammes orange, violettes, écarlates éclairaient le ciel nocturne. Des pluies d'étincelles s'envolaient tandis que le feu dansait en se jouant de la maison à l'agonie.

Puis tout fut fini, il ne resta plus rien. Juste quelques cendres et ces étranges objets qui survivent aux désastres, on ne sait pourquoi : le canon d'une carabine, un morceau de bassine... et au milieu de ce qui avait été le bureau de M. Carter, un œil, fendu par la chaleur, qui lançait vers les cieux des regards à vous glacer le sang.

Aussi quand Finn revint sur le Negro à l'aube, il ne vit pas de flammes et n'entendit pas les rugissements de l'incendie. Dans un premier temps, tout lui parut normal : les grands arbres le long de la rivière, les cases des Indiens, le bateau des Carter amarré à sa place habituelle.

Puis le chien qui se tenait à côté de lui rejeta la tête en arrière et poussa un hurlement.

« Qu'est-ce qui se passe ? » demanda Finn.

Lui aussi sentit à ce moment-là l'odeur âcre et étouffante de la fumée.

Comme ils approchaient du ponton, il comprit. Là où s'était dressée la maison des Carter, il ne restait plus rien, pas la moindre carcasse. Rien.

Il avait toujours pensé qu'en apprenant la nouvelle de la mort de son père, il avait connu le pire, mais là, c'était encore plus horrible, parce que c'était sa faute. S'il avait emmené Maia comme elle le lui avait demandé en l'implorant presque...

Il tremblait tellement qu'il eut du mal à amarrer l'*Arabella*. Inutile de chercher parmi les ruines, il était évident que personne n'aurait pu survivre à un tel incendie.

Mais il restait un espoir. Les cases des Indiens avaient été épargnées. Peut-être avaient-ils pu faire sortir Maia et qu'il allait la trouver là, en train de dormir paisiblement.

Il ouvrit la porte de la première case et entra... puis il fit de même avec la deuxième et la troisième. Elles étaient entièrement vides. Même le perroquet sur son perchoir avait disparu, même le petit chien. À l'extérieur, une corde rompue montrait que le cochon, terrifié par les flammes, s'était libéré pour retourner dans la forêt.

Finn n'avait plus aucun doute, ils avaient abandonné Maia au milieu de l'incendie puis, anéantis par la honte et la terreur, ils avaient pris la fuite.

Comment pourrait-il continuer à vivre en sachant qu'il avait tué son amie ? se demanda Finn.

Les singes hurleurs ne s'étaient pas trompés quand ils s'étaient moqués de lui en l'entendant dire qu'il ne ferait pas demi-tour. Il était reparti vers l'embouchure de la rivière pour aller chercher Maia, il avait navigué à grande vitesse, poussé par le courant. Mais il arrivait trop tard.

Finn ressortit de la case et s'immobilisa au milieu du carré de gravier qui avait été le jardin des Carter.

Il n'arrivait plus à réfléchir. Il ne savait plus que faire. Devait-il se rendre à Manaus et essayer d'en savoir plus ? À l'hôpital, peut-être ?

Au bout d'un moment, il décida de remonter le sentier qui longeait la rivière pour rejoindre l'*Arabella.* En arrivant à l'embranchement du chemin qui s'enfonçait dans la forêt, le chien mit le museau à terre et alla renifler un paquet de feuilles mortes. Finn le repoussa et vit une tache de sang... puis une autre un peu plus loin... et une autre encore.

Il faillit trébucher sur elle. Elle était parfaitement immobile, au milieu des feuilles et des plantes grimpantes, comme si elle s'était enfoncée dans la forêt pour y mourir.

Mais elle n'était pas morte. Elle respirait très légèrement, les yeux fermés, encore vêtue de sa chemise de nuit. Le sang s'écoulait d'une blessure à la cuisse. Mais il ne vit pas de traces de brûlures sur sa peau. Elle avait dû s'évanouir à cause de l'hémorragie.

Puis quand il prononça son nom, elle ouvrit les yeux. Elle posa la main sur son bras.

« Nous pouvons partir, maintenant ? » murmura-t-elle.

Et il répondit : « Oui. »

Maia ouvrit les yeux et vit une voûte de verdure au-dessus d'elle, traversée par les rayons blancs du soleil à son zénith.

Elle sentit le parfum entêtant des orchidées et entendit le cri perçant d'un oiseau par-dessus les toussotements réguliers du moteur.

Puis les arbres disparurent, remplacés par un ciel bleu et pur, et la lumière devint si éblouissante qu'elle dut fermer les yeux. Elle ne voulait pas se réveiller, elle ne voulait pas non plus perdre toutes ces sensations. Elle voulait vivre à l'infini ce qui lui arrivait.

Elle était allongée sur une couverture au fond du bateau. Ils avançaient sur l'eau toujours à la même allure, ni trop rapide ni trop lente. La vitesse idéale pour se laisser bercer. Elle repoussa la couverture grise qui la recouvrait et vit qu'elle avait un pansement à la cuisse. Elle sentait des élancements, mais ce n'était pas déplaisant... comme si elle parvenait à se détacher de cette douleur.

Elle referma les yeux et se rendormit.

En se réveillant encore une fois, elle sentit une présence à ses côtés, un chien couleur sable qui ronflait doucement.

Elle tourna alors la tête, aperçut Finn à la barre. Elle comprit alors qu'elle était sur l'*Arabella* en toute sécurité.

C'était son côté indien qui avait pris le dessus quand Finn l'avait trouvée dans la forêt. C'était cela qui lui avait permis de la transporter jusqu'au ponton et de la déposer à bord de l'*Arabella*. C'était aussi l'Indien en lui qui l'avait pansée et qui lui avait fait avaler une potion à base d'écorces. Puis il lui avait dit de dormir... Parfois, l'Européen en lui se rebellait, objectait qu'il fallait l'emmener dans un hôpital pour qu'elle y soit soignée convenablement.

Mais il faisait la sourde oreille. Il savait ce qu'il lui fallait et il ne se trompait pas, car voyant Maia qui ouvrait les yeux à côté du chien, il comprit qu'elle avait retrouvé toutes ses forces. Son visage ne gardait plus aucune trace de la peur et de la fatigue qu'elle avait ressenties.

« J'ai faim », dit-elle en lui souriant.

Elle s'était échappée par la fenêtre. C'était le verre brisé qui lui avait coupé la jambe, tandis qu'elle se hissait à l'extérieur. Quand le bruit l'avait arrachée à son sommeil, la porte était déjà la proie des flammes.

« Après ça, je ne me souviens pas de grand-chose. C'est à cause de la fumée, je crois. Je sais seulement que toutes les cases étaient vides.

– J'aimerais savoir pourquoi, dit Finn, furieux. Ils m'avaient promis de veiller sur toi.

– Ils étaient partis à un mariage. Un mariage important. Et Minty aussi était partie je ne sais où, dit Maia. Elle m'a abandonnée.

– Non.

– Comment ça, non ? Elle n'était pas là. Elle n'est pas revenue après son jour de congé.

– Peut-être. Mais elle ne t'a sûrement pas abandonnée. Et les autres ?

– Ils s'en sont sortis. J'ai vu le bateau ambulance qui les emmenait, mais je me suis cachée. Je ne pouvais plus les supporter. Ils criaient et se disputaient. Alors je me suis cachée derrière les arbres. Au début, je n'ai pas remarqué que j'étais blessée à la jambe. Et puis... » Elle secoua la tête. « Mais ça n'a pas d'importance. Tout cela est sans importance, Finn, maintenant que tu es revenu. »

Ils remontèrent le Negro puis bifurquèrent le long d'un affluent, l'Agarapi, qui devait les mener vers le nord-ouest dans les contrées où on avait vu les Xantis pour la dernière fois.

C'était une rivière magnifique, ils passaient entre des îles où nichaient des groupes d'aigrettes blanches ; parfois des nuages de minuscules chauves-souris gris perle s'envolaient depuis un tronc d'arbre tombé à terre. Maia était émerveillée de découvrir un paysage aussi varié. De temps en temps, ils s'enfonçaient dans une jungle sombre et silencieuse où tous les animaux se cachaient dans les plus hautes branches. À d'autres moments, ils voyageaient à travers une campagne vallonnée qui aurait presque pu évoquer l'Angleterre, où des daims paissaient dans de grandes clairières. Ils traversèrent aussi une savane et virent une ligne de collines brunes se dessiner dans le lointain, avant d'être à nouveau engloutis par la forêt.

« Si c'est ça, l'enfer vert de l'Amazonie, alors je veux vivre en enfer », déclara Maia.

Elle était parfaitement heureuse. Lorsqu'elle enleva le pansement qu'elle avait à la jambe, elle vit en dessous une étrange bouillie verte que Finn y avait déposée, et en dessous encore, une plaie qui s'était pratiquement refermée.

« Tu devrais vraiment être médecin, dit-elle. Ou peut-être sorcier.

– C'est souvent la même chose. »

Elle avait raccourci un des pantalons de Finn et emprunté une de ses chemises. De son côté, il avait réquisitionné un rouleau de coton destiné aux Indiens, dans lequel elle s'était taillée un sarong qu'elle revêtait pour nager. La chemise de nuit dont elle était habillée au moment de l'incendie avait été déchirée pour en faire des chiffons.

Tout ce qu'elle possédait avait été détruit par les flammes, mais rien de tout cela ne lui manquait, à part peut-être sa brosse à dents. Ce n'était pas la même chose de se brosser avec une brindille !

Elle avait une confiance totale en Finn. S'il lui disait qu'elle ne courait aucun danger à nager dans un endroit, elle plongeait sans la moindre hésitation, et les effroyables piranhas ne venaient pas la dévorer, elle ne voyait pas non plus de caïman ouvrir ses énormes mâchoires. S'il affirmait qu'elle pouvait manger un champignon sans crainte, elle le mangeait.

« Mon père me répétait toujours cette phrase en latin : *Carpe diem*. "Vis pleinement chaque journée." Fais de chaque jour une expérience pleine, vis aussi fort que possible. »

Elle rejeta ses cheveux en arrière puis reprit :

« Après sa mort, et celle de ma mère, je n'y parvenais plus. J'en avais perdu l'envie. Mais ici...

– Oui, parfois on trouve un endroit qui nous convient parfaitement. Ta mère était chanteuse, je crois ?

– Oui, mais elle n'en a jamais fait toute une histoire. Je ne me souviens pas qu'elle ait jamais économisé sa voix en prévision des concerts, ou qu'elle ait fait des gargarismes avec du jaune d'œuf et tout ça. Elle chantait, tout simplement. Dans la maison, dans le jardin, n'importe où.

– Tout le monde dit que tu devrais travailler ta voix », fit-il en fronçant les sourcils, car si elle avait un avenir de chanteuse, peut-être ne devrait-elle pas partir ainsi pour l'inconnu.

Elle secoua la tête.

« Je suis plus heureuse ici.

– Mais la musique ne te manquera pas ?

– Il y en aura toujours. Il suffit d'ouvrir la bouche. »

Ils s'arrêtèrent pour faire un feu dans une petite crique et cuire le poisson qu'ils avaient pêché un peu plus tôt.

« Tu avais de bons parents, dit Finn.

– Toi aussi. »

Elle posa la poêle sur le feu et y versa l'huile.

« Tu penses que tu rencontreras quelqu'un parmi les Xantis qui se souviendra de ta mère ? »

Finn souffla sur les braises.

« Je ne sais pas. Peut-être que nous ne trouverons jamais les Xantis », dit-il.

Maia haussa les épaules.

« Ça ne fait rien. Mais si on les retrouve, tu crois qu'ils m'accepteront ? Je n'ai pas de sang indien.

– S'ils ne t'acceptent pas, nous ne resterons pas. Tant que tu seras avec moi, il ne t'arrivera rien. Et puis, j'ai mon fusil.

– Je n'ai pas peur », dit Maia.

Et c'était vrai. Elle avait craint la méchanceté des jumelles, elle avait redouté son enfermement dans le bungalow des Carter, mais elle n'avait pas peur de traverser cette contrée en compagnie d'un garçon à peine plus âgé qu'elle. Avec Finn, songea-t-elle, elle n'aurait peut-être jamais plus peur de rien.

Ils prenaient leur temps, allant vers l'ouest et les forêts de Japura. Chaque soir Finn étalait ses cartes et les notes que lui avait léguées son père. Il en ressortait qu'à un embranchement de la rivière se dressait une petite île avec un jacaranda au milieu de deux grands palmiers kumu. Le pays des Xantis s'étendait au-delà. Mais à quelle distance ? Ils n'en avaient aucune idée.

Ils faisaient de nombreuses haltes, car Finn tenait à cueillir des plantes qu'il pourrait vendre par la suite, et il enseignait sa science à Maia. Il grimpait au sommet des arbres et en revenait avec des grappes de fruits jaunes que l'on faisait bouillir pour soigner les maladies de peau. Il trouva un arbre dont les feuilles, une fois infusées, soulageaient les maux de reins, et il ramena une mousse argentée que l'on frottait sur les muscles douloureux. La plupart de ces plantes avaient des noms indiens, mais Maia parvenait à les retenir rapidement, tandis qu'ils triaient les spécimens avant de les faire sécher et de les mettre dans des sacs de coton étiquetés.

« Tu n'imagines pas les sommes qu'on est prêt à payer pour ces plantes, en ville », dit Finn.

Mais tout ce qu'il cueillait n'était pas destiné à la vente. Il se réapprovisionnait également en remèdes, et chaque jour, il obligeait Maia à prendre ses pilules de quinine.

« Il n'y a que les idiots qui attrapent la malaria à la saison sèche, disait-il.

– Je crois que je devrais me couper les cheveux très court, déclara Maia un beau matin, alors qu'elle venait de casser une dent de plus sur le peigne de Finn.

– Non, ce n'est pas une bonne idée. »

Maia le regarda avec étonnement.

« Mais tu voulais que Clovis se coupe les cheveux.

– Ce n'est pas la même chose. »

Ils parlaient souvent de Clovis, et c'était Finn qui se demandait maintenant s'ils n'avaient pas été injustes avec lui.

« Soit il est enfermé dans cet endroit abominable, soit il a avoué et on l'a mis dehors.

– Au moins, il est en Angleterre et c'est ce qu'il voulait. »

Mais elle se rendait compte que Finn, qui n'avait pourtant peur de rien, redoutait Westwood.

« Et si on l'a mis dehors, tout va recommencer, les corbeaux, les cachettes...

– En tout cas, ils ne nous trouveront pas ici », dit Maia.

Ils avaient jeté l'ancre entre deux îles dans une sorte de grotte formée par les branches d'un arbre pono. Deux loutres nageaient autour du bateau, et les grenouilles avaient entamé leur concert nocturne.

La journée avait été magique. Ils avaient vu une famille de tortues d'eau qui prenait le soleil et un couple d'aigles. Une douce brise leur avait permis de forcer un peu l'allure, et la pluie, qui tombait parfois même à la saison sèche, les avait épargnés.

« Tu sais, tu disais que quand tu étais dans le lagon, à l'époque où ton père était encore en vie, tu te réveillais chaque matin en te disant : "Je suis exactement là où je veux être." C'est ce que je ressens quand je me réveille sur l'*Arabella*. »

Il importait peu à Maia de retrouver les Xantis. La destination ne l'intéressait pas, ce qu'elle aimait, c'était le voyage en lui-même. Et elle n'éprouvait plus cette tristesse qui s'était emparée d'elle après la désertion de Minty.

Pourtant, Finn, qui l'avait pratiquement kidnappée, connaissait de terribles moments d'angoisse. Il aurait dû faire savoir que Maia était saine et sauve, au lieu de l'emmener sans un mot à personne, mais petit à petit, il cessa de s'inquiéter et se consacra entièrement à leur expédition.

Même si Maia savait qu'elle ne pourrait pas voguer ainsi sur les rivières d'Amazonie jusqu'à la fin de ses jours, elle parvenait parfois à l'oublier. Elle chantait en s'adonnant à ses tâches et quand Finn sifflotait l'air de *Blow the Wind Southerly*, elle souriait, parce qu'elle avait eu tort d'en vouloir au vent. Le vent lui avait ramené Finn et elle était heureuse.

Quand Finn se plaignait à la fin d'une journée parce qu'ils n'avaient pas assez progressé, elle lui répondait : « Qu'est-ce que ça peut faire ? Nous avons tout le temps. »

Ce qui n'est pas toujours une remarque très judicieuse.

Chapitre 21

Mlle Minton s'était installée chez les Keminsky. Elle avait perdu tous ses biens dans l'incendie, à l'exception de sa malle pleine de livres, mais avec l'argent de la vente du papillon, elle avait pu racheter tout ce dont elle avait besoin. Comme les Keminsky avaient été très généreux avec elle, elle avait décidé d'accomplir son devoir et, chaque matin, elle faisait une leçon à Olga et aidait la comtesse à rédiger sa correspondance.

Elle passait le reste de ses journées à essayer de retrouver Maia.

Il y avait maintenant une semaine qu'elle avait disparu. Mlle Minton avait toujours été mince, mais elle ressemblait maintenant à un squelette ambulant. Quand elle passait dans les rues, les gens se retournaient pour regarder son visage flétri par l'angoisse.

Les domestiques des Carter, Tapi, Furo et les autres, n'étaient pas revenus. En apprenant la nouvelle de l'incendie, la vieille Lila était tombée malade, en proie à la fièvre. Elle s'était convaincue qu'elle avait tué Maia en l'abandonnant. En conséquence, la famille s'était enfoncée dans la forêt à la recherche d'un homme-médecine qui saurait la guérir.

Mais Mlle Minton continuait à interroger les Indiens qui vivaient sur les berges de la rivière et près des docks. Elle retournait sans cesse inspecter les ruines du bungalow. Elle posait toutes sortes de questions aux policiers qui patrouillaient sur la rivière et aux voyageurs qui débarquaient, au cas où Maia se serait mise à errer après avoir perdu la mémoire.

Elle reçut l'aide de nombreuses personnes. Les Keminsky, Sergei en particulier, le chef de la police, les Haltmann, Mme Duchamp du cours de danse et les enfants qui travaillaient avec elle. Maia s'était fait beaucoup d'amis pendant la brève période qu'elle avait passée en Amazonie.

Mais c'était grâce au Pr Glastonberry que Minty ne perdait pas totalement la tête. Chaque matin, il confiait les affaires du musée à son assistant et allait chercher des indices.

Seul le professeur était convaincu que Maia n'était pas morte.

« On trouve toujours des... des restes, dit-il, quand quelqu'un meurt brûlé.

– Vous voulez dire... des os ou... des dents ? demanda Mlle Minton.

– C'est exactement ce que je veux dire », répondit le professeur avec fermeté.

Il travaillait avec le chef de la police et le comte, passait des heures près des docks, et venait s'assurer deux fois par jour que Mlle Minton avait mangé quelque chose et qu'elle avait un peu dormi.

Mais au bout d'une semaine, Mlle Minton abandonna tout espoir. En laissant Maia seule, c'était comme si elle l'avait tuée, se disait-elle. Elle devait maintenant envoyer un télégramme à M. Murray pour l'informer de la mort de Maia.

Elle venait de se coiffer de son chapeau pour se rendre à la poste, quand la domestique fit entrer le professeur.

Dès qu'elle vit l'expression de son visage, Mlle Minton s'appuya au dossier d'une chaise.

« Y a-t-il... ? fit-elle.

– Oui, il y a du nouveau. Un homme a vu l'*Arabella*, il naviguait sur une barque marchande. Il est certain d'avoir vu deux enfants à bord. »

Mlle Minton jeta un regard circulaire sur le salon des Keminsky, comme si elle espérait y trouver la puissante embarcation dont elle avait besoin, toute prête à appareiller.

« Il faut que je parte immédiatement, dit-elle.

– Il faut que nous partions immédiatement », rectifia le professeur.

La comtesse les implora d'attendre au moins le retour de son mari.

« Il pourra vous trouver un bon bateau et un équipage », expliqua-t-elle.

Mais Mlle Minton n'avait pas la patience d'attendre plus longtemps.

« Je vais acheter des provisions et un certain nombre de choses dont Maia pourra avoir besoin, dit-elle au professeur. Je vous retrouve sur les quais dans une heure. »

Mais lorsqu'ils arrivèrent au port, ils ne trouvèrent pas de bateau à louer ni personne pour les aider. Il était midi et tout le monde était parti déjeuner et faire la sieste immédiatement après.

« Eh bien, nous allons devoir voler un bateau », déclara Mlle Minton.

Ils en virent un qu'ils connaissaient bien : celui des Carter, le bateau vert épinard qui ne portait pas de nom. Gonzales l'avait ramené après l'incendie, pour le revendre et se rembourser en partie de l'argent qu'on lui devait.

« Personne ne se rendra compte de sa disparition avant quelques jours, et même dans le cas contraire, ce sera sans importance. Vous pourrez mener cette barque ? demanda-t-elle au professeur.

– Je pense que oui », répondit le Pr Glastonberry.

Il poussa un soupir mais n'osa pas s'opposer à la volonté de Mlle Minton. Autant essayer d'arrêter une avalanche.

« Il semble qu'il y a assez de bois, pour le moment. »

Mlle Minton avait déjà relevé sa jupe pour sauter à bord. Elle avait décroché l'amarre, elle attendait que le professeur alimente la chaudière et que le moteur se mette à toussoter.

« Si nous retrouvons Maia, je vous jure que je donnerai un nom à ce bateau. »

Le voyage qu'ils entreprirent le long du fleuve Negro jusqu'à la rivière Agarapi était très différent de la croisière nonchalante qu'avaient faite Maia et Finn la semaine précédente.

« Plus vite... on ne pourrait pas aller plus vite ? » demandait sans cesse Mlle Minton.

Quand les réserves de bois diminuaient, elle bondissait à terre en brandissant la machette que Furo avait abandonnée avec ses autres outils et se frayait un chemin dans le sous-bois comme si elle était née avec un couteau à la main.

Elle s'était mise à faire tout ce qu'elle avait toujours interdit à ses élèves : elle s'abandonnait à de sombres pensées et des rêveries sinistres. Elle se disait alors que Maia était morte au milieu des flammes et que l'enfant qu'on avait vu sur l'*Arabella* était une jeune Indienne que Finn avait prise à son bord. Puis elle se convainquait qu'il s'agissait bien de Maia mais qu'elle s'était noyée entre-temps ou qu'elle était arrivée chez les Xantis qui l'avaient tuée.

« On ne pourrait pas leur en vouloir, s'ils se conduisaient comme des barbares, dit-elle, quand on voit la façon dont on a traité certaines de ces tribus.

– Yara était quelqu'un de très doux, dit le professeur. La mère de Finn.

– Oui, mais c'était il y a longtemps. »

Le professeur n'insista pas et se concentra sur la marche du bateau. Leur embarcation était plus grande et plus rapide que l'*Arabella*, ce qui signifiait aussi qu'il fallait plus de bois. Il avait enlevé sa chemise et sa poitrine était couverte de taches de suie, son visage était écarlate à cause de la chaleur, mais il continuait à faire avancer le bateau comme un magicien pris de folie.

Toutefois, quand Mlle Minton essaya de le convaincre de continuer pendant la nuit, il s'y opposa fermement.

« Ce serait dangereux et idiot, dit-il. Si nous nous échouons, nous ne pourrons jamais repartir. »

Mlle Minton alla donc s'allonger dans la cabine, tandis que le professeur faisait de même sur le pont. Dès les premières lueurs de l'aube, Mlle Minton prépara du café noir si fort qu'il leur emporta le palais et ils repartirent immédiatement.

« J'ai été bête, dit-elle assise à l'arrière du bateau, la barre à la main. J'aurais dû rester avec Henry Harrington qui tirait les chiots à travers les grillages des courts de tennis. Ou Lavinia Freemantle qui arrachait les ailes des papillons. Dieu sait si j'ai dû m'occuper d'enfants épouvantables. Mais Maia... »

Ils voyaient parfois des objets que le professeur aurait adoré ramasser : le nid abandonné d'un colibri contenant encore deux œufs à peine plus gros que des petits pois, une orchidée écarlate d'une espèce qu'il n'avait encore jamais rencontrée. Mais Mlle Minton lui interdisait de faire halte. Même si un paresseux géant couvert de longs poils roux était venu traîner au bord de l'eau, elle aurait insisté pour continuer sans s'arrêter.

Mais il n'acceptait pas tout sans rien dire.

« Faut-il que vous m'appeliez tout le temps professeur Glastonberry ? » avait-il demandé au bout de trois jours de voyage.

Mlle Minton était alors à la barre et regardait la surface de l'eau pour détecter la présence de bancs de sable ou de rochers submergés.

« Je ne connais pas votre prénom », répondit-elle.

Le professeur rougit légèrement.

« Je m'appelle Neville », avoua-t-il.

Mlle Minton se tourna vers lui ; il était couvert de taches de cambouis, mal rasé et dégoulinant de sueur. Elle se rendit compte alors de tout ce qu'il faisait pour elle.

« Et alors ? fit-elle. C'est un très joli nom. »

Par la suite, elle se montra plus calme et plus raisonnable. Elle ouvrit quelques-unes des boîtes de conserve qu'elle avait achetées et prépara un véritable repas. Elle s'autorisa même à remarquer la beauté du paysage et se souvint qu'elle avait un jour espéré gagner sa vie en devenant botaniste.

« Vous ne perdrez pas votre emploi à cause de cette expédition ? demanda-t-elle. Nous sommes partis si précipitamment. »

Le professeur haussa les épaules.

« Sans doute pas. Mais même si ça devait être le cas, ce ne serait pas très grave. Je serais de toute manière obligé de prendre ma retraite dans deux ou trois ans et j'ai quelques économies. »

Il mit une autre bûche dans la chaudière.

« Parfois, j'accompagnais Taverner dans ses voyages. Je pourrais gagner ma vie de cette façon... Des gens sont prêts à payer beaucoup d'argent pour qu'on leur montre la faune et la flore, sans même qu'il soit question de rassembler des spécimens. » Il jeta un regard sur le fleuve.

« C'était mon intention quand je suis arrivé ici, mais ma femme n'aimait pas voyager. »

Ils entrèrent dans la rivière Agarapi et virent peu après un énorme serpent, extrêmement long, qui glissait entre les feuilles et s'enfonçait sous l'eau sombre.

« Un anaconda, dit le professeur.

– C'est dangereux ?

– Pas pour nous, dit le professeur. C'est un bon présage. Le dieu des eaux se manifeste à nous.

– Alors, peut-être qu'on la retrouvera, dit Mlle Minton à voix basse.

– Qu'est-ce que vous comptez faire avec Maia quand vous l'aurez rattrapée ? demanda le professeur ce soir-là.

– Je vais la ramener chez les Keminsky, et je ne la quitterai plus d'un pas.

– Ce ne sera sans doute pas très facile pour elle.

– Et pourquoi donc ? Les Keminsky sont les gens les plus charmants qui soient.

– Oui, mais elle a goûté à la liberté.

– Ça ne veut rien dire du tout, aboya Mlle Minton, qui sentit son corset lui coller à la peau du dos. Moi aussi j'ai goûté à la liberté, dit-elle. Mais je dois rentrer et elle n'y échappera pas non plus. »

Ils devaient maintenant se souvenir de l'itinéraire que Finn avait l'intention de suivre, mais le manque de sommeil et l'angoisse commençaient à se faire sentir. Ils devaient encore faire face à un autre sujet d'inquiétude : le tirant d'eau du bateau des Carter était plus important que celui de l'*Arabella.* Que faire si la rivière devenait trop peu profonde pour leur permettre de continuer ?

Le cinquième jour, Mlle Minton avait secrètement abandonné tout espoir, et même le professeur ne faisait plus aucun effort pour se montrer enjoué.

Puis, une semaine après leur départ, alors qu'ils suivaient un coude dans le tracé du fleuve, ils entendirent un chien aboyer.

Les enfants se retournèrent et virent le bateau vert épinard qui venait vers eux.

« Oh non ! Pas les Carter ! s'écria Maia. Elle chercha désespérément un endroit où se cacher. Si je m'enfuis dans la jungle... »

Mais ce n'étaient pas les Carter. D'une certaine manière, c'était encore pire, car elle ne pouvait pas se cacher ni prendre la fuite devant la femme qui venait de se dresser à la proue du bateau.

« Tu es folle ! cria Mlle Minton. Tu es complètement folle, Maia. Qu'est-ce que cela signifie ? »

Puis elle s'engouffra dans la cabine où, pour la première fois depuis l'annonce de la disparition de Maia dans l'incendie, elle éclata en sanglots.

Mais le soulagement de revoir Maia s'exprima très vite différemment. À bord de l'*Arabella*, elle lui reprocha d'être décoiffée, pieds nus, et vêtue n'importe comment.

Elle avait apporté une brosse à dents, et même une brosse à cheveux, mais comme elle disait, il faudrait des jours avant que Maia ait à nouveau l'air d'une personne civilisée. Elle gronda Finn parce qu'il avait entraîné Maia dans cette histoire, lui posa toutes sortes de questions déplaisantes sur son latin et voulut savoir à quelle fréquence ils avaient pris leurs pilules de quinine. Quand elle en eut fini avec les reproches et les remontrances, Maia regretta presque que Minty ne l'ait pas abandonnée.

Un peu plus tard, les enfants se rendirent à bord du bateau des Carter pour le dîner. Le professeur y faisait la cuisine avec enthousiasme. Il avait ouvert une boîte de corned-beef et préparé un hachis avec des oignons sauvages et des piments.

Finn, qui avait toujours eu une immense admiration pour le professeur, lui montra quelques spécimens qu'il avait récoltés et lui demanda de les identifier. Ce fut ensuite qu'on leur raconta ce qui était arrivé aux Carter.

« C'est une histoire incroyable, dit Mlle Minton. Lady Parsons a envoyé un télégramme et a proposé de les accueillir ! Vous imaginez si les jumelles étaient heureuses à l'idée de vivre sous le toit d'une véritable aristocrate. »

Maia était étonnée.

« Elle paraissait tellement effrayante sur ce portrait. Avec son visage carré et ses rangs de perles.

– En tout cas, elle a fait son devoir, dit Mlle Minton. Elles ont pris le bateau juste avant notre départ.

– Et M. Carter les a accompagnées ? » demanda Finn.

Mlle Minton secoua la tête.

« Il doit rester à l'hôpital encore un moment. Et je suis sûre qu'il ne s'en plaint pas trop, car il aura à affronter des événements très désagréables à sa sortie. »

Elle expliqua alors qu'il serait jugé et elle décrivit ce qui l'attendait s'il était reconnu coupable.

Mais très vite, on en vint à parler des Keminsky.

« Je regrette que tu n'aies jamais reçu le message que je t'avais envoyé ce soir-là, dit Minty. Je m'étais organisée pour que nous allions vivre chez eux. Ça te plairait, non ? » demanda-t-elle à Maia.

Celle-ci regardait son assiette sans rien dire.

« Bien sûr que ça lui plairait, dit Finn sur un ton sarcastique, Sergei pourra s'agenouiller devant elle, comme dans les livres. »

Mlle Minton le fit taire d'un seul regard.

« Les Keminsky ont été la bonté même. Ils ont préparé une chambre pour Maia, au dernier étage, avec vue sur le fleuve. »

Mais Maia ne voulait pas de vue sur le fleuve, elle voulait naviguer sur le fleuve. Cette grande maison, leurs repas luxueux, et leurs bavardages en russe n'avaient plus aucun attrait pour elle. Elle voulait être avec Finn et vivre libre...

« Je suis obligée de rentrer ? demanda-t-elle à voix basse.

– Oui, et dès demain matin, répondit Mlle Minton. Tu pourras commencer à préparer tes affaires quand tu auras fini de te laver. »

Songeant qu'elle passait là sa dernière nuit à bord de l'*Arabella*, Maia lutta contre le sommeil. Il fallait qu'elle garde tous ces souvenirs, le clapotis de l'eau contre les flancs du bateau, les papillons blancs, les vers luisants...

Finn était éveillé lui aussi

« Quand je serai adulte, je reviendrai auprès de toi, je te le promets. Et là, personne ne pourra nous interdire de faire quoi que ce soit. »

Mais elle n'était pas encore une adulte et lui non plus, Finn continuerait donc sa route seul. Le professeur avait essayé de le persuader de rentrer avec eux, mais Finn lui avait répondu : « J'ai promis à mon père que je rejoindrais les Xantis, je lui ai promis. »

Maintenant qu'il était allongé dans l'obscurité, il se rendait compte à quel point il haïssait la perspective de se retrouver seul pour le reste de son voyage. Il n'avait pas vraiment peur. Il savait qu'il y arriverait, mais tout d'un coup, il comprenait que ce serait bien triste de reprendre la route sans son amie.

« On peut toujours s'enfuir dans la jungle », suggéra Maia. Mais Finn refusa.

« Minty t'aime beaucoup. Le professeur m'a dit qu'elle a failli perdre la raison quand elle a cru que tu étais morte dans l'incendie. Tu ne peux pas lui jouer ce tour. Et à lui non plus. Ce sont des gens bien, c'est juste que... Oh, pourquoi est-ce que les adultes ne comprennent pas que nous savons aussi bien qu'eux ce qui est le mieux pour nous ? »

Les enfants s'endormirent enfin, mais, sur le bateau sans nom, Mlle Minton ne trouvait pas le sommeil.

Au bout d'un moment, elle se leva et se rendit sur le pont. Tout s'était passé comme elle l'avait espéré. Elle avait retrouvé Maia, Maia était saine et sauve. Elle était même heureuse, ou du moins, elle l'avait été. Et Finn aussi. Ils avaient pris soin de leur bateau, étiqueté leurs spécimens convenablement et pris leurs pilules de quinine. Bernard aurait été fier de son fils.

Alors pourquoi se sentait-elle si... si insatisfaite ?

Derrière elle, le professeur remua dans son sommeil.

« Vous ne dormez pas ? » demanda-t-elle.

Il ouvrit les yeux.

« Disons que je ne dors plus.

– J'ai besoin de vous parler, fit Mlle Minton, je vais préparer du thé. »

Les enfants dormirent tard, se lavèrent et s'habillèrent en silence. Ils n'osaient pas parler, Maia rangea ses affaires dans un vieux sac de toile et caressa le chien.

« Je viendrai dire au revoir dans une minute », annonça Finn.

Le bateau des Carter était prêt à partir, on avait débarrassé les affaires du petit déjeuner, les amarres étaient larguées. Le professeur allumait la chaudière et y ajoutait des bûches. Mlle Minton était assise à la poupe avec un paquet enveloppé dans un sac de toile sur les genoux.

« Je suis prête, dit Maia en essayant de maîtriser sa voix. *Ne pas pleurer. Et surtout ne pas faire la tête,* se dit-elle. Finn va venir nous dire au revoir.

– Ce ne sera pas nécessaire, répondit Mlle Minton.

– Mais il en a envie.

– Peut-être, mais ce ne sera pas nécessaire. »

Maia regarda sa gouvernante. Mlle Minton lui parut soudain différente... Plus douce ? Plus souple ? Moins nerveuse ?

« Pourquoi ? demanda-t-elle. Pourquoi est-ce que ça ne sera pas nécessaire ?

– Parce que nous venons avec vous. Nous continuons. Retourne sur l'*Arabella* et dis à Finn que nous suivrons à trois encablures. »

Comme Maia s'apprêtait à partir, croyant à peine à son bonheur, elle entendit un bruit d'éclaboussures.

Mlle Minton se penchait par-dessus le bord du bateau et regardait le paquet qu'elle avait tenu sur les genoux dériver sur la rivière.

« Qu'est-ce que c'est ? » demanda Maia.

Mlle Minton se redressa.

« Si tu tiens vraiment à le savoir, dit-elle, c'était mon corset. »

Chapitre 22

« Enfin Béatrice ! aboya Lady Parsons. Combien de fois faudra-t-il te dire que tu dois boutonner la veste de Kiki jusqu'à son petit cou ? Tu ne voudrais pas que le pauvre chien-chien attrape froid, tout de même ? »

Béatrice lança un regard assassin à l'animal tout tremblant qui attendait sur le guéridon de l'entrée qu'on le prépare pour sa promenade de l'après-midi.

Béatrice aurait bien aimé qu'il attrape froid. Puis qu'il attrape une pneumonie et qu'il en meure.

Mais elle ne dit rien et boutonna la veste en tartan qu'il portait toujours quand il partait en promenade, puisqu'il n'avait pas assez de poils ou d'intelligence pour se tenir au chaud.

« Et maintenant la laisse », ordonna Lady Parsons. Béatrice alla chercher la laisse et l'accrocha au collier de Kiki qui essayait de lui mordre les doigts.

« Et voilà, mon petit trésor », dit Lady Parsons au chien. Puis s'adressant à Béatrice, elle ajouta : « Et maintenant tu dois lui faire faire au moins trois allers-retours sur la promenade. Et si tu ne le fais que deux fois, je le saurai, parce que Mme Tandry te surveillera par la fenêtre. Et en aucun cas, tu ne dois l'autoriser à aller renifler les autres chiens. »

C'était un jour gris, le vent soufflait et les vagues venaient se briser tristement sur la plage de galets de Littleford. Mais il était impossible d'échapper à cette corvée. Depuis qu'elles étaient arrivées en Angleterre, Béatrice avait été obligée de promener le chien tous les après-midi et Gwendolyn tous les matins.

Pendant que Béatrice tirait derrière elle le petit chien le long de la plage balayée par les vents, Gwendolyn était dans l'office et versait de l'eau bouillante dans la bouillotte de Lady Parsons en prévision de sa sieste. Quand elle eut fini, elle l'apporta à l'étage dans la grande chambre avec ses tapis persans, ses napperons en dentelle, et les photos de Sir Hector Parsons qui avait été tué par accident au Kenya pendant qu'il chassait le lion. Si elle se dépêchait de redescendre, elle aurait une demi-heure de libre pour lire un illustré qu'elle avait trouvé dans le tiroir de la table de la cuisine, avant de se mettre à préparer le thé.

« Gwendolyn ! hurla furieusement Lady Parsons depuis sa chambre à coucher. Reviens immédiatement ! Combien de fois t'ai-je dit qu'il fallait envelopper la bouteille dans mon châle ? Tu voudrais que je me brûle les pieds ? »

Oui, Gwendolyn aurait bien voulu qu'elle se brûle les pieds comme Béatrice aurait bien aimé que le petit chien attrape une pneumonie. Mais après un mois sous le toit de Lady Parsons, elle avait compris qu'il n'y avait rien à faire, elles étaient à sa merci. Les Carter n'avaient pas un sou et nulle part où aller.

« J'espère ne pas avoir à te dire dans quel châle il faut envelopper la bouteille.

– Non, Lady Parsons, c'est le châle au crochet, violet, dans le deuxième tiroir en partant du haut.

– Eh bien, si tu le sais, qu'attends-tu ? fit Lady Parsons. Et dis à ta mère de se dépêcher de retourner le col de ma robe en velours bleu. Je vais la porter ce soir pour ma partie de bridge. »

Quand la jeune fille eut quitté la chambre, Lady Parsons se laissa retomber sur son oreiller avec un soupir de satisfaction. Ces filles étaient molles et bêtes, mais elle pourrait toujours les dresser, tout comme leur mère. Elle avait bien fait de les accueillir chez elle.

Lady Parsons était une riche veuve. Elle était aussi d'une incroyable avarice. Elle économisait son argent avec passion et lorsqu'elle voyait prospérer son compte en banque, elle en ressentait une joie que rien ne pouvait égaler.

Son mari lui avait laissé Grey Gables en héritage, la plus grande et la plus impressionnante de toutes les maisons de la promenade. Il lui avait aussi laissé un grand jardin, une orangerie et sa cabine de bain sur la plage. Lady Parsons était une femme d'âge moyen, en pleine santé, libre de faire ce qu'il lui plaisait, et elle ne s'en privait pas : elle économisait.

Quand elle avait reçu la lettre de Mme Carter lui expliquant que Clifford avait à nouveau des ennuis et qu'ils se retrouvaient sans le sou, Lady Parsons s'était montrée extrêmement contrariée. En quoi était-elle concernée par les difficultés que connaissaient les Carter ? Mme Carter était peut-être une cousine au quatrième degré, mais ça ne lui donnait pas le droit de venir lui casser les pieds.

C'est alors que Lady Parsons eut une idée lumineuse. Sa femme de chambre, celle qui l'aidait à s'habiller, à se coiffer, et à ranger ses habits, commençait à se faire vieille. Elle décida qu'elle la renverrait et qu'elle se débarrasserait également de la personne qu'elle payait pour promener le chien, rembobiner ses pelotes de laine et lui faire un peu de lecture. Les Carter feraient ce travail à leur place. Non seulement elle économiserait sur les gages de ces gens, mais elle n'aurait plus besoin d'accorder des jours de congé et des dimanches, ce que réclamaient sans cesse les domestiques, de nos jours. Quant à M. Carter qui attendait de se retrouver en prison au Brésil, on n'en parlerait pas, et il ne viendrait plus traîner ses guêtres devant sa porte.

Jusqu'à présent, tout s'était bien passé. Elle avait aménagé un salon dans le sous-sol où les Carter pouvaient se retirer quand elle n'avait pas besoin d'elles, et parfois, quand elle sortait en ville, elle emmenait Béatrice ou Gwendolyn, ou leur mère, à côté d'elle dans la calèche pour que tous ses amis puissent voir à quel point elle avait été généreuse en les recueillant.

« N'êtes-vous pas reconnaissantes envers cette chère Lady Parsons ? » demandaient les amis quand elle faisait arrêter la calèche pour les saluer d'une courbette, tandis que les jumelles serraient les dents en répondant que oui, elles éprouvaient une immense gratitude. Mais dès qu'elles arrivaient à la maison, il fallait se remettre au travail.

Elle leur trouvait toujours de nouvelles corvées. Il fallait ranger le fil à broder, lui apporter son petit déjeuner sur un plateau, et couper le steak de Kiki en petits carrés de deux centimètres et demi très exactement. On les envoyait faire des courses par tous les temps et surtout à la pharmacie d'où elles ramenaient toutes sortes de remèdes aux maladies imaginaires de Lady Parsons. Il fallait mettre de l'ordre dans ses tiroirs, accrocher son corset, et Mme Carter devait repriser les bas de Lady Parsons, faire des ourlets à ses robes et brosser ses chapeaux.

Le soir, les Carter étaient tellement fatiguées que lorsqu'un scarabée traversait leur salon au rez-de-chaussée, Mme Carter ne prenait même pas la peine d'aller chercher l'insecticide dans l'office.

Une des tâches que les jumelles haïssaient le plus était la lecture à haute voix. Elles lisaient très mal, trébuchaient sur les mots, mais peu importait à Lady Parsons, car c'était uniquement pour elle une façon de se faire bercer. Béatrice dut lire *Ivanhoé* de la première à la dernière page, et Gwendolyn lisait chaque semaine un nouveau roman sentimental, sans en comprendre un traître mot.

Pendant le petit déjeuner, elles lisaient le journal à haute voix, et c'est ainsi qu'elles apprirent ce qui était arrivé à Maia et à Mlle Minton après leur départ.

Béatrice parcourait la rubrique mondaine et s'informait de ce que ferait le roi Édouard ce soir-là, quand un article attira son attention sur la page en vis-à-vis qui traitait des nouvelles de l'étranger.

Elle interrompit sa lecture, resta bouche bée, puis suivant les lignes avec son doigt pour être sûre de ne pas se tromper, elle reprit.

« Alors, tu as perdu ta langue ? » demanda Lady Parsons en relevant la tête.

Mais Béatrice était tellement stupéfaite qu'elle continuait à fixer l'article, comme hébétée. Puis, elle déclara :

« On dit ici que Maia et Mlle Minton et ce gros professeur ont disparu dans la jungle. Maia est partie avec un garçon sur un bateau et Mlle Minton et le professeur les ont suivis pour les ramener et maintenant tout le monde a disparu. Je vous en supplie, Lady Parsons, permettez-moi d'aller montrer ça à maman et à Gwendolyn. »

Béatrice n'avait pas l'habitude de courir, mais elle partit cette fois à toutes jambes sans tenir compte des cris de protestation de Lady Parsons.

Mme Carter lut tout l'article à haute voix. Apparemment, on n'avait plus de nouvelles de Maia ni de

Mlle Minton depuis des semaines et on avait envoyé une équipe de secours à leur recherche.

« La région dans laquelle ils se sont enfoncés est encore peuplée de tribus sauvages, certaines sont même cannibales. De plus, cette partie du pays est infestée de jaguars, de vipères, de caïmans et autrc prédateurs dangereux. On craint qu'il ne soit arrivé malheur aux membres du groupe. »

« Elle a donc survécu à l'incendie », conclut Mme Carter. Quand elles avaient quitté Manaus, on n'avait toujours pas retrouvé Maia.

« C'est bien fait pour elle, si elle finit dans une marmite. Elle a toujours préféré les Indiens à tout le monde.

– Enfin ! Béatrice ! s'exclama Mme Carter. Il ne faut pas dire de telles choses.

– On ne les dira pas, répondit Gwendolyn, mais personne ne peut nous interdire de les penser. »

Pendant tout le reste de la journée, elles donnèrent au chien son vermifuge, repassèrent les mouchoirs de Lady Parsons, recousirent les pompons sur ses pantoufles. Et parfois leurs petites bouches serrées se relevaient en un sourire.

« C'est peut-être épouvantable ici, mais au moins on ne nous mangera pas », dit Béatrice.

Gwendolyn acquiesça.

Chapitre 23

Maia n'avait jamais eu de sœurs ni de cousins, mais elle venait de s'en trouver. Sa journée dans le village xanti démarrait en compagnie de trois filles de son âge, qui la sortaient de son sommeil et l'entraînaient jusqu'à la rivière pour nager.

Cette baignade n'avait rien à voir avec une sérieuse séance de natation. Elles s'aspergeaient, se plongeaient mutuellement la tête sous l'eau et faisaient semblant d'avoir été mordues par une anguille, puis elles se pourchassaient dans la forêt, se peignaient et essayaient de convaincre Maia qu'il lui fallait un bracelet à la cheville.

Ensuite, on amenait les bébés au bord du fleuve, et tandis qu'ils hurlaient on les douchait avec de l'eau puisée à l'aide d'un coquillage qui faisait office de calebasse. Maia devait s'occuper de deux bébés en particulier, deux petits bonshommes aux grands yeux qui se transformaient en diables quand elle essayait de les laver.

Quand Maia ramenait les bébés au village, Mlle Minton était généralement plongée dans la rédaction de son dictionnaire anglais-xanti, mais ce jour-là, elle était entourée par un groupe de femmes qui l'imploraient d'imiter une personne souffrant de maux d'estomac.

« MODESTOMA », criaient-elles, parce que c'était leur mot préféré. Quand elle avait besoin d'un terme pour son dictionnaire et qu'elle ne parvenait pas à faire comprendre aux Xantis ce qu'elle cherchait, Mlle Minton se lançait dans le mime. Ils avaient apprécié le spectacle de ses dents se refermant sèchement quand elle avait voulu apprendre le mot xanti pour désigner un alligator et ils avaient été très impressionnés quand elle s'était piquée avec une épine pour qu'on lui dise le mot « sang ». Mais l'imitation qu'ils préféraient sans aucun doute était celle où elle se frottait l'estomac et se pliait en deux en geignant sous l'effet de la douleur.

Toutefois, lorsque Mlle Minton souffrit d'une de ses effroyables migraines peu après son arrivée, elle n'eut pas besoin de poser de questions. Les femmes de la tribu la trouvèrent adossée à un arbre, les yeux fermés, et revinrent avec une décoction de feuilles amères et vert sombre, parfaitement dégoûtante en apparence qu'elles l'obligèrent à boire. En quelques heures à peine, elle se trouva parfaitement rétablie.

Le village xanti ne ressemblait pas du tout au sombre dédale de cases perdu dans la forêt que Maia avait imaginé. Il occupait le centre d'une vaste clairière. La nuit, ils pouvaient voir la Croix du Sud et les étoiles brillaient d'un tel éclat qu'elles en paraissaient irréelles. Pendant la journée, le soleil éclairait l'espace où les enfants jouaient et les animaux se déplaçaient en toute liberté.

Presque tous les enfants avaient un animal familier, un petit garçon avec un pied bot possédait une énorme araignée mangeuse d'oiseaux qu'il tenait au bout d'une liane et promenait comme un petit chien. Un des neveux du chef avait pour compagnon un tamarin doré, un singe si minuscule qu'on pouvait le tenir dans le creux de la main. Des macaques et des perroquets apprivoisés venaient se poser sur l'épaule de leurs maîtres et repartaient immédiatement sous le regard du chien de Finn qui croyait devenir fou.

Après le lever du soleil, alors que tout le monde était occupé à prendre le petit déjeuner, le Pr Glastonberry faisait son apparition. Les Xantis avaient tressé des abris de feuilles de palmiers pour leurs hôtes, mais il préférait dormir dans le bateau des Carter, amarré à côté de l'*Arabella*. Ainsi, il pouvait surveiller les bateaux et sa collection de spécimens qui s'accroissait de jour en jour.

Après le petit déjeuner, les femmes se consacraient généralement à leurs tâches, elles tressaient des hamacs, ou pilonnaient des racines de manioc pour en faire de la farine, ou encore faisaient des paniers. Mais Maia n'était pas obligée de se joindre à elles, on l'autorisait à se rendre auprès des musiciens. L'un d'eux jouait d'une minuscule flûte à trois trous taillée dans les os d'un cerf, un autre avait creusé le tronc d'un palmier et en tirait des sons semblables à ceux d'un tuba...

Maia apprenait à jouer de cette flûte et les hommes l'accompagnaient de leurs chants. Ils entonnaient des chants de travail ou de célébration car ils avaient compris que Maia avait besoin d'apprendre la musique comme Mlle Minton voulait apprendre leur langage. Et Finn désirait en savoir plus sur les plantes dont ils se servaient pour confectionner des remèdes.

Maia comprit alors ce qu'avait voulu lui expliquer Haltmann quand il lui avait dit qu'elle trouverait l'authentique musique indienne extrêmement difficile à retranscrire. Ces chants étranges et primitifs semblaient parfois n'avoir aucune mélodie, et pourtant, à force de les entendre, elle avait fini par les apprécier.

Mais ils voulaient recevoir la même chose en retour. « CHANTE MAIA », entendait-on dans le village, au moins aussi souvent que « MODESTOMA ». Maia avait commencé par chanter des comptines amusantes pour les enfants, parce qu'elle savait que les Xantis aimaient rire. Mais ils préféraient les vieilles ballades, les airs mélancoliques sur le mode mineur qui racontaient l'histoire d'amants séparés, de naufrages en mer et de gens en pleurs devant des tombes.

Vers midi, les Xantis sommeillaient dans leurs hamacs sous les branches, tandis que Maia et Finn faisaient une promenade dans un endroit frais le long du fleuve, surveillant du coin de l'œil l'arrivée de Mlle Minton qui risquait de leur infliger une séance de calcul mental ou une révision des verbes latins.

« Tu te souviens que je t'avais répété les paroles de mon père, "*carpe diem*" ? dit Maia. Eh bien, ici, j'ai l'impression que ce n'est même pas nécessaire. À quoi bon faire l'effort de se saisir des jours ? Ils te sont offerts. »

Finn passait de longs moments en compagnie du vieux chef de la tribu et de son entourage. Comme Finn connaissait déjà quelques mots de xanti avant son arrivée, il apprit la langue plus rapidement que ses compagnons de voyage. Le chef n'était pas un redoutable guerrier coiffé de plumes, contrairement à ce que Maia avait imaginé, il ressemblait plutôt à un directeur d'école, et de temps à autre, il sortait de sa case pour faire la leçon aux Xantis et les rappeler à leurs devoirs, surtout les femmes qui étaient censées travailler avec plus d'acharnement et se lever plus tôt pour aller se baigner. Souvent, il passait son bras autour des épaules de Finn. Il avait connu Yara et ne l'avait pas oubliée.

Maia trouvait que Finn était plus calme ici, il ne se demandait pas tout le temps ce qu'il allait faire, il observait longuement les femmes qui préparaient la nourriture, allaient chercher de l'eau à la rivière, ou bêchaient les petits jardins qu'elles cultivaient en bordure de la clairière.

« Ma mère se consacrait certainement à tous ces travaux, dit-il. Je me demande si elle a souffert de devoir quitter ses amies. »

L'après-midi, on organisait le plus souvent une expédition dans la forêt pour cueillir des plantes et ramasser des baies. Maia s'émerveillait de voir les Xantis aussi paisibles et aussi respectueux de la nature. Ils traitaient le moindre bosquet, la moindre cascade comme de vieux amis. Ils marchaient pieds nus sur des épines, à travers des marécages, sur des tas de feuilles qui auraient pu cacher un serpent. Et pourtant, aucun d'entre eux n'avait jamais eu d'accident.

« Ils ont des pieds intelligents », commenta le professeur.

Mais le professeur ne pouvait pas toujours passer tout un après-midi dans les bois. Peu après son arrivée, il avait dessiné un paresseux géant sur le sable, un terrible animal à poils longs, doté de griffes redoutables. Et les Xantis lui avaient répondu que oui, oui, ils connaissaient effectivement cette créature. Ils lui avaient donné un nom dans leur langue, et très vite, ils s'étaient tous mis à rugir de concert en marchant d'un pas lourd et en agitant de dangereuses griffes imaginaires.

Ils dirent au professeur que l'animal vivait dans des grottes sur les hautes terres en amont de la rivière. À partir de ce moment-là, le professeur fut comme hanté. À midi, tous les hommes disponibles et même quelques autres qui n'auraient pas dû l'être empilaient des tonnes de bûches dans le bateau des Carter et attendaient à bord de montrer le chemin. Après une vie passée à faire avancer des canoës à la pagaie, rien ne pouvait être plus excitant qu'un voyage sur la « barque de feu ».

Mais ils n'avaient jusqu'à présent trouvé aucune trace du paresseux géant ou de ses ossements. Ils n'avaient même pas pu découvrir l'entrée de la grotte.

En revanche, ils avaient fait d'autres trouvailles : des poissons fossilisés, des fleurs étranges et les graines d'une plante qui ne fleurissait que tous les vingt ans... le professeur emmagasina tout cela.

Et puis, il y avait toujours le lendemain...

Mais au début de cette journée qui s'acheva aussi étrangement, les hommes étaient partis chasser. Les Xantis n'étaient pas des guerriers. Ils ne livraient pas de furieuses batailles contre les tribus voisines, et s'ils étaient menacés, ils se contentaient de disparaître dans la forêt où ils se cachaient parfois pendant plusieurs semaines d'affilée. Toutefois, quand ils avaient faim, ils savaient se servir de leurs arcs et de leurs flèches avec une redoutable habileté. Ils revenaient maintenant au village avec deux cochons sauvages, un daim et deux dindes bien grasses.

« Mon Dieu ! s'exclama Mlle Minton. Je crains que nous n'ayons droit à une fête. »

Elle ne s'était pas trompée. Les Xantis adoraient faire la fête et tout ce que cela impliquait. Ils aimaient se peindre le visage et revêtir toutes sortes d'ornements qu'ils préparaient longuement. Ils aimaient manger et danser... et ils aimaient aussi beaucoup se saouler avec la bière que les femmes brassaient à partir de racines de manioc.

Dans les premiers temps, Mlle Minton avait essayé d'échapper aux célébrations et de rester avec Maia près des bateaux. Mais les Xantis s'en étaient montrés tellement étonnés et vexés qu'elle dut céder. Elle était donc assise avec Maia dans le cercle qui s'était formé autour du feu et ne ratait aucun détail de la scène.

Les « sœurs » de Maia l'avaient implorée de s'arranger un peu pour la soirée, et avaient donc apporté quelques bols de teinture rouge et noire pour lui peindre le visage. Mlle Minton avait accepté de porter une ou deux marques rouges sur le front et une couronne de plumes de toucan. Non pas que Mlle Minton eût besoin de soigner son apparence. Au moindre signe qu'une fête allait avoir lieu, les femmes allaient chercher son collier de dents de lait et l'obligeaient à se le passer autour du cou. Elle avait essayé de l'offrir à la tribu, mais ils refusaient régulièrement d'accepter un cadeau aussi précieux, disaient-ils.

Finn était assis près du vieux chef et de ses frères. C'est étrange, songea Maia comme Finn paraissait indien et exotique à Manaus, tandis qu'ici, regardant le feu d'un air songeur, il avait tout d'un Européen.

Maia aimait le début des fêtes, avant que les participants ne soient trop ivres : l'odeur du porc rôti qui se mêlait au parfum des lys sauvages poussant autour des cases, la douce brise qui lui rafraîchissait les joues et, par-dessus tout, les étoiles étincelantes.

Très vite, les hommes se mirent à danser, et les femmes vinrent se joindre à eux.

Puis Maia entendit l'invitation qu'elle craignait tant : « CHANTE MAIA » crièrent les Xantis. Ses « sœurs » vinrent et la tirèrent par le bras.

Alors elle chanta, et comme cette fête était à prendre au sérieux, elle choisit une chanson que sa mère aimait tout particulièrement.

Sa voix pure et claire, les paroles en anglais résonnèrent dans tout le village et le long du fleuve.

Quand soudain :

« Mon Dieu ! s'exclama le capitaine Pereia, à bord d'une vedette de la police fluviale brésilienne. Écoutez, nous les avons retrouvés ! Cette jeune fille doit être une prisonnière que ces cochons obligent à chanter. Éteignez les moteurs, nous allons les prendre par surprise. Mais ne tirez pas avant d'en avoir reçu l'ordre. »

Maia s'était arrêtée de chanter. Elle allait rejoindre Mlle Minton quand elle les vit.

Une douzaine d'hommes, peut-être plus, le visage noirci au charbon, et tous armés de fusils qui approchaient en rampant.

« Ne bougez plus, cria le capitaine, nous sommes armés. »

On entendit un seul coup de feu.

« Fuyez ! » cria Finn aux hommes et aux femmes de la tribu de sa mère.

Les Xantis poussèrent un cri et s'éparpillèrent dans la forêt, laissant là les quatre Européens qui lançaient des regards horrifiés vers les envahisseurs.

Mais ce ne furent pas les Xantis qui se trouvèrent encerclés.

« Qui êtes-vous ? demanda Mlle Minton, furieuse, en s'adressant au chef avec son visage tout noir.

– Qu'est-ce que vous voulez ? » ajouta Finn.

Le capitaine Pereia resta bouche bée. Une grande femme, un jeune garçon qui parlait parfaitement l'anglais, un vieux monsieur, et la jeune fille qui chantait.

C'étaient sans doute là les gens qu'on lui avait demandé de secourir... mais tout de même... une dame coiffée de plumes avec un collier de dents humaines autour du cou... un garçon au visage peinturluré... Le spectacle lui parut des plus choquants. Étaient-ils devenus pire que les indigènes ?

« Vous êtes en sécurité maintenant, dit-il. Nous sommes là pour vous ramener. Ne vous inquiétez pas, vous n'avez plus rien à craindre. »

Finn jeta un regard sur le village déserté, les torches qui brûlaient encore, les plumes que ses amis avaient laissé tomber par terre dans leur fuite... Puis il se tourna vers ces hommes au visage noirci, armés de fusils.

« Nous étions en sécurité, dit-il amèrement. Nous étions en sécurité tant que nous étions avec les Xantis, mais maintenant... »

C'était le corset de Mlle Minton qui avait déclenché l'alarme. Il avait flotté sur la rivière Agarapi beaucoup plus longtemps que prévu. Puis, en coulant, il avait été retenu par un billot de balsa qui l'avait entraîné jusque dans la rivière Negro, là il avait été pris dans un filet de pêcheur.

L'homme qui l'avait trouvé l'avait apporté à l'officier de police local qui avait envoyé un rapport au commissariat de la ville la plus proche où l'officier en charge avait reconnu qu'il s'agissait d'un corset de fabrication anglaise et l'avait transmis au colonel Da Silva à Manaus.

Lorsqu'on remarqua à l'intérieur une étiquette portant le nom de A. Minton, les carottes étaient cuites. Le colonel fut très troublé à la vue du corset complètement délavé de Mlle Minton. Il connaissait cette femme et la pensait incapable de se défaire, de plein gré, de ses sous-vêtements. Sans doute avait-elle été capturée par une tribu d'Indiens hostiles et dans ce cas, le professeur et les enfants qu'ils recherchaient avaient probablement connu le même sort.

Aussi fit-on appel au capitaine Pereia de la police fluviale brésilienne. On lui demanda de choisir ses meilleurs hommes et de s'embarquer sur la vedette la plus rapide et la mieux armée pour se lancer sur-le-champ à leur recherche.

Le capitaine ne perdit pas de temps. Il avait déjà mené à bien plusieurs missions : c'était lui qui avait écrasé la révolte des Indiens Talapis contre leur employeur à la mine d'argent de Matto. Il avait mis fin à une bagarre entre deux gangs rivaux de trafiquants de drogue à la frontière du Venezuela, et il avait sauvé de justesse un missionnaire d'entre les mains des Kalis qui s'apprêtaient à l'exécuter.

Moins de six heures après avoir été convoqués, le capitaine Pereia et douze de ses hommes les plus aguerris s'étaient lancés sur le fleuve à une vitesse qui avait fait l'émerveillement et la fierté des enfants sur les rives.

Pour marquer leur admiration, ceux-ci avaient échangé moult coups de coude et tapes dans le dos.

Mais malgré le succès éclatant de sa mission, le capitaine Pereia était déçu. Aucun des rescapés ne l'avait remercié. Ils étaient plus stupéfaits que contents, et le fichu chien du garçon n'arrêtait pas d'aboyer.

« Que d'ingratitude en ce monde ! marmonnait-il à son lieutenant. On croirait presque qu'on les a faits prisonniers au lieu de les délivrer. »

Ils l'avaient toutefois suivi à bord. Ils avaient même accepté de rentrer sur le bateau rapide de la police et de confier le bateau vert épinard ainsi que l'*Arabella* aux hommes de Pereia. Apparemment, des messages urgents les attendaient à Manaus. Maia craignait que Finn ne refusât, mais il accepta de les accompagner.

Le rêve s'achevait.

Les messages qu'ils reçurent à Manaus ne firent plaisir à personne. M. Murray avait envoyé pas moins de trois télégrammes, exigeant de Mlle Minton qu'elle ramenât Maia en Angleterre immédiatement. Il avait appris la nouvelle de l'incendie par le consul et lu un article dans le journal sur la fugue de Maia, il en était à la fois inquiet et exaspéré. On trouva également, dans une enveloppe adressée au professeur, un message destiné à Finn signé de la main de Clovis qui, visiblement, s'était mis à paniquer.

« Westwood ? demanda Maia qui l'observait.

– Oui, Clovis a des ennuis.

– Il dit lesquels ?

– Non, mais il affirme qu'il est au désespoir et que je dois venir immédiatement.

– Et tu vas le faire ? »

Finn hocha la tête.

« On ne peut pas fuir indéfiniment, dit-il. Si Clovis a des ennuis, c'est ma faute. »

Mais Maia dut détourner le regard, car elle ne supportait pas de voir toute la détresse dans ses yeux.

Chapitre 24

Ils firent tous trois la traversée sur le bateau qui avait amené Minty et Maia : le *Cardinal*, avec sa cheminée bleue et sa coque blanche comme neige.

Maia pensait que l'épreuve serait plus facile à supporter grâce à la présence de Finn. Ils pourraient au moins partager leur chagrin, mais ce ne fut pas le cas. Finn s'était retiré en lui-même. Il ne disait rien et passait de longs moments accoudé à la rambarde, à regarder les vagues grises. Le froid le surprenait, et parfois il se mettait à frissonner dans le vent.

Il s'était résigné à l'idée que son destin était à Westwood.

« C'est à cause de ce que vous avez dit au musée, expliqua-t-il à Mlle Minton. *"Sors de là, Finn Taverner et conduis-toi comme un homme."* J'ai cru un moment que je pourrais passer le reste de ma vie à fuir, mais si Clovis a des ennuis, il est de mon devoir de l'aider. »

Il avait changé depuis son séjour chez les Xantis. Pour eux, la vie était comme un fleuve, il fallait suivre le courant sans se débattre pour ne pas perdre son souffle et risquer la noyade. Le fleuve de la vie le ramenait apparemment à Westwood.

Il avait laissé son chien aux soins de Furo à cause de la quarantaine qu'on imposait aux animaux à l'entrée en Angleterre. Rob n'aurait jamais supporté de rester enfermé six mois dans un chenil. Dès qu'ils avaient appris que Maia était saine et sauve, les domestiques des Carter étaient revenus, avec la vieille Lila. Ils s'étaient proposés de travailler sans être payés. Mlle Minton leur avait fait repeindre le bateau vert épinard qu'elle avait baptisé *Reine du Fleuve*.

Quant à Maia, elle devait retourner à l'école.

« Elle y sera en sécurité pendant quelques années avant de pouvoir affronter à nouveau le monde », avait déclaré M. Murray dans une lettre adressée à Mlle Minton.

Maia était donc occupée à rassembler ses souvenirs.

« Il ne faut pas se rappeler que les bons moments, disait-elle, il faut aussi garder en tête les épisodes plus pénibles pour savoir que tout cela était bien réel. »

Mais après son départ de chez les jumelles, il n'y avait pas vraiment eu de moments pénibles. Les termites frits que lui avaient servis les Xantis ne lui avaient pas beaucoup plu, et puis il y avait eu cette dinde sauvage qui les réveillait à toute heure de la nuit avec ses appels.

« Mais tout cela faisait partie de l'expérience », concluait Maia.

Mlle Minton savait qu'elle serait démise de ses fonctions et pensait que c'était parfaitement normal. Une gouvernante qui emmenait sa protégée sur l'Amazone pour vivre au milieu d'une tribu d'Indiens ne pouvait espérer garder sa place.

Le professeur lui manquait.

« Voulez-vous m'épouser ? » lui avait-il demandé poliment peu avant le départ. Elle l'avait remercié mais lui avait répondu qu'elle ne pensait pas être faite pour le mariage.

Quand le bateau accosta à Liverpool, ils partirent chacun de leur côté. Finn était bien décidé à se rendre à Westwood tout seul. Il n'avait jamais acheté un billet ni consulté un horaire, mais il semblait savoir immédiatement ce qu'il fallait faire, et il ne voulait l'aide de personne.

« On dirait qu'il se rend sur l'échafaud. Je préférerais qu'il soit un peu moins triste », commenta Maia.

Les adieux entre les enfants se déroulèrent très vite. Finn devait prendre le train pour York, Maia et Mlle Minton se rendraient directement à Londres. Ils étaient trop empêtrés dans leurs bagages et pressés de trouver leurs places pour laisser libre cours à leurs émotions. Ce ne fut que lorsque le train démarra que Maia pensa qu'elle ne reverrait peut-être jamais Finn. Elle entendit alors le bruit sec du fermoir du sac de Mlle Minton, comme elle l'avait entendu le jour où elle avait quitté l'Angleterre. Et comme ce jour-là, elle vit une main qui lui tendait un grand mouchoir pour s'essuyer les yeux.

L'école n'avait pas changé. On voyait la même plaque de cuivre sur laquelle était inscrit : *Institution de Mayfair pour jeunes filles*. Et elle apercevait les alignements de pupitres à travers les fenêtres. Dans la salle de classe B, Mlle Carlyle était probablement en train de faire sa leçon sur la source de la Tamise.

« À demain », dit Mlle Minton avant de s'éloigner rapidement. M. Murray devait venir l'interroger le lendemain après-midi à l'école.

Tout le monde se montra très accueillant et chaleureux. Et d'une certaine manière, c'était encore pire. Toutes les élèves se rassemblèrent autour de Maia. Mélanie avait fait un dessin la représentant, un boa constrictor autour du cou, et elles avaient accroché une grande bannière avec ces mots : « Bienvenue parmi nous. » Certaines d'entre elles avaient lu des articles sur l'expédition de la vedette de la police partant à sa rescousse, et considéraient leur camarade comme une héroïne.

« C'était comment d'être sauvée ? voulaient-elles savoir.

– C'était comme d'être arrachée au paradis », répondit Maia, mais elles refusèrent toutes de la croire.

Elles écoutèrent son récit du voyage de l'*Arabella* et de la vie chez les Xantis, mais personne n'arrivait vraiment à comprendre où elle voulait en venir.

« Tu n'es pas heureuse d'être de retour ? lui demandaient-elles sans cesse. Ça devait être tellement effrayant ! »

Elles lui déclarèrent qu'elle retrouverait le lit qui avait été le sien avant son départ, et qu'un nouveau professeur d'histoire était arrivé, qui se teignait les cheveux.

Maia renonça alors à leur expliquer ce qu'elle avait vécu, elle en était arrivée à la conclusion qu'il vaut mieux garder pour soi les expériences qu'on a vécues, une fois qu'elles sont finies et que personne ne peut vraiment les partager.

La directrice, Mlle Banks, et sa sœur Emily comprenaient un peu mieux. Elles étaient heureuses d'accueillir à nouveau Maia, mais elles savaient qu'il ne serait pas facile pour elle de s'habituer à nouveau à son ancienne vie.

« Il te faut du temps », disaient-elles avec gentillesse. Maia caressait la tête de l'épagneul en se rappelant les hurlements du chien de Finn quand on l'avait laissé avec Furo.

Mais le soir, quand elle pouvait enfin se retrouver seule pendant un moment, elle se glissait dans la bibliothèque et appuyait la tête contre les marches d'acajou en haut desquelles elle s'était perchée pour lire le jour où elle avait appris qu'elle partait pour l'Amazonie. Là-bas, le rêve était devenu réalité. Elle avait trouvé un pays regorgeant de richesses inimaginables, et elle y avait fait la connaissance de Finn.

Maintenant tout cela était fini. Dans dix minutes, la cloche allait sonner, elles devraient toutes retourner au dortoir, puis après la deuxième cloche s'agenouiller et prier. Et pourquoi pas après tout ? Y avait-il un autre moyen de faire marcher une école ?

« Oh, Finn, murmura Maia. Comment vais-je pouvoir supporter tout ça, jour après jour ? »

Quand il arriva à York, Finn dut faire un changement et prendre un petit train qui l'amènerait à la gare de Westwood.

Clovis lui avait dit qu'il viendrait à sa rencontre, mais il ne le trouva nulle part. Finn laissa donc son sac à la consigne et partit à pied.

Il faisait froid et humide, et il avait beau marcher d'un bon pas, il n'arrivait pas à se réchauffer. Le jour baissait déjà, ou peut-être ne s'était-il jamais vraiment levé.

Il aperçut de très loin la silhouette imposante de sa demeure ancestrale qui lui parut sinistre avec ses tours inutiles et ses créneaux. Il essaya de s'imaginer vivant là, d'année en année, et il dut serrer les dents pour ne pas céder à la panique.

Il arriva devant le portail fermé à clef et orné de pointes acérées.

Le voyant là, le concierge sortit :

« Vous êtes dans une propriété privée, dit-il. Il est interdit d'entrer ou de rôder, vous feriez mieux de passer votre chemin. »

Finn le regarda, furieux. Cette grossièreté, ce snobisme... il n'en attendait pas moins d'un tel endroit. Mais avant d'avoir eu le temps de dire à cet homme ce qu'il avait sur le cœur, il vit Clovis qui descendait l'allée à grandes enjambées. Il portait un costume de tweed et une casquette, mais Finn remarqua qu'il avait un grand pansement blanc autour du cou.

Mon Dieu ! pensa Finn. *Est-ce qu'ils ont essayé de l'égorger ?*

Clovis arriva à hauteur du portail, le concierge porta la main à sa casquette humblement et demanda :

« Vous sortez, monsieur ?

– Oui, Jarvis, répondit Clovis. Je vais au village. »

Comme il passait le portail, Finn se rendit compte que ce n'était pas un pansement qu'il avait autour du cou mais une écharpe en grosse laine, tricotée à la main.

« J'ai cru qu'on t'avait tranché la gorge. »

Clovis secoua la tête. Cette écharpe était un cadeau de l'elfe du milieu qui l'avait tricotée.

« Il y a un salon de thé juste un peu plus loin, il n'est pas très fréquenté pendant la semaine, on pourra être tranquilles. »

Le salon de thé consistait en une pièce minuscule dans un cottage en briques. La dame qui s'en occupait accueillit Clovis avec le même respect dont avait fait preuve le concierge, et s'enquit de Sir Aubrey.

« Il vaut mieux que tu me racontes exactement ce qui s'est passé, dit Finn quand ils eurent passé leur commande. Tu disais que tu avais des ennuis. Eh bien, je vais essayer de t'aider. Mais je dois d'abord être au courant. Visiblement tu n'as rien avoué, tu ne lui as pas dit qui tu étais vraiment.

– Mais si, répondit Clovis. Et c'était épouvantable. »

Il raconta à Finn ce qui s'était passé quand il avait pu enfin se retrouver seul face à Sir Aubrey.

« Je lui ai dit que je n'étais pas Finn Taverner et que tout cela n'était que le résultat d'une terrible erreur. Je voulais tout lui expliquer dans le détail, mais dès que je lui ai déclaré que je n'étais pas son petit-fils, il est devenu tout bleu, il a porté ses mains à sa poitrine, puis il s'est recroquevillé sur lui-même avant de s'effondrer. Je savais qu'il avait des problèmes cardiaques, mais je n'aurais pas pu m'imaginer un seul instant... »

Clovis secoua la tête tandis qu'il revoyait ce moment.

« J'étais sûr qu'il allait mourir et que je l'avais tué. Les domestiques sont arrivés et l'ont emmené au lit, le docteur a déclaré qu'il avait reçu un choc et que je n'avais pas le droit de l'approcher. »

Clovis se mit à jouer nerveusement avec le cendrier en cristal posé sur la table.

« Quand ils m'ont enfin autorisé à aller le voir, reprit-il, il a essayé de se redresser sur le lit et il a dit : "Tu plaisantais, hein, mon garçon ? Dis-moi que c'était une blague et que tu es bien mon petit-fils. Je sais que les jeunes garçons aiment faire des blagues."

– Et alors ? demanda Finn. Qu'est-ce que tu as dit ?

– J'ai dit que oui, bien sûr que c'était une blague. Que j'étais le fils de Bernard et son petit-fils. Je sais que je n'aurais pas dû agir ainsi, mais si tu avais vu la tête qu'il faisait... Puis il s'est rétabli très vite. Mais il veut que tout soit légal maintenant, parce que je n'ai pas d'acte de naissance. Il veut me faire officiellement héritier de Westwood, me donner un revenu. Un revenu plutôt important d'ailleurs. Et je ne sais plus ce qu'il faut faire. Il est absolument convaincu que je suis son petit-fils. Il y a dans la maison le portrait de je ne sais trop quel amiral qui, paraît-il, a le même nez que moi... »

Finn s'était penché par-dessus la table et le regardait droit dans les yeux.

« Et toi, tu n'en veux pas ? Tu ne veux pas de Westwood, de cet argent, de tout ça ? C'est pour ça que tu m'as demandé de venir ? »

La patronne du salon de thé apporta leurs biscuits et la théière dans un cosy de laine. Quand ils furent à nouveau seuls, Clovis répondit :

« Ce n'est pas que je n'en veux pas, Sir Aubrey a été très bon avec moi et... et il y a des choses que j'aimerais faire. Par exemple, je pourrais faire venir ma mère adoptive pour qu'elle soit cuisinière, elle a toujours rêvé de travailler dans une maison comme celle-ci, et notre cuisinière nous quitte. Et mes, enfin... tes cousines sont très gentilles. Les filles de la Frappeuse. On n'imaginerait pas qu'elle puisse avoir des enfants agréables et pourtant... Mais je ne peux pas te priver de tout ça toute ta vie. Pour toujours. Comment pourrais-je vivre dans cette grande demeure et prendre l'argent qui te revient de droit, alors que toi, tu n'aurais qu'une cabane en bois... je veux dire... maintenant que tu as vu tout ça, tu dois sûrement... ? »

Il s'interrompit. Finn le regardait bizarrement. Il paraissait différent. Il tendit le bras et toucha la main de Clovis.

« Clovis, tu me jures que ça ne te dérange pas de rester ici et de devenir le maître de Westwood ? Tu me le jures ?

– Oui, je te le jure. »

Sur le chemin de la gare, Finn donna l'impression à son ami de s'être métamorphosé, il semblait être devenu une autre personne. Il n'était plus fait de muscles et de chair, mais de plume et d'air... de légèreté. Il n'avait pas l'intention de se mettre à voler, parce qu'on aurait pu lui reprocher d'en faire trop, mais il s'en sentait capable.

« Tu ne sauras jamais tout ce que tu as fait pour moi, dit-il en arrivant devant le passage à niveau. Si je peux t'offrir quelque chose... »

Clovis lui adressa un grand sourire.

« Est-ce que je pourrai épouser Maia quand je serai grand ? »

Le visage de Finn s'assombrit immédiatement.

« Non.

– Ah, bon... »

De toute manière, songea Clovis, Maia voudrait sûrement repartir à l'aventure un beau jour, et ça ne lui plairait pas du tout. Il se déciderait à épouser une des filles de la Frappeuse. Il avait tout le temps de choisir entre les trois elfes.

À deux heures, Maia vit l'automobile de M. Murray s'arrêter devant l'école. Mlle Minton arriva cinq minutes plus tard, et traversa la place.

L'entrevue eut lieu dans le salon privé de Mlle Banks pendant que Maia attendait dans le couloir. Dès qu'elle vit le visage de M. Murray, Mlle Minton comprit qu'il n'y avait aucun espoir. On ne lui permettrait même pas de s'occuper de Maia pendant les vacances. Sa disgrâce était totale.

Mlle Minton avait passé la nuit chez sa sœur et acheté un nouveau corset, car c'en était fini des jours heureux. Elle était assise, le dos très droit, et avant que M. Murray n'ait eu le temps de dire quoi que ce soit, elle ouvrit son porte-monnaie et en sortit dix pièces.

« C'est l'argent de Maia, expliqua-t-elle. Nous avons vendu ce que nous avions rassemblé au cours de notre voyage, et comme nous étions quatre, il semblait juste de diviser tout ce que nous avons gagné en parts égales. »

M. Murray considéra avec surprise le petit tas de pièces.

« J'ai évidemment tenu une liste des frais. J'ai écrit ici tout ce que j'ai pris sur l'argent de Maia quand j'ai eu besoin de lui acheter quelque chose.

– Oui, oui... »

M. Murray n'avait aucun doute quant à l'honnêteté de Mlle Minton. Mais il n'était pas aussi sûr de son équilibre mental. Il se gratta la gorge.

« Je dois vous avouer qu'avant cette... escapade... j'avais eu l'intention de faire de vous le tuteur de Maia, avec moi. Je me fais vieux, et une femme lui aurait permis de mieux affronter les problèmes qui vont bientôt se présenter à elle. Mais je vais malheureusement devoir vous renvoyer, et je vais faire en sorte que Maia passe ses vacances à l'école. »

Mlle Minton inclina la tête.

« Oui, dit-elle, je m'y attendais. »

M. Murray repoussa sa chaise.

« Mlle Minton, qu'est-ce qui a bien pu vous passer par la tête pour que vous autorisiez cette jeune fille à remonter l'Amazone et à passer des semaines chez les sauvages ? Comment avez-vous pu en arriver là ? Le consul britannique pense que vous étiez tous sous l'influence de la drogue.

– Peut-être. Peut-être étions-nous comme drogués. Non pas par les substances que fumaient les Xantis, aucun d'entre nous n'y a touché, mais par ce calme... ce sentiment de bonheur. Cette notion du temps totalement différente.

– Je ne pense pas que vous m'ayez expliqué pourquoi vous avez permis à Maia de... »

Mlle Minton l'interrompit.

« C'est ce que je vais faire. Du moins vais-je essayer. Vous savez, au cours des années, j'ai été amenée à m'occuper d'enfants absolument épouvantables et il m'était facile de ne pas m'attacher à eux. Après tout, une gouvernante n'est pas une mère. Mais Maia... voyez-vous, je crois que malheureusement, je me suis mise à aimer Maia. Ce qui veut dire que j'ai réfléchi à ce que j'aurais fait si elle avait été mon enfant.

– Et vous lui permettriez... fit M. Murray, mais Mlle Minton l'interrompit immédiatement.

– Je lui permettrais... de vivre des aventures. Je lui permettrais... de choisir son destin. Ce serait difficile. D'ailleurs, ça l'a été, mais c'est ce que je ferais. Pas totalement bien sûr. Il est certaines choses auxquelles il ne faudrait pas renoncer. Se laver les dents, apprendre l'arithmétique. Mais pour Maia, l'Amazonie a été comme un coup de foudre. Ce sont des choses qui arrivent. Le pays, ses habitants, c'était pour elle l'endroit idéal. Ce n'est pas une contrée sans danger bien sûr. Mais le danger... il y en a partout. Il y a deux ans, une épidémie de typhus s'est déclarée dans cette école et trois filles en sont mortes. Chaque semaine, dans la rue, on voit des enfants renversés et tués par des chevaux. »

Elle marqua une pause pour rassembler ses pensées.

« Quand elle se comportait comme une exploratrice et qu'elle se consacrait à son recueil de chants, Maia n'était pas seulement heureuse. Elle était... elle-même. Je crois que quelque chose s'est brisé en Maia à la mort de ses parents, et là-bas, elle a trouvé le remède. Je suis peut-être folle, et le professeur aussi, mais je crois que les enfants doivent vivre des vies exceptionnelles s'ils sont faits pour ça. Et Maia est faite pour ça. »

Le vieil avocat gardait le silence, il jouait nerveusement avec son stylo en argent.

« Est-ce que vous la ramèneriez au Brésil ?

– Oui.

– Pour vivre parmi les sauvages ?

– Non. Pour partir en exploration et retrouver le paresseux géant, retranscrire de nouvelles mélodies, et cueillir des fleurs qui ne fleurissent qu'une fois tous les vingt ans. Pas nécessairement pour trouver tout cela, mais au moins pour chercher... »

Elle se tut soudain comme elle se rappelait les projets qu'ils avaient forgés tous les quatre en remontant l'Agarapi. Construire une véritable Maison du Repos près de l'endroit où s'était dressé le bungalow des Carter et y vivre pendant la saison des pluies, y suivre des études avec application si Maia voulait un jour entrer à l'Académie de musique ou pour que Finn se prépare à la faculté de médecine. Et à la saison sèche, partir en expédition, explorer.

M. Murray s'était levé. Il se posta devant la fenêtre, en tournant le dos à Mlle Minton, regarda la place.

« C'est impossible, c'est de la folie », dit Mlle Minton.

Un long silence s'ensuivit.

« Vous croyez ? » dit le vieil homme.

Maia était restée parfaitement immobile sur sa chaise dans le couloir, à attendre.

Elle entendit la sonnette de la porte d'entrée qui retentissait et vit un garçon échevelé qui remontait le perron en courant comme un fou. Il ne prêta pas la moindre attention à la domestique paniquée qu'il croisa et s'approcha de Maia.

« Je rentre à la maison, Maia, cria Finn. Je rentre à la maison. »

En haut, à l'étage, une porte venait de s'ouvrir et ils virent Mlle Minton qui descendait l'escalier en s'essuyant les yeux.

Puis elle se dressa de toute sa hauteur :

« Nous rentrons tous les trois, ensemble, à la maison », dit-elle.

Composition Nord Compo
et impression Bussière Camedan Imprimeries
en décembre 2003.